Não sou a filha perfeita

Não sou a filha perfeita

ERIKA L. SÁNCHEZ

Tradução de Carolina Selvatici

Copyright do texto © 2017 by Erika L. Sánchez

TÍTULO ORIGINAL
I Am Not Your Perfect Mexican Daughter

PREPARAÇÃO
Stéphanie Roque

REVISÃO
Beatriz D'Oliveira
Anna Clara Gonçalves

DIAGRAMAÇÃO
Ilustrarte Design e Produção Editorial

ILUSTRAÇÃO DE CAPA
Giovana Medeiros

DESIGN DE CAPA
Lázaro Mendes

CIP-BRASIL. CATALOGAÇÃO NA PUBLICAÇÃO
SINDICATO NACIONAL DOS EDITORES DE LIVROS, RJ

S19n

    Sánchez, Erika L.
      Não sou a filha perfeita / Erika L. Sánchez ; tradução Carolina Selvatici. - 1. ed. - Rio de Janeiro : Intrínseca, 2024.
      288 p. ; 21 cm.

    Tradução de: I am not your perfect mexican daughter
    ISBN 978-85-510-1044-0

    1. Ficção americana. I. Selvatici, Carolina. II. Título.

24-88681   CDD: 813
                                          CDU: 82-3(73)

Meri Gleice Rodrigues de Souza - Bibliotecária - CRB-7/6439

[2024]
Todos os direitos desta edição reservados à
Editora Intrínseca Ltda.
Av. das Américas, 500, bloco 12, sala 303
22640-904 – Barra da Tijuca
Rio de Janeiro – RJ
Tel./Fax: (21) 3206-7400
www.intrinseca.com.br

Para meus pais

1

O QUE MAIS ME SURPREENDE AO VER MINHA irmã morta é o sorriso no rosto dela. Seus lábios pálidos estão levemente curvados para cima e alguém preencheu as falhas de sua sobrancelha com lápis preto. Por isso, metade de seu rosto parece estar com raiva — como se ela estivesse pronta para esfaquear alguém — e metade, quase presunçosa. Essa não é a Olga que eu conheço. Olga era tão meiga e frágil quanto um filhote de passarinho.

Queria que ela estivesse com o vestido roxo, aquele lindo que não escondia seu corpo como o resto das roupas dela, mas Amá escolheu o amarelo-claro com flores rosa que eu sempre odiei. É tão fora de moda, tão Olga. Faz ela parecer ter quatro anos. Ou oitenta. É difícil decidir. Além disso, o penteado dela está tão terrível quanto o vestido — cachos superdefinidos que me lembram o Poodle de uma mulher rica. Deixá-la assim é muito cruel. Os hematomas e os cortes na bochecha estão escondidos sob camadas grossas de base barata, que deixam o rosto com um aspecto envelhecido, e Olga tem só vinte e dois anos. *Tinha*. Não costumam encher os corpos de produtos químicos esquisitos para evitar que a pele se estique e enrugue, ou que o rosto fique parecendo uma máscara de borracha? Onde eles acharam esse agente funerário? Num brechó?

A coitada tinha um talento especial para parecer menos atraente. Mais velha que eu, ela era magra e tinha um corpo bonito, mas sempre se vestia como um saco de batatas. Seu rosto era pálido e limpo, nunca usava maquiagem. Que desperdício. Não sou um ícone da moda — longe disso —, mas me recuso a me vestir igual uma senhorinha. Agora, Olga está vestida assim lá no além, mas, desta vez, nem é culpa dela.

Olga nunca agiu como uma pessoa de vinte e dois anos, nem parecia ter essa idade. Às vezes, isso me deixava irritada. Ali estava uma mulher adulta, e tudo o que ela fazia era ir trabalhar, ficar sentada em casa com nossos pais e cursar uma disciplina por semestre na faculdade comunitária da nossa cidade. De vez em quando, ela saía com Amá para fazer compras, ou com a melhor amiga, Angie, para ir ao cinema assistir a comédias românticas horríveis sobre mulheres loiras desajeitadas e adoráveis que se apaixonam por arquitetos nas ruas de Nova York. Que tipo de vida é essa? Ela não queria *mais*? Será que Olga nunca quis sair por aí e abraçar o mundo? Desde que segurei uma caneta pela primeira vez, decidi que queria ser uma escritora famosa. Quero fazer tanto sucesso que as pessoas vão me parar na rua e falar: "Ai, minha nossa, você é Julia Reyes, a melhor escritora que o mundo já viu?" Sei muito bem que vou fazer minhas malas assim que me formar e dizer: "Estou vazando, idiotas."

Mas a Olga, não. Santa Olga, a filha mexicana perfeita. Às vezes, eu queria gritar com minha irmã até que alguma chavinha virasse em sua cabeça. Mas na única vez que perguntei por que não saía de casa ou ia para uma faculdade de verdade, ela me pediu para deixá-la em paz com uma voz tão fraca e frágil que eu nunca mais questionei. Agora jamais vou saber o que Olga teria se tornado. Talvez ela tivesse surpreendido a todos nós.

E eu aqui, pensando todas essas coisas horríveis sobre minha irmã morta. Mas ficar irritada é o caminho mais fácil. Tenho medo de que, se eu parar de ficar irritada, desabe e me torne apenas um monte de carne no chão.

Encaro minhas unhas roídas e afundo ainda mais no sofá verde macio, ouvindo Amá chorar. Ela está aos prantos.

— Mi hija, mi hija! — grita, quase entrando no caixão com Olga.

Apá nem tenta tirar minha mãe dali. Não posso culpá-lo. Quando ele tentou acalmar Amá, algumas horas atrás, ela esperneou e balançou os braços até deixá-lo com um olho roxo. Acho que ele vai deixá-la em paz por enquanto. Uma hora Amá vai se cansar. Já vi bebês fazerem isso.

Meu pai passou o dia todo sentado nos fundos, se recusando a falar com as pessoas, com um olhar perdido, como sempre. Às vezes, acho que vejo o bigode escuro dele tremer, mas seus olhos continuam secos e cristalinos como vidro.

Quero abraçar Amá e dizer que tudo vai ficar bem, mesmo sabendo que não vai, não mais. Só que eu me sinto quase paralisada, como se fosse feita de chumbo e estivesse embaixo d'água. Abro a boca, mas nada sai. Além disso, Amá e eu não temos esse tipo de relacionamento. Desde que eu era pequena, a gente não se abraça e diz que se ama, como nas séries de TV sobre famílias brancas e chatas que moram em grandes sobrados e expressam seus sentimentos. Ela e Olga eram praticamente melhores amigas, mas eu sou a filha excluída. A gente vem brigando, se afastando uma da outra há anos. Passei a maior parte da vida evitando Amá porque sempre acabamos discutindo por coisas bobas e sem importância. Uma vez até mesmo brigamos por causa de uma gema de ovo. Juro.

Apá e eu somos os únicos da família que ainda não choraram. Ele só fica de cabeça baixa, parado como uma pedra. Talvez haja alguma coisa errada com a gente. Talvez a gente esteja tão fragilizado que nem consiga chorar.

Ainda que meus olhos não tenham produzido lágrimas, senti a tristeza se enterrar em cada célula do meu corpo. Tem momentos em que parece que vou sufocar, como se minhas entranhas estivessem todas atadas em um nó apertado. Estou constipada há quase quatro dias, mas não vou contar isso à Amá por causa do estado dela. Vou deixar tudo se acumular até eu explodir feito uma pinhata.

Amá sempre foi mais bonita do que Olga. Mesmo agora, com os olhos inchados e a pele manchada, continua linda — e não devia ser assim. O nome dela também é mais gracioso: Amparo Montenegro Reyes. Mães não devem ser mais bonitas do que as filhas, e as filhas não devem morrer antes das mães. Mas a beleza de Amá se destaca — ela quase não tem rugas, e os olhos grandes e redondos sempre parecem tristes e magoados. Seu cabelo comprido é grosso e escuro; seu corpo é magro, ao contrário do das outras mães do bairro, que têm silhueta parecida com uma maçã. Sempre que estamos na rua juntas, algum cara assobia ou buzina, o que me faz querer andar com um estilingue.

Agora Amá está acariciando o rosto de Olga e chorando baixinho, mas isso não vai durar muito. Ela sempre fica quieta por alguns minutos e aí, de repente, solta um grunhido que faz minha alma virar do avesso. Tia Cuca está ao lado dela, acariciando suas costas e dizendo que Olga está com Jesus, que vai descansar em paz.

Mas quando a Olga *não* esteve em paz, afinal? Essa conversa toda envolvendo Jesus é baboseira. Morreu, acabou. A única coisa que faz sentido para mim é o que Walt Whitman disse sobre a morte: "Me procure sob a sola de suas botas." O corpo de Olga vai se tornar pó, que vai se transformar em árvore e então alguém, no futuro, vai pisar nas folhas mortas dela. O paraíso não existe. Apenas a Terra, o céu e a transferência de energia. A ideia seria quase linda se o mundo não fosse um pesadelo.

Duas mulheres que estão na fila para ver Olga no caixão começam a chorar. Nunca vi essa gente na vida. Uma delas está usando um vestido solto preto e desbotado, a outra, uma saia larga que parece uma cortina velha. Elas seguram as mãos uma da outra e sussurram alguma coisa.

Olga e eu não tínhamos muito em comum, mas a gente se amava. Temos pilhas e pilhas de fotos que provam isso. Na fotografia favorita de Amá, Olga está fazendo trança no meu cabelo.

Amá diz que Olga brincava que eu era o bebê dela e me colocava no carrinho de brinquedo enquanto cantava músicas do Cepillín para mim, um palhaço mexicano bizarro que todo mundo adora, por algum motivo. Eu daria tudo para voltar ao dia em que ela morreu e fazer as coisas de outro jeito. Penso em cada coisa que eu poderia ter feito para impedir Olga de entrar naquele ônibus. Já repassei tudo muitas vezes e anotei cada mínimo detalhe, e não houve qualquer sinal de mau presságio. Quando alguém morre, as pessoas sempre dizem que tiveram algum tipo de premonição, uma sensação ruim de que uma coisa horrível estava para acontecer. Mas eu, não.

Aquele foi um dia como qualquer outro: tedioso, monótono e sem graça. Naquela tarde, a aula de educação física seria na piscina. Sempre odiei entrar naquele lugar nojento, praticamente uma placa de petri. A ideia de mergulhar no xixi de todo mundo — e sabe-se lá o que mais — é suficiente para me causar um ataque de pânico, e o cloro faz minha pele coçar e meus olhos arderem. Sempre tento escapar da natação com alguma mentira, criativa ou não, e naquele dia eu disse de novo à sra. Kowalski que estava menstruada (pelo oitavo dia seguido). Ela, com seus lábios finos, disse que não acreditava, que era impossível que minha menstruação fosse tão longa. Eu estava mentindo, mas quem era ela para questionar meu ciclo menstrual? Que intrometida!

"Quer dar uma olhada, então?", perguntei. "Posso muito bem apresentar evidências, se quiser. Mas acho que a senhora estaria violando alguns direitos humanos."

Eu me arrependi logo depois que disse aquilo. Talvez eu tenha algum tipo de doença que me impeça de pensar direito antes de falar. Às vezes, vomito palavras por todo canto. Aquela resposta passou dos limites até mesmo para mim, mas eu estava mal-humorada e não queria conversar. Meu humor muda o tempo todo; isso já acontecia desde antes de Olga morrer. Uma hora me sinto bem, mas, de repente, sem motivo algum, tudo desaba. É difícil explicar.

Obviamente, a sra. Kowalski me mandou para a diretoria e, como sempre, meus pais tiveram que ir me buscar. Isso aconteceu várias vezes no ano passado, tanto que os funcionários da diretoria já me conhecem. Vou mais para lá do que os alunos desordeiros, e só porque falo quando não devo. Sempre que dou as caras, a secretária, a sra. Maldonado, revira os olhos e solta um muxoxo.

Quando isso acontece, o diretor, sr. Potter, conversa com Amá. Ele reclama, fala que sou uma aluna muito insolente e conta tudo. Minha mãe suspira e diz "Julia, que malcriada" em espanhol, e, em seguida, pede desculpa várias vezes em um inglês com sotaque. Ela está sempre pedindo desculpa para as pessoas brancas, é constrangedor. Mas aí sinto vergonha por sentir vergonha.

Depois disso, Amá em geral me deixa de castigo por uma ou duas semanas, dependendo da gravidade do que eu fiz e, então, alguns meses depois, o ciclo se repete. Como disse, não consigo controlar minha boca. Amá me diz "*Como te gusta la mala vida*" e acho que ela está certa, porque sempre acabo me complicando. Eu era uma aluna exemplar, até pulei o quarto ano, mas agora só causo problemas.

Naquele dia, Olga pegou o ônibus porque seu carro estava na oficina para trocar os freios. Amá ia buscá-la, mas, como precisou ir até minha escola, não conseguiu. Se eu tivesse ficado de bico fechado, as coisas teriam sido diferentes. Mas como eu ia saber? Quando Olga desceu do ônibus e foi atravessar a rua para pegar outro, não viu que o semáforo já tinha ficado verde porque estava olhando para o celular. O motorista do ônibus buzinou para avisá-la, mas era tarde demais. Olga foi atropelada por um caminhão. Não só atropelada — foi *esmagada*.

Toda vez que penso nos órgãos dilacerados da minha irmã, quero gritar num campo de flores até ficar rouca.

Duas das testemunhas disseram que ela estava sorrindo pouco antes do acidente. É um milagre o fato de o rosto dela não estar machucado o bastante e o velório poder ser feito com o caixão aberto. Ela morreu antes de a ambulância chegar.

Apesar de sabermos que era impossível que o caminhoneiro a visse — afinal, ela estava escondida pelo ônibus, o semáforo estava verde, e Olga não deveria ter atravessado uma das ruas mais movimentadas de Chicago com o rosto enfiado no celular —, Amá amaldiçoou o motorista sem parar, até perder a voz. De um jeito bem criativo até. Ela, que sempre brigava comigo quando eu falava "droga", que nem é um palavrão, xingou tanto o caminhoneiro quanto Deus e as mães deles. Eu só fiquei olhando para ela, boquiaberta.

Todo mundo sabia que não tinha sido culpa do cara, mas Amá precisava apontar o dedo para alguém. Ela ainda não disse que sou a culpada dessa tragédia, mas dá para ver que pensa nisso sempre que olha para mim, com seus grandes olhos entristecidos.

Agora, minhas tias enxeridas estão sussurrando atrás de mim. Sinto seus olhos outra vez. Sei que estão dizendo que foi minha culpa. Nunca gostaram de mim porque acham que causo problemas. Quando tingi de azul algumas mechas do cabelo, tivemos quase que chamar a ambulância para levá-las para o hospital, de tanto drama. Agem como se eu fosse a filha do demônio porque não gosto de ir à igreja e prefiro ler a ficar na companhia delas. Qual o problema nisso? Elas são chatas. E pior, não têm ideia do quanto eu amava minha irmã.

Estou cansada dessas fofoqueiras, então me viro e faço uma careta para elas. Por sorte, vejo Lorena chegar. Ela é a única pessoa que pode fazer eu me sentir melhor.

Todos se viram para encará-la em seus saltos muitíssimo altos, vestido preto justo e maquiagem exagerada. Lorena sempre chama atenção, então talvez isso seja outro motivo para fofocar. Lorena me abraça com tanta força que quase quebra minhas costelas. Seu perfume barato de cereja invade meu nariz e minha boca.

Amá não gosta de Lorena porque acha que ela é sem-vergonha e sem juízo — o que não deixa de ser verdade, mas a garota é minha amiga desde os oito anos e é mais leal do que qualquer outra pessoa que eu conheço. Conto, baixinho, que as tias estão falando de mim, me culpando pelo que aconteceu, e que estou tão irritada que sinto vontade de quebrar todas as janelas com minhas próprias mãos.

— Essas *viejas* intrometidas que se danem — retruca Lorena, lançando olhares furiosos para elas.

Eu me viro para ver se pararam de nos encarar e reparo num homem nos fundos, chorando baixinho e cobrindo o rosto com um lenço de pano. Está de terno cinza e usa um relógio dourado brilhante. Ele é familiar, mas não consigo me lembrar de onde. Deve ser um tio ou coisa assim. Meus pais sempre me apresentam estranhos e dizem que somos parentes. Aqui mesmo tem um monte de gente que nunca vi. Quando olho de novo, o estranho já foi embora, e uma amiga da Olga, Angie, entra correndo. Parece que *ela* foi atropelada por um caminhão. É uma jovem linda, mas, minha nossa, como fica feia chorando. Sua pele parece uma toalha cor-de-rosa torcida. Assim que vê Olga no caixão, começa a gritar ainda mais alto do que Amá. Queria saber usar as palavras certas, mas não sei. Nunca sei.

2

DEPOIS DO VELÓRIO, AMÁ NÃO SAI DA CAMA por quase duas semanas. Ela só se levanta para ir ao banheiro, beber água e comer uns biscoitos mexicanos que têm gosto de isopor. Ela está com a mesma camisola frouxa e amarrotada, e eu tenho quase certeza de que não tomou banho esse tempo todo, o que é assustador, porque Amá é a pessoa mais limpa que conheço. O cabelo dela está sempre lavado e com tranças bem feitas, e suas roupas — mesmo quando velhas — estão sempre passadas, sem uma mancha ou furinho sequer. Quando eu tinha sete anos, Amá descobriu que eu havia ficado cinco dias sem tomar banho, então me enfiou numa banheira com água pelando e me esfregou com uma escovinha até minha pele arder. Ela me disse que meninas que não lavam as *partes íntimas* ficam com infecções horríveis, então nunca mais fiz aquilo. Talvez *eu* precise jogar Amá na banheira desta vez.

Apá tem trabalhado o dia todo na fábrica, e depois, como sempre, se senta no sofá com uma garrafa de cerveja na mão. Ele até dorme ali agora. O sofá provavelmente já ficou com o formato do corpo dele. Apá não falou muito comigo desde o acidente, mas isso já vinha de antes. Ele mal me cumprimenta. Será que meu próprio pai me odeia? Ele não era muito carinhoso com Olga também, mas ela com certeza se esforçava mais. Quando Apá chegava do trabalho, minha irmã fazia um escalda-pés para ele. Apenas se ajoelhava, colocava seus pés com cuidado na água e fazia uma massagem. Nunca conversavam durante aquele ritual diário. Mas eu não consigo nem pensar em tocar meu pai daquela maneira.

O apartamento está um desastre, já que as únicas que cuidavam da casa eram Amá e Olga. A gente sofre com uma infestação de baratas, mas, como Amá passava pano todo dia, não parecia tão nojento. Agora, a pia está cheia de louça suja, e a mesa da cozinha, coberta de migalhas. As baratas devem estar fazendo a festa. E o banheiro? Está impraticável. Sei que eu devia limpar, mas, sempre que olho para a bagunça, penso: *para quê?* Nada mais parece fazer sentido.

Não quero incomodar meus pais porque eles já têm preocupações demais, mas estou com muita fome e cansada de comer apenas tortilhas com ovos. Espero que minhas tias tragam mais comida. Outro dia até tentei fazer feijão, mas os grãos não amoleceram, apesar de eu ter deixado cozinhando por três horas, então quase quebrei os dentes tentando comer. Tive que jogar tudo fora, o que é um pecado, de acordo com Amá. Pela primeira vez na vida, penso que queria ter deixado minha mãe me ensinar a cozinhar. Mas odeio como ela fica me observando e criticando cada gesto meu. Prefiro morar na rua a virar uma esposa mexicana submissa que passa o dia todo cozinhando e limpando.

Apá também não tem comido muito. Um dia ele trouxe para casa um pedaço de queijo chihuahua e algumas tortilhas, e a gente comeu *quesadillas* por vários dias, mas elas já acabaram. Ontem fiquei desesperada e cozinhei algumas batatas velhas, que comi só com sal e pimenta. Nem tinha manteiga. A situação está tão ruim que comecei a sonhar acordada com hambúrgueres dançando à minha volta. Uma fatia de pizza provavelmente me faria chorar de felicidade.

Olho para o quarto dos meus pais e o mau cheiro quase me derruba. É uma mistura de cabelo sujo, gases e suor.

— Amá — sussurro.

Ninguém responde.

— Amá — chamo de novo, mais alto.

Silêncio.

Por fim, dou um passo para a frente. O cheiro está tão ruim que tenho que respirar pela boca. Eu me pergunto se Amá um dia vai voltar a trabalhar. E se seus patrões riquinhos, para quem ela faz faxina, decidirem mandá-la embora? Agora que Olga morreu e não pode ajudar com as contas, o que a gente vai fazer? Não tenho idade para arranjar um emprego.

— Amá! — grito, por fim.

Ligo a luz.

Ela leva um susto.

— O que é? O que você quer? — pergunta, a voz arrastada pelo sono.

Amá cobre os olhos com as mãos.

— Você está bem?

— Aham. Estou bem. Por favor, me deixa sozinha. Quero descansar um pouco.

— Faz tempo que você não come nem toma banho.

— Como você sabe? Fica me observando o dia todo, por acaso? Sua tia veio e trouxe sopa ontem. Eu estou bem.

— Mas está muito fedido aqui dentro. Estou preocupada. Como você consegue viver assim?

— Que engraçado… Você é toda desleixada, mas de repente está preocupada com limpeza. Desde quando liga para isso? — Amá sempre me criticou pela bagunça, mas não costuma falar assim. — A Olga era limpinha — acrescenta ela, só para o caso de eu não ter ficado magoada o suficiente.

Minha mãe sempre me comparou com Olga. Por que isso mudaria agora que ela morreu?

— Olga não está mais aqui e eu sou tudo que você tem agora. Sinto muito.

Silêncio.

Quero que Amá diga que me ama e que vamos enfrentar esse momento juntas, mas ela não fala nada. Fico parada ali como uma idiota, esperando que diga alguma coisa que faça eu me sentir melhor. Quando percebo que Amá não vai quebrar o silêncio, abro a cômoda, pego uma nota de cinco dólares da carteira dela e bato a porta.

Depois de vasculhar cada cantinho do meu quarto, encontro mais 4,75 em moedas. Dá para comprar três tacos e uma *orchata* grande, o que não é muito, mas serve. Se tiver que comer mais uma tortilha pura ou uma batata cozida, juro que vou chorar. Saio pelos fundos para evitar Apá na sala — não que ele vá reparar em mim ou perguntar alguma coisa. Agora eu tenho um pai fantasma (pelo menos ele age como um) e uma irmã fantasma.

A loja de tacos é bem iluminada e tem cheiro de gordura e Pinho Sol. Nunca comi sozinha num restaurante, então estou nervosa. Parece que todos estão me observando. Devem achar que sou uma coitada por estar comendo sem companhia. A garçonete também está me olhando de um jeito estranho. Aposto que pensa que não vou dar gorjeta, mas vou mostrar que ela está errada. Posso ser jovem, mas não sou idiota.

Peço dois tacos de carne assada e um taco *al pastor* com limão extra. O cheiro de carne e cebola refogada me deixa com água na boca. Quando a comida chega, tento comer devagar, mas acabo engolindo tudo, desesperada. Sou tão péssima na cozinha quanto em sentir fome — sempre acho que vou desmaiar quando minha barriga começa a roncar. Cada mordida provoca uma onda de prazer no meu corpo. Tomo o copo enorme de *orchata* até ficar enjoada.

Quando chego em casa, Amá está na cozinha, tomando chá, com uma toalha enrolada na cabeça. Acabou de sair do banho e está com perfume de rosas. Finalmente trocou a camisola pelo roupão branco. Vê-la de repente limpa e pela casa quase me assusta. Ela não pergunta para onde fui, coisa que nunca aconteceu. Minha mãe sempre quer saber onde e com quem estou. Faz um monte de perguntas sobre os pais dos meus amigos — de que parte do México eles são, que igreja frequentam, onde trabalham —, mas, hoje, nada. Eu me pergunto se ela consegue sentir o cheiro de carne e cebola na minha roupa e no meu cabelo.

Sempre consigo prever o que Amá vai dizer, mas, desta vez, não estou muito preparada. Ela bebe um gole do chá fazendo barulho — algo que sempre, sempre me irrita — e me avisa que vai começar a planejar minha *quinceañera*.

Sinto meu coração parar.

— Espera. O quê?

— Uma festa de debutante, ué. Você não quer uma festa?

— Minha irmã acabou de morrer e você quer dar uma festa para mim? Além disso, eu já fiz quinze anos!

Devo estar sonhando.

— Não consegui fazer a *quinceañera* da Olga. Vou me arrepender para sempre.

— E agora vai me usar para se sentir melhor?

— *Ay*, Julia. Qual é o seu problema? Que tipo de garota não quer comemorar o aniversário de quinze anos? Você é muito ingrata.

Ela balança a cabeça.

Tem muita coisa errada comigo, e ela sabe disso.

— Mas eu *não quero* uma festa — rebato. — Você não tem como mudar isso.

Amá amarra o roupão no corpo com firmeza.

— Que pena, então.

— É um desperdício de dinheiro. Aposto que a Olga ia preferir que você me ajudasse com a faculdade.

— Você não sabe o que a Olga ia preferir — retruca ela, tomando outro gole de chá.

Apá está assistindo às notícias na TV. Ouço o apresentador falar alguma coisa sobre uma cova coletiva encontrada no México. Ele sempre aumenta o volume quando Amá e eu brigamos, como se tentasse abafar nossas vozes.

— E dar uma festa de debutante agora não faz sentido nenhum — digo. — Eu já tenho quinze anos. Onde já se viu uma coisa dessas?

Começo a puxar meu cabelo, coisa que faço quando estou em pânico.

—Vai ser em maio, no subsolo da igreja. Já combinei com o padre. O espaço vai estar disponível — informa ela, direta.

— Maio? Está brincando? Faço dezesseis anos em julho. Como pode? Não dá nem para chamar essa festa de *quinceañera*.

Começo a andar de um lado para o outro. Estou sem fôlego.

—Você ainda vai ter quinze anos, não vai?

— É, mas essa não é a questão. Isso é ridículo.

Balanço a cabeça, olhando para o chão.

— A questão é dar uma festa bonita para sua família.

— Mas minha família nem gosta de mim. E eu não quero usar um vestido armado e feio... E dançar. Ai, minha nossa, ainda tem a valsa.

A ideia de dançar em círculos na frente dos meus primos idiotas me dá vontade de fugir de casa e entrar para o circo.

— Do que você está falando? Todo mundo adora você. Não seja dramática.

— Não é bem assim. Todo mundo me acha esquisita, e você sabe disso.

Encaro a réplica barata de *A Última Ceia* ao lado do armário. É tão velha que Jesus e os amigos dele estão começando a ganhar um leve tom amarelo e verde.

— Não é verdade — rebate Amá, franzindo a testa.

— Não sei, mas você não pode chamar essa festa de *quinceañera*.

— Posso, sim. É tradição.

Amá cerra os dentes e estreita os olhos de uma maneira que me diz que não vou ganhar essa discussão.

— E de onde vai tirar dinheiro para isso? — pergunto.
— Não precisa se preocupar.
— Como não? Você nunca fala de outra coisa.
— Já disse que não é problema seu. Entendido? — diz Amá, baixinho, causando um efeito ainda mais assustador do que quando ela grita.
— Mas que merda — praguejo, chutando o fogão com tanta força que as panelas balançam.
— Olha a boca! Ou vou te dar um tapa tão forte que vai quebrar teus dentes.
Alguma coisa me diz que ela não está exagerando.

Quando não consigo dormir, vou até a cama de Olga. Na semana passada, Amá me avisou para não entrar no quarto dela em hipótese alguma, mas não consigo evitar. Vou para lá depois que meus pais já estão dormindo e acordo antes deles. Acho que Amá quer manter o quarto exatamente como minha irmã deixou. Talvez queira fingir que ela ainda está viva, que um dia vai chegar do trabalho e tudo vai voltar ao normal. Se Amá soubesse que toquei nas coisas de Olga, talvez nunca me perdoasse. É possível que me mandasse para o México — uma das ameaças favoritas dela —, como se isso fosse resolver algum dos meus problemas.

A cama da minha irmã ainda tem o cheiro dela — amaciante, hidratante de lavanda e seu perfume natural, quente e doce, que não consigo descrever. Olga se vestia mal, mas era cheirosa — um aroma de campo florido. Eu me reviro na cama por um bom tempo. Não consigo parar de pensar. É impossível não me lembrar da prova de química de ontem: tirei 2,4, a pior nota da minha vida. Até um animal desprovido de inteligência faria melhor. Eu já odiava química antes, mas não consigo mais me concentrar desde que Olga morreu. Às vezes, olho para os livros e as provas e as palavras se misturam, formando um redemoinho na minha frente. Se eu continuar assim, nunca vou para a faculdade. Vou acabar arrumando um emprego numa fábrica, me casando com um fracassado e parindo os filhos feios dele.

    Depois de passar horas deitada, acendo o abajur e tento ler. Já li *O despertar*, de Kate Chopin, um milhão de vezes, e ele sempre me conforta. Minha personagem favorita é a moça de preto que segue Edna e Robert por todos os cantos. Eu adoro a história por várias razões, mas uma delas é por eu ser muito parecida com Edna — nada me satisfaz, nada me deixa feliz. Quero coisas demais da vida. Quero tomar as rédeas e me agarrar a ela o máximo que puder. E isso nunca basta.

    Leio a mesma frase várias vezes, então pouso o livro na barriga. Encaro as paredes lilás e recordo os momentos felizes que vivi com Olga antes de nos afastarmos. Tem uma foto de nós duas no México em cima da cômoda dela. Nossos pais nos mandavam para lá nas férias, mas faz anos que não vamos. Amá e Apá nunca puderam ir junto porque estão ilegalmente nos Estados Unidos. Na foto, estamos as duas na frente da casa de Mamá Jacinta, ambas apertando os olhos por causa do sol e sorrindo. Olga está com o braço em volta do meu pescoço, me abraçando com tanta força que parece que está me sufocando. Eu me lembro muito bem desse dia. Nós nadamos no rio por horas, depois comemos hambúrgueres havaianos em uma barraquinha que fica ao lado do parque.

    A maior parte da minha infância foi um saco, mas as férias no México eram diferentes. A gente podia ficar acordada a noite toda e brincar na rua até as duas ficarem imundas e exaustas. Aqui, teríamos sido atingidas por uma bala perdida. Lá, andávamos nos cavalos pretos maravilhosos do meu tio-avô, e Mamá Jacinta nos paparicava com o que a gente quisesse comer, não importava quão boba fosse nossa vontade. Uma vez ela até fez pizza com um queijo branco fedido.

    Na parede, atrás da nossa foto, tem um cartaz da Maná, uma banda de rock mexicana péssima, que eu odeio porque todas as músicas são sobre anjos chorando ou alguma coisa ridícula assim. Na outra parede está a foto da formatura de ensino médio dela. Olga tirava boas notas, então nunca entendi por que ela não quis fazer uma faculdade de verdade. Eu sonho com isso desde pequena. Sei que sou inteligente, tanto que me fizeram pular um ano. Morria de tédio durante as aulas, mas agora tiro basicamente 8 e alguns 6, a não ser em inglês. Sempre tiro a nota máxima em inglês. Penso demais e acabo ficando preocupada.

Olho em volta e me pergunto quem minha irmã era. Morei com ela a vida toda, mas agora sinto que não a conhecia de verdade. Olga era a filha perfeita — cozinhava, limpava e nunca ficava fora até tarde. Eu até me perguntava se ela ia morar com nossos pais para sempre, como a tonta da Tita de *Como água para chocolate* — aff, que livro ruim…

Olga adorava o trabalho dela de recepcionista, coisa que não entendo. O que podia ter de tão legal em ficar arquivando documentos e atendendo telefone?

Os bichinhos de pelúcia que estão sobre a cômoda me deixam triste. Sei que são só objetos — não sou idiota —, mas imagino que estão todos desolados esperando minha irmã voltar. Olga adorava bebês, cor-de-rosa e chocolate com pasta de amendoim. Sempre cobria a boca ao rir porque tinha um dente torto. Era uma ótima ouvinte. Ao contrário de mim, ela nunca, nunca interrompia ninguém. Além disso, era uma cozinheira excelente. Na verdade, as *enchiladas* dela eram melhores do que as de Amá, mas eu nunca falei isso em voz alta.

Sei que Amá me ama e sempre amou, mas Olga era a filha favorita. Sou questionadora desde criança, e isso deixa meus pais malucos. Mesmo quando eu tentava ser boazinha, não dava certo. É como se fosse impossível, como se eu fosse alérgica às regras. E tudo só foi piorando à medida que fui crescendo. Machismo, por exemplo, me deixa doida. Já estraguei um Dia de Ação de Graças porque comecei a falar sobre as mulheres precisarem cozinhar o dia todo enquanto os homens ficam sentados coçando a bunda. Amá disse que a envergonhei na frente de toda a família, que não dá para mudar a maneira como as coisas são. Eu devia ter deixado o assunto para lá depois de um tempo, mas ainda concordo com o que falei.

Amá e eu também sempre discutimos por causa de religião. Uma vez falei que a Igreja Católica odeia mulheres porque quer que a gente seja fraca e ignorante. Foi logo depois de o padre discursar — juro! — que as esposas deviam obedecer aos maridos. Ele literalmente usou a palavra *obedecer*. Levei um susto e olhei em volta, incrédula, para ver se mais alguém estava tão irritado quanto eu, mas não, eu era a única. Cutuquei as costelas de Olga e sussurrei: "Dá para acreditar nisso?" Mas ela simplesmente me pediu para ficar quieta e ouvir a homilia. Amá disse que eu era uma "*huerca desrespeitosa*", e que a Igreja não podia odiar as mulheres se idolatrava Nossa Senhora de Guadalupe. Não dá para ganhar uma discussão com ela, então por que me dar ao trabalho?

Situações assim fizeram a gente se odiar, e Olga sempre ficava do lado dela. As duas também se pareciam fisicamente. Tinham pele clara e eram magras, com cabelo preto bem liso. Eu sou baixinha, gorda e minha pele é mais escura, igual ao Apá. Não sou obesa, mas minhas pernas são grossas e minha barriga não é nem um pouco negativa. Ah, e meus peitos são grandes demais para o meu corpo — dois fardos que venho carregando desde os treze anos. Além disso, sou a única da família que usa óculos, e meu grau é bem alto. Se eu sair de casa sem eles, provavelmente vou ser roubada, atropelada ou devorada por animais.

Leio um pouco mais e depois tento dormir, mas não consigo. Passo horas acordada. Quando ouço os passarinhos começarem a cantar, fico tão irritada que puxo os lençóis e bato no travesseiro várias vezes. Até que sinto uma coisa dentro dele. Por um segundo, acho que é um bico de pena, mas em seguida me lembro de que não estou no século XIX. Mexo na fronha e pego um pedaço de papel dobrado. É um post-it com o nome de um remédio: Lexafron. Deve ser de um dos farmacêuticos que frequentam o consultório em que Olga trabalhava. No verso, está escrito: *Eu te amo*. Encaro o papel por um minuto, sem entender. Por que isso está no travesseiro da minha irmã?

Minha mente começa a dar voltas, minhas ideias fazem piruetas e viram cambalhotas. Até onde sei, Olga só teve um namorado — Pedro, um garoto magro que parecia um porco-formigueiro —, mas isso foi há muitos anos. Não tenho ideia do que minha irmã via nele, porque Pedro era feio e tinha a personalidade de uma porta. Mesmo tendo só dez anos na época, eu me perguntava o que passava pela cabeça do cara.

Ele era tão tímido quanto Olga, então não sei sobre o que os dois conversavam. Quando Pedro vinha nas festas da família, meus tios implicavam por ele ser tão nerd. Até lembro quando tio Cayetano tentou lhe oferecer uma dose de tequila, mas Pedro recusou. O relacionamento deles consistia no garoto passar na nossa casa nas sextas-feiras à noite e levar Olga para jantar. O restaurante favorito deles era o Red Lobster. Uma vez, foram a um parque de diversões, o Great America (emocionante!). Os dois namoraram por um ano, até ele e a família voltarem para o México (socorro, como assim?). Foi a última coisa que eu soube da vida amorosa da Olga.

Vou até o guarda-roupa dela e começo a olhar as coisas, evitando fazer barulho. Tem uma caixa cheia de fotos da escola. A maioria é dela e das amigas nas feiras de ciência, passeios e festas de aniversário. Olga era do clube de ciências e, pelo visto, gostava de documentar cada segundo das reuniões. Tem até uma foto dela segurando um microscópio. Nossa, como minha irmã era chata. Continuo mexendo na caixa até achar algumas roupas. Olha, não posso dizer que estava preparada para o que encontrei. Cinco calcinhas de renda, fio dental. Lingerie de verdade, sexy, do tipo que imagino que profissionais comprariam. No fundo da caixa, encontro outra peça de seda, que não tenho a menor ideia de como se chama. Camisola? *Baby doll*? Anágua? São nomes tão ridículos para coisas que deveriam ser sensuais… Por que Olga teria isso no guarda-roupa? Por que ela se sujeitaria a esse desconforto, sendo que nem namorado ela tinha? Era isso que minha irmã usava embaixo daquelas roupas de velha? Olga devia lavar tudo escondido, porque Amá surtaria se encontrasse isso no cesto de roupa suja.

Preciso achar o notebook dela agora. Só tenho duas horas até meus pais acordarem.

Procuro em todos os cantos, até onde já vasculhei. Quando, já cansada, penso em desistir, me lembro de conferir no lugar mais óbvio de todos: embaixo da cama. E lá está. Dã.

Adivinhar uma senha é quase impossível, mas preciso tentar. Testo algumas opções: a comida favorita dela, a cidade natal dos nossos pais, Los Ojos, nosso endereço, o aniversário dela e até 12345, que só um idiota usaria. Mas quem eu estou enganando? Não vou conseguir desbloquear o notebook.

Vou até a cômoda. Tem que haver alguma outra coisa ali. A primeira gaveta está cheia de canetas, clipes, pedaços de papel, recibos e cadernos velhos — nada que seja minimamente interessante. Penso em voltar para a cama, mas então encontro um envelope sob um bloco de anotações em branco. Parece que tem um cartão de crédito dentro, mas vejo que é a chave de um quarto de hotel com HOTEL CONTINENTAL escrito. A não ser pelas nossas viagens para o México, Olga nunca, nunca dormia fora de casa. Para que ela ia precisar disso? Angie trabalha em um hotel, mas é outro… Hotel Skyline, acho.

Ouço alguém abrir a porta. Talvez Amá ou Apá tenham se levantado para ir ao banheiro. Desligo a luz depressa e tento não me mexer nem respirar. Se Amá me pegar, vai dar um jeito de nunca mais me deixar entrar aqui.

★ ★ ★

Acordo de repente com o som de alguém na cozinha. O travesseiro está molhado. Devo ter pegado no sono antes de colocar o despertador do celular para tocar. Minha nossa, Amá vai me matar. Arrumo a cama da Olga o mais rápido possível e pressiono a orelha contra a porta para garantir que ninguém vai estar por perto quando eu sair.

Mas Amá devia estar usando sapatos de ninja porque, quando abro a porta, lá está ela com as mãos na cintura.

3

NÃO SABIA QUE AS COISAS EM CASA PODIAM FI-car ainda mais amargas, mas não há nada tão ruim que não possa piorar. O apartamento parece aquela peça, *A casa de Bernarda Alba*, só que bem menos interessante. Igual à mãe louca e triste da história, Amá não abre as cortinas, o que deixa a casa ainda mais abafada e deprimente.

Como estou de castigo por ter entrado no quarto da Olga, e Amá tirou meu celular, só posso ler, desenhar e escrever no meu diário. Não posso nem fechar a porta do meu quarto porque ela abre logo em seguida. Quando reclamo que preciso de privacidade, ela ri e diz que estou americanizada demais.

— Privacidade, rá! Eu nunca tive privacidade quando era nova. Vocês jovens acham que podem fazer o que quiserem — comenta ela.

Não tenho ideia do que ela acha que faço sozinha no quarto. Não é como se eu fosse me masturbar, já que minha mãe vive gritando e aparecendo na porta o tempo todo. Nem me dou ao trabalho de olhar pela janela, porque a única coisa que dá para ver é o prédio vizinho. E agora não posso entrar no quarto da Olga, nem à noite quando eles estão dormindo, porque Amá pôs uma tranca na porta. Até procurei a chave pela casa, mas não consegui achar. Assim que puder sair de casa, vou até o Hotel Continental ver se consigo descobrir alguma coisa sobre minha irmã. Tentei ligar para Angie várias vezes do nosso telefone fixo, mas ela ainda não retornou. Ela deve saber de alguma coisa.

Às vezes, entro no closet para chorar — assim meus pais não me ouvem. Tem vezes também que só fico deitada na cama, encarando o teto e imaginando a vida que quero ter quando for mais velha. Eu me imagino no topo da Torre Eiffel, subindo as pirâmides no Egito, dançando nas ruas da Espanha, andando de gôndola em Veneza e caminhando pela Grande Muralha da China. Nesses sonhos, sou uma escritora famosa que usa cachecóis chamativos e viaja por todo o mundo, conhecendo pessoas fascinantes. Ninguém me diz o que fazer. Vou aonde quero e faço o que tiver vontade. Mas aí percebo que ainda estou no meu quarto minúsculo e de castigo. É como uma morte em vida. Quase invejo a Olga, mesmo sabendo que é uma ideia muito bizarra.

Quando digo a Amá que estou entediada, ela me manda pegar uma vassoura. Aparentemente é impossível sentir tédio, já que há tanta coisa para fazer em casa, mas não é como se limpar o apartamento fosse tão divertido quanto passar o dia na praia. Quando ela fala essas coisas, sinto uma onda de raiva. Às vezes eu a amo, às vezes eu a odeio. Normalmente é uma mistura dos dois. Sei que é errado odiar os próprios pais, ainda mais quando minha irmã está morta, mas não consigo deixar de me sentir assim, por isso me afasto e deixo o rancor crescer como uma erva daninha. Achava que a morte unia as pessoas, mas, pelo jeito, isso só acontece nos filmes.

Eu me pergunto se outras pessoas se sentem assim. Uma vez perguntei à Lorena, mas ela respondeu: "Não, como eu poderia odiar a minha mãe?" Mas deve ser porque a mãe da Lorena deixa ela fazer o que quiser.

Não gosto de grande parte dos meus professores — a maioria deles é *tão* desinteressante —, mas a aula de inglês com o sr. Ingman é sempre divertida. Tem alguma coisa nele que eu gostei logo de cara. Ele parece um pai de classe média bem bobão, com um olhar simpático e uma risada estranha e entrecortada que é muito engraçada. E ele nos trata como adultos, prestando atenção de verdade no que pensamos e sentimos. Os outros professores nos menosprezam, como se os alunos fossem um bando de idiotas imaturos que não sabem nada de nada.

Percebo que o sr. Ingman não está me olhando como se eu fosse uma coitada, então não sei se alguém já contou para ele sobre a morte da minha irmã. Na aula de hoje, assim que chegamos na sala, ele pediu que escrevêssemos nossa palavra favorita e, em seguida, disse que precisamos explicá-la para a turma.

Adoro palavras desde que aprendi a ler, mas nunca pensei nas minhas favoritas. Como é possível escolher uma só? Não sei por que uma tarefa tão simples me deixa tão nervosa. Levo alguns minutos para pensar em alguma coisa, depois não consigo parar.

Anoitecer
Serenidade
Corpóreo
Obliterar
Vespertino
Fortuito
Caleidoscópio
Deslumbre
Lírio
Hieróglifo
Titubear

Quando sou chamada, finalmente me decido por *lírio*.

— E qual é a sua, Julia? — pergunta ele, como sempre, pronunciando meu nome exatamente como eu pronuncio, em espanhol.

— É, bem, hã... Pensei em várias palavras, mas acabei escolhendo "lírio".

— Do que você gosta nessa palavra?

O professor se senta à mesa dele e se inclina para a frente.

— Não sei — começo. — É uma flor e... soa bem. Também rima com *delírio*, o que eu acho legal. E, talvez pareça estranho, mas gosto do som dela na minha boca.

Eu me arrependo da última parte porque todos os garotos da turma começam a dar risada. Eu devia ter imaginado.

O sr. Ingman balança a cabeça.

— Por favor, gente. Que tal um pouco de respeito pela colega? Gostaria que fossem gentis uns com os outros nesta aula. Quem não estiver disposto a ser educado, por favor, pode se retirar. Entendido?

A turma fica em silêncio. Depois que todos dizem sua palavra favorita, o sr. Ingman pergunta se sabemos o objetivo do exercício. Alguns alunos dão de ombros, mas ninguém diz nada.

— As palavras que escolhemos dizem muito sobre nós mesmos — explica ele. — Quero que vocês aprendam a apreciar... Na verdade, não. Quero que vocês aprendam a *amar* a língua de vocês. Não espero só que consigam ler textos difíceis e saibam analisá-los de maneira inteligente e inovadora, mas também que aprendam centenas de palavras novas. Afinal, nossas aulas são sobre a gramática normativa do inglês, a língua do poder. E o que isso quer dizer? — O professor ergue as sobrancelhas e olha para a sala. — Alguém?

A turma fica quieta. Quero responder, mas tenho vergonha. Percebo que Leslie abre um sorrisinho irônico ao meu lado. Que ridícula. Ela tem cara de quem acabou de cheirar uma fralda suja.

— Significa que vocês vão aprender a falar e a escrever de um jeito que vai dar mais autoridade a vocês. Isso quer dizer que o modo como falam no dia a dia é errado? Que gírias são ruins? Que não podem dizer *irado* ou sei lá o quê? De jeito nenhum. A linguagem coloquial é divertida e criativa, mas é boa para uma entrevista de emprego? Infelizmente, não. Quero que vocês pensem sobre isso. Que pensem sobre as palavras de um jeito que nunca pensaram. Que saiam desta aula com todas as ferramentas para competir com jovens ricos, porque vocês são tão capazes e tão inteligentes quanto eles.

O professor fala sobre a importância da literatura dos Estados Unidos, e pouco tempo depois o sinal toca. Sem dúvida, esta é minha aula favorita.

No sábado de manhã, Amá está fazendo tortilhas. Sinto o cheiro de farinha e escuto o barulho do rolo para massa quando acordo. Tem dias que Amá fica deitada na cama o tempo todo, mas, em outros, ela cozinha e limpa sem parar. É impossível prever. Sei que vai me obrigar a ajudá-la, então fico na cama lendo até ser forçada a me levantar.

— Levanta, *huevona*. — Ouço Amá gritar do outro cômodo.

Ela me chama assim o tempo todo, dizendo que não tenho o direito de estar cansada porque, diferente dela, eu não trabalho o dia todo fazendo faxina. Até acho que Amá tem razão, mas é estranho ela me chamar assim, pensando bem. "*Huevos*" significa "ovos", o que quer dizer que as bolas de alguém são tão grandes que atrapalham e tornam a pessoa preguiçosa. Mas não comento porque sei que ela vai ficar irritada.

Depois que escovo os dentes e lavo o rosto, vou até a cozinha. Amá já ocupou toda a mesa e o balcão com tortilhas abertas, e está abrindo com cuidado mais bolinhas de massa até fazer um círculo perfeito.

— Coloca um avental e põe essas aí no *comal* — pede ela, apontando para as tortilhas espalhadas pela cozinha.

— Como vou saber quando estão prontas?

— Você vai saber.

— Não sei o que isso significa.

— Que tipo de garota não sabe quando uma tortilha está pronta? — retruca ela, já parecendo irritada.

— Eu. Eu não sei. Por favor, é só dizer.

— Você vai descobrir. Siga seu bom senso.

Analiso as tortilhas enquanto elas aquecem na panela e tento virá-las antes que queimem. Quando viro a primeira, vejo que ficou no fogo por tempo demais, então um lado quase queimou. Amá me diz que a segunda tortilha ficou crua, que tenho que deixar por mais tempo, mas, quando faço isso, fica crocante demais. Queimo a terceira, então Amá suspira e me diz para abrir as tortilhas, enquanto ela trata do fogão. Pego o rolo e me esforço para fazer os círculos. A maioria fica com formatos estranhos, não importa o quanto eu me esforce.

— Essa aí parece uma *chancla* — observa Amá, olhando para a pior delas.

— Não está perfeita, mas também não parece um chinelo. Poxa vida.

Estou cada vez mais frustrada. Respiro fundo. Não quero brigar. Eu a ouvi chorando no quarto ontem à noite.

— Elas precisam ficar perfeitas — declara.

— Por quê? A gente só vai comer. Qual o problema de não ficarem no formato perfeito?

— Se é para fazer alguma coisa, tem que fazer direito. Senão, nem precisa fazer — diz Amá, virando-se de novo para o fogão. — As da Olga eram sempre muito bonitas e redondas.

Para mim, chega.

— Não estou nem aí para as tortilhas da Olga — respondo, tirando o avental. — Não me importo com essas coisas ridículas. Não sei por que ter todo esse trabalho se podemos comprar tortilhas prontas no mercado.

—Volta aqui! — grita Amá. — Que tipo de mulher você vai ser, se nem sabe fazer uma tortilha?

Depois de duas semanas sem TV, sem celular e sem poder sair para lugar algum, Amá diz que talvez meu castigo acabe hoje. Mal sabe ela que vou até o Hotel Continental depois da escola. Estou cansada de esperar ter permissão para sair, e esse mistério envolvendo Olga está me enlouquecendo. Talvez eu consiga convencer Lorena a ir comigo.

Passo um batom vermelho, coloco meu vestido preto favorito, meia-calça arrastão vermelha e All Star preto. Aliso o cabelo, que cai pelas minhas costas. Não me importo com meu peso ou com a espinha gigante e incômoda no queixo. Vou me esforçar para ter um bom dia. Quer dizer, tão bom quanto os dias podem ser desde que minha irmã morreu e eu comecei a sentir que vou perder a sanidade a qualquer momento.

Saio do quarto e Amá faz o sinal da cruz e fica em silêncio; é como ela age quando odeia o que estou vestindo ou quando falo alguma coisa estranha — ou seja, todos os dias.

Ponho na mochila o diário de couro que minha irmã me deu de Natal. Foi um dos presentes mais legais que já ganhei. Acho que, mesmo que não parecesse, Olga prestava atenção nas coisas.

Quando me deixa na escola, Amá me dá um beijo na bochecha e lembra que temos que começar a procurar um vestido para a festa, porque uma debutante não pode se vestir feito uma satanista.

Lorena me encontra quando chego ao meu armário e me dá um abraço antes de ir para a aula. Às vezes não sei como ainda somos melhores amigas. A gente é muito diferente, tanto que as pessoas olham estranho quando nos veem juntas. Ela gosta de lycra e cores e estampas vibrantes, está sempre usando leggings. Já eu prefiro camisetas de bandas, calça jeans e vestidos escuros — a maioria das minhas roupas é preta, cinza ou vermelha. Quando comecei a ouvir new wave e indie, Lorena se apaixonou por hip hop e R&B. A gente discutia por causa de música — e por todo o resto, para ser sincera —, mas eu a conheço desde sempre e a gente se entende de um jeito estranho, que não sei descrever. Ela sabe o que estou pensando só pelo olhar. Lorena é mal-educada, fala alto e às vezes é meio ignorante, mas eu a adoro. Ela briga com todo mundo que olha para mim estranho (tipo quando Faviola, uma garota que a gente conhece desde o ensino fundamental, riu da minha calça e Lorena virou a mesa dela e disse que ela parecia um chihuahua assustado).

O sinal toca antes que eu possa chamar Lorena para ir ao centro da cidade depois da escola. Corro para a aula de álgebra para não chegar atrasada. Não só odeio matemática com todas as forças, mas também desconfio que meu professor, o sr. Simmons, é um republicano racista. Ele tem um bigodinho quadrado e deixa várias bandeiras antigas dos Estados Unidos espalhadas por sua mesa. Tem até uma dos Estados Confederados, e ele provavelmente acha que ninguém nota. Que tipo de pessoa teria uma coisa dessas? Para completar, na parede tem uma citação idiota do Ronald Reagan sobre jujubas, o que é outra pista óbvia: *Dá para saber muito sobre uma pessoa só pelo modo como ela come jujubas.* Será que isso significa de fato alguma coisa? Será que realmente existem diferentes jeitos de comer jujuba? Era para ser uma reflexão profunda ou algo assim?

E o pior é que nenhum aluno parece se importar com isso. Tentei explicar para Lorena, mas ela só deu de ombros e disse: "Gente branca…"

O sr. Simmons fala sem parar sobre números inteiros, então começo a escrever um poema em meu diário. Só tenho mais algumas páginas.

Fitas vermelhas se desenrolam
ao som do meu caos.
Uma luz ressoa como um tambor.
Abri as asas e nadei
em um sonho caloroso, eufórico
sobre mãos pressionadas contra rostos,
abertas para uma dança ensandecida,
explodindo em uma nova constelação.
O sonho é quente demais para a carne,
áspero demais para o toque

suave de dedos que seguram meu universo
com uma única mão. Tudo desaba, cai
no chão, se torna soturno.
O pôr do sol que chove atrás de mim
como uma monção.

Sonho acordada com mais ideias para o meu poema, mas o professor me chama. Ele provavelmente percebe meu ódio por ele pulsando a todo vapor.

— Julia, qual é a resposta da questão?

Ele tira os óculos e aperta os olhos para me enxergar. O sr. Simmons sempre pronuncia meu nome do jeito errado — *Djúlia* —, mesmo eu já tendo corrigido. Amá nunca me deixa falar meu nome assim, como se fosse em inglês. Sempre diz que foi ela quem escolheu, então as pessoas não podem sair por aí mudando o nome dos outros só porque é mais fácil. Pelo menos nesse ponto a gente concorda. Nem é um nome tão difícil de pronunciar.

— Não sei — respondo.

— Você estava prestando atenção?

— Não, não estava. Desculpa.

— E por que não?

Fico vermelha. A turma está me olhando, esperando como abutres pela minha derrota. Por que esse cara não pode me deixar em paz?

— Olha, já pedi desculpa. Não sei mais o que dizer.

O sr. Simmons fica irritado.

— Quero que venha até a lousa e resolva a questão — ordena ele, apontando para mim.

Acho que ele nunca ouviu falar que é falta de educação apontar para as pessoas.

Quero dar uma de *Bartleby, o escrivão* e dizer que prefiro não fazer essa droga, mas sei que não deveria. Já me meti em problemas demais nos últimos tempos. Mas por que ele fica implicando comigo? Será que não sabe que minha irmã morreu? Sinto meu coração disparar, pulsar na bochecha. Eu me pergunto se meu rosto está se contraindo.

— Não vou.

— O que você disse?

— Eu disse que não vou.

O sr. Simmons fica rosa como um presunto, coloca as mãos no quadril e parece querer acabar comigo. Antes que ele diga qualquer coisa, enfio meu material na mochila e corro para a porta. Não dá para lidar com isso hoje.

—Volte aqui agora mesmo, mocinha — grita ele, mas continuo andando.

Ouço todo mundo gritar, rir e bater palmas enquanto ando até a porta.

— Caramba! — exclama Marcos.

— Nossa, ela acabou com o cara — diz alguém, talvez Jorge, o que quase me faz perdoá-lo por usar um rabinho de cavalo cafona.

Do lado de fora da escola, o céu está claro — um azul tão forte e bonito que até dói olhar. Talvez eu devesse ter esperado até o fim das aulas para ver se Lorena podia ir comigo, mas nem pensar que vou voltar para lá agora. Os pássaros estão voando e as ruas cheiram a carne refogada. Carros buzinam. Pessoas vendem frutas e milho em barraquinhas. Escuto música mexicana por todo lado. Não gosto de andar pelo meu bairro por causa dos desordeiros e dos homens que ficam assobiando dos carros, mas hoje ninguém repara em mim.

Sei que eu não devia estar matando aula, mas Amá sempre fala que é um pecado desperdiçar certas coisas, e me parece um pecado desperdiçar um dia como hoje. Além disso, agora não preciso esperar o dia todo para ir até o Hotel Continental.

Vou até o ponto de ônibus e observo um helicóptero voar na direção do centro comercial até se tornar um minúsculo pontinho preto. Vejo a cidade ao longe. Desde que eu encontre a Torre Sears, sei que não vou me perder.

Uma bexiga verde de gás hélio voa por um fio de alta tensão, depois fica emaranhada numa árvore. Eu me lembro de um filme a que assisti quando era criança, sobre um balão vermelho que corria atrás de um garotinho pelas ruas de Paris. Imagino aquela bexiga se soltando da árvore e perseguindo uma garota mexicana pelas ruas de Chicago.

Entro no que parece ser a lanchonete mais xexelenta da cidade. Os balcões são verdes, a maioria dos bancos está rasgado e até as janelas estão engorduradas. É como se eu estivesse entrando numa máquina do tempo. Lembra um pouco o quadro *Nighthawks*, de Edward Hopper, só que ainda mais deprimente. Não sei direito onde estou, mas acho que perto de South Loop.

Escolho um lugar no balcão e a garçonete me pergunta, com um forte sotaque da Europa, o que eu quero. Talvez seja polonesa ou de algum outro país do Leste Europeu. Não sei definir. Ela parece cansada, mas bonita de um jeito que não chama atenção demais, nada de "Ei, ei, olhe para mim!".

Só tenho 8,58 dólares no bolso e ainda preciso pagar a passagem de volta, então é necessário escolher com cuidado. O que eu quero mesmo é um combo com ovos fritos, batata frita, queijo e bacon — praticamente tudo o que eu adoro —, mas custa 7,99. Não vou ter o suficiente para voltar para casa. Peço um folhado de queijo e um café, apesar do cheiro de bacon estar me deixando com água na boca.

Tomo o café lendo um jornal, e a bebida é tão ruim que mal consigo engolir — parece que ferveram algumas meias velhas e jogaram a água numa cafeteira.

Mesmo assim, resolvo beber tudo para não desperdiçar dois dólares. Além disso, o folhado está velho, obviamente. Para ser sincera, eu devia ter imaginado. Tiro o queijo da massa com o dedo para conseguir comer.

— Você não devia estar na escola? — pergunta a garçonete, enchendo minha xícara de café mais uma vez.

— É, devia, mas meu professor estava sendo um completo babaca.

— Hummm.

Ela ergue a sobrancelha, desconfiada.

— Estava mesmo, eu juro.

— O que ele fez?

— Me pediu para resolver uma questão na lousa. Eu não sabia a resposta, mas ele ficou insistindo. Fiquei morrendo de vergonha.

Percebo como soa bobo em voz alta.

— Não me parece um problema muito sério — retruca ela.

— É, acho que não, né?

Nós duas rimos.

— Bem, acho que você devia voltar — aconselha ela, sorrindo —, antes que acabe tendo problemas de verdade por isso.

— Minha irmã morreu — solto sem querer.

— O quê? — pergunta a garçonete, como se não tivesse ouvido direito.

— Ela morreu no mês passado. Não consigo me concentrar. Acho que é por isso que estou matando aula.

— Ai... — diz ela, com uma expressão triste. — Coitada. Eu sinto muito...

Por que contei isso? A morte da Olga não é problema dela.

— Obrigada — respondo, ainda sem saber por que falei sobre minha irmã.

A mulher aperta minha mão, depois vai até uma mesa atrás de mim.

Escrevo no meu diário por um tempo e tento pensar no que fazer. É melhor aproveitar, já que vou ao centro. Preciso fazer tudo de graça, ou quase, senão vou ter que voltar para casa andando. Depois de pensar e rabiscar um pouco, decido ir para o Instituto de Artes de Chicago, um dos meus lugares favoritos no mundo. Ou melhor, na cidade, pelo menos. Ainda não conheço muito do mundo. Eles sugerem uma doação, mas eu nunca faço. E se é uma *sugestão*...

Quando peço a conta, a garçonete diz que alguém já pagou por mim.

— Como assim? Quem? Não entendi.

— O homem que estava sentado ali atrás. — Ela aponta para um banquinho vazio no fim do balcão. — Ele ouviu você contar que estava tendo um dia ruim.

Não consigo acreditar. Por que alguém faria isso sem pedir algo em troca? Não me passou uma cantada, não olhou para os meus peitos nem esperou para que eu pudesse agradecer. Corro até a rua para tentar achá-lo, mas é tarde demais. Ele já se foi.

Pego meu caderno e encaro o endereço do Hotel Continental. Eu me perco com frequência, mas acho que consigo chegar lá sem um mapa. Ando na direção certa — não é tão difícil quando se sabe para que lado está o lago. Os prédios escondem o sol, então começa a ficar frio. Queria ter trazido uma jaqueta.

Um homem em situação de rua com deficiência nas pernas grita em frente a uma Starbucks. Acho que está bêbado, não entendo o que ele diz. Alguma coisa sobre lhamas? Mãe e filha passam por mim com duas sacolas gigantes da American Girl. Soube que essas bonecas custam centenas e centenas de dólares. Mal posso esperar para ter dinheiro para comprar o que eu quiser, sem me preocupar com cada centavo. Mas eu nunca gastaria em algo tão idiota quanto uma boneca.

O Hotel Continental é pequeno, mas luxuoso. É um "hotel boutique", seja lá o que isso signifique.

Eu me aproximo e a recepcionista desliga o telefone.

— Posso ajudar, senhorita?

O cabelo dela está preso num rabo de cavalo liso e tão justo que parece doer, e seu perfume tem o frescor de flores e do crepúsculo do verão.

—Você já viu essa mulher aqui? Ela era minha irmã.

Mostro uma foto de Olga no churrasco da tia Cuca, um mês antes de morrer. Ela estava segurando um prato de comida e sorrindo com os olhos fechados. Imaginei que era melhor mostrar a fotografia mais recente que eu encontrasse.

— Desculpe, não podemos fornecer informações sobre nossos hóspedes.

Ela abre um sorriso de desculpas. Vejo uma mancha minúscula de batom rosa em seus dentes.

— Mas ela morreu — rebato.

A recepcionista estremece e balança a cabeça.

— Eu sinto muitíssimo.

—Você não pode pelo menos me dizer se já a viu?

— Mais uma vez, sinto muito mesmo pela sua perda, mas não posso. É contra as regras do hotel, querida.

— Por que essa regra importaria se ela já morreu? Você não pode procurar o nome dela? Olga Reyes. Por favor.

— Só podemos fornecer informações para a polícia.

— Droga — murmuro. Sei que não é culpa dela, mas estou muito frustrada. — Tudo bem. Olha, pode pelo menos me dizer se vocês têm alguma conexão com o Hotel Skyline? São da mesma empresa?

— Sim, são do mesmo conglomerado. Por quê?

— Obrigada.

Saio do hotel sem me dar ao trabalho de explicar.

Antes de entrar no museu, dou uma volta pelo jardim do lado de fora. Todos estão desesperados para aproveitar o sol e o calor inesperado antes de o inverno lançar um raio frio e cinzento sobre a cidade e deixar o mundo triste de novo.

Apesar de as árvores estarem trocando de cor, as flores ainda estão brotando e tem abelhas por todos os cantos. Tudo está tão perfeito que eu queria guardar a cena num potinho. Uma mulher jovem de vestido florido amamenta um bebê. Um senhor grisalho de cabelo comprido está deitado num banco, a cabeça no colo de uma mulher. Um casal está apoiado contra uma árvore, se beijando. Por um único segundo, penso que a moça é Olga, porque as duas têm o mesmo rabo de cavalo comprido, o corpo magro e a bunda reta, mas, quando a mulher se vira, não parece nem um pouco minha irmã.

Quando digo à moça do museu que não vou doar dinheiro algum, ela me olha como se eu fosse uma criminosa.

— Todos não temos direito à arte? — pergunto. — Você está me privando de conhecimento? Isso me parece muito burguês, se quer saber.

Aprendi essa palavra na aula de história do ano passado e tento usar sempre que é apropriado, por causa daquilo que o sr. Ingman diz sobre o poder de dominar a língua.

A mulher suspira, revira os olhos e me entrega o ingresso. Ela deve odiar o emprego que tem. Eu odiaria.

Vou até meu quadro favorito, *Judite decapitando Holofernes*. Aprendi sobre a artista, Artemisia Gentileschi, na aula da srta. Schwartz, no ano passado. A professora disse que uma coisa ruim tinha acontecido com a pintora, mas não quis contar o quê, então fui investigar. Parece que um professor de pintura a estuprou quando ela era adolescente. Que desgraçado.

Quase toda a arte renascentista ou barroca que a gente estuda em sala era de Jesus quando bebê, o que não é muito interessante, então meu coração estremeceu assim que vi as pinturas de Artemisia Gentileschi sobre mulheres bíblicas matando homens horríveis. Ela é muito maneira. Sempre que vejo *Judite decapitando Holofernes*, reparo numa coisa nova. Isso é o que a arte e a poesia têm de mais legal — quando a gente acha que "entendeu", aparece outra coisa. Dá para encontrar um milhão de significados escondidos. Adoro esse quadro especialmente porque as duas mulheres estão decapitando o homem, mas não parecem com medo. Estão supertranquilas, como se só estivessem lavando louça ou algo do tipo. Eu me pergunto se foi assim mesmo que aconteceu.

    Quando a srta. Schwartz disse que um dos quadros dela estava no museu da cidade, decidi que precisava vê-lo. É a quarta vez que venho, só este ano. Gosto tanto de arte quanto gosto de livros. É difícil explicar o sentimento que me atravessa quando vejo um quadro bonito. É uma mistura de medo, alegria, ânimo e tristeza, tudo de uma vez, como uma luz suave que brilha em meu peito por alguns segundos. Chego a ficar sem fôlego. E eu nem sabia que isso era possível até parar na frente deste quadro. Achava que fosse o tipo de sentimento que só existia em músicas sobre gente apaixonada. Tive uma sensação parecida quando li um poema da Emily Dickinson — fiquei tão animada que joguei o livro longe. Era tão bom que fiquei irritada. As pessoas achariam que sou maluca se eu tentasse explicar, então não falo nada.

    Eu me abaixo para olhar melhor a parte inferior da pintura, em que nunca prestei muita atenção. O sangue escorre pelo lençol branco e as fibras da seda foram pintadas de forma tão delicada que é difícil acreditar que não são reais.

    Não me canso deste lugar. Posso ficar aqui para sempre, subindo e descendo as solenes escadas de mármore. Adoro as salas de miniaturas Thorne também. Passo horas imaginando uma versão minúscula de mim morando naquelas pequenas casas chiques. Pena que eu sempre tenho que vir ao museu sozinha, já que nunca querem vir comigo. Tentei trazer Lorena, mas ela riu e me chamou de nerd. Não posso negar, infelizmente. Chamei Olga uma vez, mas ela ia fazer compras com Angie naquele dia.

    De repente, reparo num quadro que até então não tinha chamado minha atenção — *Anna Maria Dashwood, later Marchioness of Ely*, de sir Thomas Lawrence. Levo um susto ao observar o rosto da mulher; parece que minha irmã está me encarando. Nunca prestei atenção nessa expressão antes: nem alegre nem triste, como se estivesse tentando me dizer alguma coisa.

Ando por todo o museu e perco a noção do tempo. Vou de novo até meus quadros favoritos — *O velho guitarrista cego*, de Pablo Picasso, *Telefone Lagosta Cibernética*, de Salvador Dalí, e aquele feito de pontinhos, de Georges Seurat. Sempre que o vejo, prometo a mim mesma que um dia vou visitar Paris. Vou andar pela cidade sozinha e comer queijo até passar mal.

Já é hora do rush quando pego o trem para casa. O ônibus não é tão confiável nesse horário, já que as pessoas de terno estão suadas e cansadas. Se eu acabar me tornando alguém que trabalha em escritório e precisa usar calça social e trocar o calçado para voltar para casa... juro que vou me jogar de um prédio.

O trem está lotado, mas encontro um lugar para sentar na janela, ao lado de um homem de casaco imundo, que sorri e me dá boa-noite. Ele fede a xixi, mas pelo menos é educado. Sento e pego meu diário para fazer algumas anotações. Quando estou no trem, adoro observar a cidade de cima — os grafites nas paredes das fábricas, os carros buzinando, os prédios velhos com janelas quebradas, todos passando depressa. É animador ver tanto movimento e tanta energia. Apesar de querer me mudar para bem longe daqui, momentos como este me fazem adorar Chicago.

Dois garotos negros, parados perto das portas, começam a fazer beat box, e um homem franze a testa e balança a cabeça, em reprovação. Mas eu acho incrível. Queria saber como eles conseguem fazer essas músicas só com a boca. Como conseguem imitar sons de bateria e efeitos eletrônicos tão bem?

Volto a trabalhar no poema que comecei na aula do sr. Simmons. De repente, uma mulher de rosto queimado entra no vagão lotado e pede trocados para as pessoas. Quando se aproxima, vejo que sua blusa verde diz: DEUS FOI MUITO BOM PARA MIM! As letras são tão vivas e brilhantes que parecem estar gritando. Ela estende a mão e eu ofereço o restante do dinheiro que tenho. O homem misterioso da lanchonete pagou meu lanche mais cedo, então... por que não?

— Tenha um dia abençoado — diz ela, sorrindo. — Jesus te ama.

Não ama, não. Mas eu sorrio de volta mesmo assim.

Olho pela janela e observo o horizonte beijado pelo sol da tarde. Os prédios refletem um vermelho-alaranjado impressionante e, olhando de relance, parece que a cidade está pegando fogo.

Aposto que a escola ligou para os meus pais e que eu estou ferrada de novo. Mas valeu a pena. Abro o diário em uma página em branco e escrevo DEUS FOI MUITO BOM PARA MIM! antes que eu esqueça.

4

NO SÁBADO À TARDE, FALO PARA AMÁ QUE VOU até a biblioteca, mas vou à casa de Angie. Já liguei um milhão de vezes, mas nada de ela me ligar de volta. Já está me irritando. Ainda não sei o que vou dizer, mas preciso conversar com ela. Não paro de pensar na lingerie, na chave do hotel e no que pode ter feito Olga sorrir pouco antes de morrer. Isso está martelando minha cabeça sem parar por semanas. Talvez Angie possa me contar alguma coisa que eu não saiba sobre minha irmã.

Está começando a ficar frio, o ar cheira a folhas e a promessa de chuva. Odeio esta época do ano. Os dias começam a escurecer cada vez mais cedo, e eu me sinto ainda mais deprimida. Tudo o que quero fazer é tomar um banho quente e ler na cama até dormir. Os dias longos e escuros são como um luto interminável. E este ano vai ser ainda pior, com um luto de verdade.

Angie e Olga se conheceram no jardim da infância, então eu a conheço desde sempre. Eu a admiro porque ela é toda estilosa e bonita, com seu cabelo cacheado e olhos verdes grandes que parecem permanentemente surpresos. No ensino médio, Angie desenhava paisagens que Olga colava na parede do quarto. Apesar de ser de uma família pobre como a minha, ela se veste superbem e combina cores e estampas diferentes de uma maneira que, não sei como, faz sentido. Angie faz roupas de brechó ficarem magníficas. Ela tem cheiro de baunilha e sua risada lembra sinos de vento. Sempre achei que Angie ia virar alguém incrível quando crescesse, designer ou talvez artista, mas acho que é só mais uma filha mexicana que não quis sair de casa. Ela trabalha no centro e ainda mora com os pais.

A mãe de Angie, dona Ramona, atende à porta e me dá um beijo molhado na bochecha. Posso jurar que toda vez que a gente se vê, ela está de avental. Provavelmente até vai à igreja com ele. Apesar de conhecê-la desde pequena, ainda acho estranho ela parecer ter idade para ser avó de Angie. Imagino que, além de ter tido a filha quando era mais velha, ela passou por poucas e boas. "*Pobrecita*, ela está acabada", Amá sempre comenta. E, quando diz isso, penso em uma esponja velha.

A casa cheira a pimenta assada e está tão quente que meus óculos embaçam. Sinto meus olhos começarem a lacrimejar e é impossível parar de tossir. Isso acontece toda vez que Amá corta um tipo específico de salsa.

— *Ay, mi hija*, que delicada — diz dona Ramona, me dando um tapinha nas costas. — Vou chamar a Angie e trazer água para você. — Todo mundo gosta de lembrar que sou sensível, como se eu não soubesse. — Como você está? Angie ficou muito mal, tadinha — grita ela da cozinha.

— Estou melhor, obrigada.

Acho que a família de Angie deve ser a única do mundo que ainda usa capa de plástico no sofá. Além disso, tem bonecas de porcelana sobre paninhos de crochê espalhados por todas as superfícies da casa. Senhorinhas mexicanas fazem crochê para tudo: para a TV, para os vasos de planta… Paninhos de crochê por toda parte! Como é inútil… Isso é o que Amá chamaria de "naco". A gente pode ser pobre, mas pelo menos não é brega assim.

Quando finalmente sai do quarto, Angie está usando um robe cinza velho e o cabelo está todo bagunçado e sujo. Seus olhos estão muito vermelhos, como se tivesse passado a noite toda chorando. Já faz várias semanas e ela continua péssima. E não parece feliz em me ver.

A garota me abraça e pede que eu me sente no sofá. A capa de plástico range sob meu corpo. Dona Ramona me entrega um copo com água e volta para a cozinha.

— Como você está? — pergunto, mas dá para ver na sua aparência.

— Minha nossa, Julia. O que você acha? — retruca.

Angie é legal comigo na maior parte do tempo, mas pelo visto a morte de Olga também mexeu com ela. Ninguém é mais o mesmo.

— Desculpa, eu não queria falar assim — diz ela. — É que… Não estou conseguindo dormir. Olha para mim, estou um caco.

Angie tem razão. As olheiras profundas fazem parecer que alguém deu um soco nela. "*Ojerosa*", como diria Amá.

— Não, você está ótima — minto. — Bonita como sempre.

Tento sorrir, mas é tão falso que meu rosto dói.

Angie fica de cara amarrada e o silêncio cresce ao nosso redor como uma teia de aranha. Ouço alguma coisa na cozinha estalar no óleo, e quase parece o barulho de chuva. O ponteiro do relógio faz tique-taque sem parar. Em momentos assim, o conceito de tempo me confunde. Um minuto dura uma hora.

— A gente pode ir para o seu quarto? — sussurro, por fim. — Quero perguntar uma coisa em particular.

Ela parece confusa, mas aceita e me leva até o fim do corredor.

Dá para ver que não está usando sutiã. Tento não ficar encarando, mas consigo perceber seus mamilos através do robe, o que me lembra da vez em que a flagrei tocando os peitos de Olga quando eu tinha sete anos. Assim que as duas me viram abrir a porta, Olga baixou a camiseta e olhou para o chão. Só lembro que ela ficou envergonhada e que os peitos dela eram pequenos e pontudos.

Eu me sento na cama bagunçada de Angie. O cheiro me faz pensar que ela não lava os lençóis há algumas semanas, e o chão está coberto de roupas. Tem fotos dela e de Olga nas paredes e na cômoda: no parque, numa cabine de fotos, no jardim de infância, na formatura, no baile, em lanchonetes… Ela também pôs o panfleto do velório na cabeceira. Nele tem um anjo e uma oração idiota sobre o céu. Eu joguei o meu no lixo porque não aguentava mais olhar para ele.

—Você sente muita falta dela, né? — indago.

— É claro que sim — responde Angie, olhando para a foto dela e de Olga na formatura, de beca. — O que você queria perguntar?

— Por que não me ligou de volta?

Angie suspira.

— Não estou muito a fim de conversar.

— Bem, eu também não estou me sentindo muito sociável. Mas sou a irmã dela. E o mínimo que você podia ter feito era me ligar de volta.

Angie encara as fotos e fica em silêncio.

— Era com você que a Olga estava trocando mensagens quando morreu?

— O quê?

— Era com você? — insisto.

— Olha, eu não sei — responde Angie. Em seguida, esfrega os olhos e boceja. — E por que isso importa, afinal? Ela não está mais aqui.

— Era você ou não? Não é tão difícil assim. Tudo aconteceu perto das cinco e meia da tarde. Se der uma olhada no seu celular, vai saber. Não é como se a minha irmã tivesse tantos amigos.

— O que exatamente você está querendo saber, Julia?

— Só tenho a impressão de que tem coisas que eu não sei.

—Tipo o quê?

— Não tenho ideia. É o que estou tentando descobrir.

Fico irritada. Talvez tenha sido um erro. O que posso contar para Angie? Que fiquei fuçando o quarto da Olga e achei lingeries sensuais e uma chave de hotel? Que nunca me interessei de verdade pela minha irmã até ela estar morta porque sou um ser humano péssimo e egoísta?

Angie olha para o teto, como se segurasse as lágrimas. Já fiz isso um milhão de vezes. Sou mestre em engolir choro.

— Achei umas calcinhas esquisitas e uma chave de hotel — revelo, por fim. — O Hotel Continental.

Angie fecha o roupão com força e encara as unhas do pé, pintadas com um esmalte rosa, que já descascou.

— E...?

— Como assim? — rebato. — Pode me chamar de maluca, mas isso é muito estranho.

— Julia, você é bem exagerada. Não sei o que quer dizer com "calcinha esquisita".

— Era esquisita no sentido de... sexy. — Estou começando a perder a paciência. — E uma chave de hotel também não faz sentido. Quando a Olga saía? Por que ela teria isso?

— E como é que eu vou saber?

Angie revira os olhos, o que me irrita.

— Você era a melhor amiga dela, ué.

— Quer saber, Julia? Você está sempre causando problemas, criando confusão para a sua família. Agora que a Olga morreu, quer saber tudo sobre ela, mas vocês nem conversavam. Por que não perguntou enquanto ela estava viva? Aí quem sabe você não teria que vir aqui para me encher de perguntas sobre a vida amorosa dela.

— Vida amorosa? Então ela estava namorando?

— Não, não foi isso que eu disse. Você está pondo palavras na minha boca.

— Mas você acabou de falar...

— Julia, vai embora. Tenho mais o que fazer.

Angie se levanta e abre a porta.

Se minha pele não fosse tão escura, meu rosto estaria num tom vermelho-vivo. Parece que alguém jogou água fervente na minha cabeça. Angie não entende como é difícil para mim falar com as pessoas da minha família. Ela não vê como o silêncio e a tensão vêm nos sufocando há anos. Não entende que me sinto uma alienígena na minha própria casa. E por que Angie está tão na defensiva? Tem alguma coisa errada, mas não sei o quê. Será que eu deveria dizer alguma coisa? Fico sentada no quarto sujo dela, com aquele gosto de pimenta na garganta, culpa e raiva se espalhando como lava pelo meu corpo.

— Tudo bem, não vai adiantar mesmo — declaro. — Muito obrigada, Angie. Obrigada por ser tão legal e me apoiar tanto.

— Julia, não... Olha, desculpa. Está sendo muito difícil para mim. Parece que estou desabando.

Angie coloca as mãos na cabeça.

—Você perdeu sua melhor amiga, mas eu perdi minha irmã. Fica aí achando que eu sou egoísta e narcisista, mas minha vida está uma droga. Toda noite eu espero a Olga voltar para casa, mas ela não aparece. Fico encarando a porta, igual uma idiota.

Angie não responde. Quando saio do quarto dela, dona Ramona vem correndo até mim, os chinelos arrastando no linóleo. Deve ser um dos barulhos mais irritantes que já ouvi.

—Você não vai comer, *mi hija*? Venha, sente-se. Estou fazendo *sopes*.

— *No, gracias, señora*. Não estou com fome.

Seu rosto enrugado se franze de preocupação.

— O que houve, criatura? Está chorando?

— Não, a pimenta está fazendo meus olhos arderem — minto.

5

DEPOIS DA ESCOLA, LORENA E EU VAMOS PARA A casa dela ver se achamos alguma coisa na internet, então ligo para Amá e aviso que vou chegar mais tarde porque temos um trabalho para fazer. De início, ela diz "não", porque ainda está irritada com o fato de eu ter matado aula, mas explico que o trabalho em dupla (imaginário) é para amanhã, então ela cede. Amá não me deixa ir a lugar algum a não ser que exista um motivo específico. Se eu disser que quero ir para a casa de uma amiga, ela me pergunta por que e diz que não me quer nas *cocinas* dos outros, o que é ridículo. Primeiro, eu não entendo por que parece tão terrível ficar na cozinha das outras pessoas. Segundo, na maior parte do tempo, a gente nem fica na cozinha, e sim na sala.

Amá não tem amigas e não entende por que eu precisaria ter. Ela diz que tudo que uma mulher precisa é da família, e que só órfãs e prostitutas andam sozinhas por aí. Quando não está trabalhando, fazendo compras, cozinhando ou limpando a casa, fica com minhas tias ou com a comadre dela, Juanita, que também é prima. Ah, e aos sábados e domingos Amá vai à igreja. Quase nunca sai do bairro. Na minha opinião, seu mundo parece pequeno, mas é isso que ela quer. Talvez seja algo de família, porque Olga também era assim e o lugar favorito de Apá é o sofá.

Em vez de tentar convencer Amá de que preciso sair e conversar com pessoas que não são meus parentes, invento trabalhos em dupla. Às vezes funciona. Às vezes não.

Lorena coloca os salgadinhos apimentados que compramos no mercadinho em uma tigela grande e espreme suco de limão sobre eles até ficarem bem encharcados. A gente come rápido, como se fosse um tipo de competição. Nossos dedos ficam manchados de vermelho e nosso nariz começa a escorrer assim que terminamos. Apesar de ter comido metade de um pacote enorme, quero mais. Pergunto a Lorena se tem, mas ela balança a cabeça. Sinto minha barriga grunhir.

 Só posso comer guloseimas escondida, porque são proibidas em casa. É irônico que Apá trabalhe numa fábrica de doces. Amá diz que os estadunidenses só comem porcaria e é por isso que todo mundo aqui é gordo e feio. Ela é magra e espera que todos sejam assim. Amá nunca levou a gente no McDonald's, nunquinha, e ninguém acredita quando conto. Vez ou outra, quando volto andando da escola, compro um hambúrguer de um dólar e como em três mordidas antes de chegar em casa. É provavelmente por isso que tenho engordado. Meus peitos estão crescendo e com isso minhas costas ficam doendo. Amá fala que a gente não precisa de hambúrguer e batata frita quando tem uma panela de feijão e pacotes de tortilhas em casa. Sempre que pergunto se podemos pedir pizza ou comida chinesa, ela diz que sou mimada e me manda fazer uma *quesadilla*. Tem vezes em que a resposta dela é só beliscar minha barriga e se afastar em silêncio.

 — E aí? O que você quer investigar? — pergunta Lorena, pegando uma garrafa de água da geladeira.

 — Não sei muito bem, para ser sincera. Não contei para você, mas mexi nas coisas dela outro dia.

 — E aí?

 — Achei umas calcinhas. Tipo, calcinhas *bem safadas*.

 — Como assim?

Lorena parece impaciente. Ela também diz que sou exagerada.

 — Eram chocantes. Fio dental, sabe?

 — Ei! Eu também uso fio dental — rebate ela, revirando os olhos.

 — Mas a gente está falando da Olga. Ela nem falava palavrão. A Amá teria surtado se tivesse encontrado aquelas calcinhas, ela odeia coisas assim. Não gosta nem quando vê mulheres de shortinho.

— E se Olga quisesse se sentir sexy? E daí? Ela era adulta.

— Beleza. E como você explica a chave de quarto de hotel que encontrei? Aqui — digo, pegando o cartão na minha mochila e jogando-o na mesa.

— Sei lá. Talvez ela usasse como marca página ou algo assim. Angie não trabalha num hotel?

— É, mas não é nesse. Sério, tem alguma coisa errada.

— Acho que você está perdendo tempo.

Lorena vai até o quarto e traz o notebook para a sala. O aparelho deve pesar uns cinquenta quilos. Era do primo dela e é velho à beça.

— O que você quer olhar?

— Não sei. Facebook, eu acho, mas nem sei se Olga usava. Juro, ela era uma idosa presa no corpo de uma jovem de vinte e dois anos.

— Você também não usa.

— É, porque é idiota. As pessoas já são muito chatas na vida real. Não preciso ver como são chatas nas redes sociais. Além disso, não tenho internet, então de que ia adiantar? Não vou até a biblioteca só para acessar meu perfil.

Lorena balança a cabeça e digita a senha dela.

Procuro o nome da minha irmã e vejo que existem doze Olga Reyes. Clico em todas, mas nenhuma se parece com ela.

— Talvez a Olga usasse outro nome — sugere Lorena.

— E como eu vou saber que nome ela usava?

— Sei lá. Por que você não dá uma olhada no perfil da Angie e vê se ela está na lista de amigos, ou procura nas fotos dela?

Encontramos Angie, mas o perfil é fechado. Só conseguimos ver a foto de perfil: ela e Olga quando pequenas. A legenda diz: "Sinto sua falta, amiga."

— Que droga! A Angie é uma inútil.

— Você conhece algum outro amigo dela? Do trabalho ou coisa assim?

— Não. Ela saía para almoçar com uma garota às vezes. Denise, eu acho. Mas não sei o sobrenome dela.

Desanimada, fecho o notebook.

Lorena mexe no celular e dá play em uma música de rap bem sexista. Vou até o altar no canto da sala; gosto de ver como ele está sempre diferente. A mãe de Lorena é devota da Santa Muerte, a santa esqueleto assustadora, e, se Amá soubesse disso, nunca mais me deixaria ver minha amiga. Ela já não gosta da mulher porque acha a maquiagem dela muito exagerada e que se veste como uma adolescente. E tem razão — a mãe de Lorena está sempre com uma sombra escura e delineador, parece uma Cleópatra simpática. Quase sempre, usa vestidos justos que fazem seu corpo parecer uma casquinha de sorvete. Não a favorecem nem um pouco.

Lorena se inspira levemente na mãe quando o assunto é maquiagem. Ela também tem algumas mechas no cabelo, uma mistura de amarelo, laranja e ruivo. As cores me lembram o fogo e, quando ela o prende num rabo de cavalo, fica parecendo uma tocha. Minha amiga fica bem mais bonita de cabelo escuro, mas nunca me ouve. Diz que eu não sei do que estou falando. Afinal, por que me ouviria, se me visto desse jeito terrível? Ela também me ignora quando falo das lentes de contato cor de mel. Seja como for, Lorena e a mãe fazem escolhas questionáveis em relação ao visual e Amá faz questão de apontar isso, como se eu já não tivesse reparado. "Aquela velha não devia andar por aí como se fosse uma *quinceañera*. Que pouca vergonha", sussurrou para mim certa vez. Apesar de não ser uma mãe exemplar (e de ser meio doida), a mãe de Lorena sempre é legal comigo e me oferece biscoitos e bolo quando a gente se vê. Alguns dias depois da morte de Olga, ela levou Lorena e eu para tomar sorvete.

Hoje, a Santa Muerte está com um vestido de cetim vermelho. Da última vez, estava com uma capa preta — que não era tão assustadora quanto pode parecer. Afinal, o que mais um esqueleto poderia usar? Na frente da imagem tem três velas novas, um maço de cigarros baratos, uma lata aberta de cerveja, uma tigela de maçãs e uma rosa branca começando a murchar nas pontas. Também tem uma foto emoldurada do pai de Lorena montado em um cavalo marrom. O sorriso dela é igual ao dele. Apesar de estar com José Luis há anos, a mãe de Lorena ainda tem fotos do falecido marido por todo canto. Quando Olga morreu, ela me pediu uma foto dela para poder rezar pela alma da minha irmã, mas achei estranho demais, então fingi que tinha esquecido.

Lorena nunca fala do pai e eu nunca pergunto porque não é da minha conta. A iniciativa tem que vir dela, e eu não gosto de me meter. Só sei o que aconteceu porque, alguns meses atrás, nós duas ficamos bêbadas depois da escola e ela revelou a história toda, como se estivesse engasgada.

Depois do quarto copo do drinque de vodca barato comprado pelo primo dela, Lorena começou a chorar do nada. Talvez tenha sido a canção de mariachi que tocava no rádio com seus trompetes tristes, não sei. Perguntei o que tinha acontecido e, entre soluços e goles da bebida, ela me disse que sentia falta do pai. Chorava tanto que eu mal conseguia entender o que ela falava. O rímel começou a escorrer por seu rosto, deixando-a parecida com um palhaço esquisito. Teria sido engraçado em outras circunstâncias, como no dia em que pegamos chuva e a maquiagem dela escorreu como uma mancha de gasolina e tivemos que voltar para a casa dela e consertar.

Não soube o que dizer, então fiquei passando a mão nas costas e no cabelo dela. Depois que se acalmou um pouco, Lorena conseguiu me contar a história, mas acho que perdi algumas informações por causa do choro. Ela disse que, quando tinha sete anos, o pai dela foi ao México para o enterro da mãe dele, apesar de todo mundo tê-lo aconselhado a não fazer isso. Fazia dez anos que morava em Chicago, mas ainda não tinha visto. Para voltar aos Estados Unidos, ele precisou atravessar a fronteira com um coiote, como da primeira vez. A mãe de Lorena sabia que algo ruim ia acontecer, até sonhou com aquilo na noite anterior. No sonho, uma águia comia o coração dele, mas o homem ficava sentado, assistindo. Ela implorou para que ele não fosse ao México, disse que a morte estava à espreita, mas ele não ouviu. Argumentou que amava muito sua *madrecita*.

Depois do velório, o pai de Lorena pegou o ônibus de Guerrero até a fronteira com o Arizona, onde encontrou um coiote de sua cidade natal, que todos haviam recomendado. O cara levou o dinheiro de todo mundo e abandonou o grupo inteiro de *mojados* — mexicanos que imigraram ilegalmente — no deserto. Ficaram dois dias perdidos e sete pessoas do grupo, inclusive um bebê, acabaram morrendo de sede. Os guardas da fronteira os encontraram duas semanas depois e mandaram o corpo decomposto do pai de Lorena para sua cidade natal no México, onde ele foi enterrado. Lorena e a mãe nunca voltaram a vê-lo. Foi quando entendi por que minha amiga é tão fragilizada. Meus pais também atravessaram a fronteira com coiotes e até foram roubados, mas pelo menos chegaram vivos.

Analiso as fotos do pai dela que estão na sala, e Lorena começa a enrolar um baseado na mesa da cozinha. Ela é muito melhor nisso do que eu, quase uma profissional.

— O que está fazendo? — pergunta, sem olhar para mim. — Por que não para de olhar para as fotos do meu pai?

Não sei como responder. Não tenho certeza sobre o motivo. Talvez seja por curiosidade.

— O José Luis não acha estranho todas essas fotos aqui? — questiono, por fim.

— Não dou a mínima para o que aquele babaca acha — diz Lorena, e em seguida lambe a seda. — Vai querer?

Ela entrega o baseado para mim.

Já fumei maconha cinco vezes e em todas eu fiquei bem mal, me preocupando com coisas ridículas. Na última, achei que a polícia estivesse batendo à porta. Antes disso, Lorena estava mexendo no celular e me convenci de que ela estava escrevendo coisas ruins sobre mim. Mas continuo fumando porque espero que, um dia, me sinta bem, chapada, calminha, como todo mundo diz que fica.

— Será que a Olga fumava maconha? — questiono.

— Olga? Está falando sério? Até parece. Aquela garota era praticamente uma freira.

— É, já não tenho mais certeza disso.

Acendo, dou uma tragada e começo a tossir tanto que meus olhos lacrimejam. Corro até a cozinha para beber alguma coisa. Lorena ri e joga uma almofada na minha cara quando volto para a sala, o que quase derruba o copo das minhas mãos. Começo a rir também e jogo o restinho da água na cabeça dela.

— Sua ridícula! Você molhou o sofá! — grita. Como ainda está sorrindo, sei que não está irritada de verdade.

— Você que começou!

Lorena vai até o quarto e volta com uma blusa diferente. Ela muda a música para um *narcocorrido*, aquelas músicas mexicanas sobre traficantes que compram armas incrustradas de diamantes e decepam a cabeça uns dos outros.

Quando o som para, a sensação de repente me domina: tudo está em câmera lenta e meu corpo parece leve e pesado ao mesmo tempo. É diferente das outras vezes. Não estou paranoica, só um pouco confusa e sem foco. Minhas lentes de contato estão tão secas que é difícil manter os olhos abertos.

Lorena fuma mais um pouco e me passa o baseado de novo. Balanço a cabeça.

— Só isso?

— Já bateu.

— Impossível você já estar chapada.

— Estou, então me deixa em paz. Se eu voltar para casa assim, minha mãe vai me mandar passar o resto da vida no México... Droga de *quinceañera*. Que saco.

— Ai, nossa, esquece isso. Queria eu ter tido uma festa, mas minha mãe está sempre sem grana.

— Eu nem sei de onde vão tirar o dinheiro. Eles só sabem reclamar que a gente é muito pobre. Parece que querem fingir que está tudo bem. Só querem dar um showzinho para a família.

— Não consigo imaginar você usando um daqueles vestidos — diz Lorena, rindo. — Não sei o que deu na cabeça da sua mãe. Parece que ela não conhece você nem um pouco. Ou que não liga.

— Eu sei. A festa não é para mim, é para a Olga. Não vai ser nem meu aniversário. Dá para acreditar?

— Vem, vamos dar uma olhada em uns vestidos. Talvez você ache algum de que goste — chama ela, pegando o notebook.

— Duvido.

Lorena entra em alguns sites e me mostra vestidos. Todos horrendos, um até tem todas as cores do arco-íris. Quando chegamos a um modelo péssimo com estampa de joaninhas, eu me canso. Não aguento mais. Quem desenhou isso deveria ser processado por crimes contra a humanidade.

— Chega, por favor. Antes que eu vomite os salgadinhos.

Lorena bufa, pega um espelhinho e uma pinça e começa a fazer a sobrancelha. Fecho os olhos pelo que parecem minutos e, quando volto a abri-los, fico hipnotizada pela estampa de oncinha na legging dela. Estou muuuuuuito chapada. Quanto mais olho, mais formas vejo — rostos, carros, flores, árvores, bebês, palhaços —, e então, por algum motivo, começo a imaginar Lorena como um felino correndo pela floresta. A cabeça ainda é dela, mas o corpo é de um guepardo. Essa erva deve ser da boa. Dou tanta risada que mal consigo falar. Dói, mas é bom voltar a rir.

— O que foi? Por que você está rindo? — pergunta, confusa.

Tento explicar, mas não consigo recuperar o fôlego. Lágrimas correm por meu rosto.

— Qual é o seu problema? — indaga ela.

Tento responder, mas não consigo pronunciar as palavras. Meu rosto está quente e os músculos de minha barriga doem.

—Você é um guepardo — digo, por fim, arquejando.

— Um o quê?

— Um guepardo!

— Não entendi!

— Um guepardo! — repito.

Talvez risadas sejam contagiosas, ou Lorena já esteja tão chapada quanto eu, porque ela começa a gargalhar. Tento pensar em coisas que não são engraçadas — meias, câncer, esportes, genocídio, minha irmã morta... Tudo para tentar me acalmar antes que eu faça xixi nas calças. Lorena põe um travesseiro sobre o rosto para se controlar e abafar o som, mas não adianta. Ela fica um segundo em silêncio, então deixa escapar mais uma gargalhada, o que me faz voltar a rir. Cruzo as pernas com força. Espero que consiga chegar ao banheiro.

De repente, ouvimos a porta se abrir.

Lorena disse que a mãe estava trabalhando e que o padrasto só devia voltar para casa muito mais tarde, porque ia pegar turno extra no trabalho, mas aqui está ele, enquanto estamos deitadas no sofá, totalmente chapadas. Parece que Lorena vai cometer um assassinato.

— O que você já está fazendo em casa? — pergunta ela. — Achei que você fosse trabalhar.

Lorena não parece estar preocupada com a maconha, só irritada por ele estar aqui.

— Estava com pouco movimento, então meu chefe me liberou — explica o homem, com seu tom de voz quase cantado.

José Luis é um *chilango*, o que quer dizer que ele nasceu na Cidade do México, então seu sotaque é bem irritante.

— O que vocês estão fazendo? — pergunta ele, em tom de segredo.

Isso faz eu me sentir vulgar.

Não nos damos ao trabalho de responder.

José Luis é padrasto da Lorena tem uns quatro anos. Minha amiga contou que, quando conheceu a mãe dela, ele tinha acabado de chegar aos Estados Unidos, então era do tipo mais novo de *mojado*. Agora, José Luis trabalha como lavador de pratos em vários restaurantes da Taylor Street, e é por isso que está sempre reclamando dos italianos, falando sempre que pode como são mão de vaca. Ele e a mãe de Lorena são o casal mais nada a ver do mundo: José Luis é quinze anos mais novo do que ela, ou seja, apenas dez anos mais velho do que Lorena. Bizarro. Ele seria bonito se não fosse tão nojento. Toda vez que sei que vai estar por perto, uso roupas mais largas para ele não ficar olhando os meus peitos. Parece que está o tempo todo despindo a gente com os olhos.

José Luis está sempre à toa em casa, de camiseta, ouvindo músicas *norteñas* e engraxando as botas de couro de crocodilo. Em vez de deixar a gente em paz, como qualquer figura paterna, fica fazendo perguntas idiotas sobre música, escola e garotos. Queria que ele calasse a boca e deixasse a gente sozinha. Além disso, eu *sei* que José Luis é um nojento. Ano passado, Lorena me contou que ele a seguiu até o banheiro no meio da noite, a empurrou contra a parede e a beijou. Disse que ele enfiou a língua asquerosa na boca dela e que deu para sentir o pênis dele pressionando sua perna.

"Eu teria acabado com o cara", declarei, com raiva.

Mas Lorena parecia mais deprimida do que irritada e não respondeu.

No dia seguinte, ela contou para a mãe o que tinha acontecido, mas a mulher só disse que a filha devia ter sonhado e voltou a fazer o jantar.

José Luis prepara um sanduíche e vai para o quarto. Lorena e eu assistimos a um reality show sobre jovens ricos morando em Nova York. É bem ridículo, mas tento assistir por causa da minha amiga. Além disso, tenho certa curiosidade, porque quero fazer faculdade em Nova York. Desde pequena me imagino morando num apartamento em Manhattan, escrevendo até tarde da noite.

Continuo assistindo até uma das garotas loiras chorar porque a mãe não quer comprar para ela um par de sapatos que custa mais do que minha vida inteira. É demais. Fico enojada.

— Que bobeira — comento. — Não tem nada mais inteligente pra gente assistir? Quem sabe um documentário?

Ela me ignora.

Quando o episódio acaba, Lorena fica um tempão no banheiro. Fecho os olhos, mal consigo ficar acordada. Depois de alguns minutos, sinto alguma coisa perto de mim. Talvez a gata deles, Chimuela, tenha finalmente saído de debaixo da cama. Mas, quando abro os olhos, vejo José Luis agachado na minha frente. Parece estar fazendo alguma coisa com o celular dele, mas não tenho certeza. Será que estou imaginando? Estou tão chapada assim? Cruzo as pernas e puxo minha saia para baixo e, quando abro os olhos, estou sozinha outra vez.

Todo sábado à noite, Amá e Olga iam a um grupo de oração no salão da igreja, que consiste em um monte de senhoras mexicanas sentadas em círculo, reclamando dos problemas e falando sobre como Deus vai ajudá-las a enfrentá-los. Nas poucas vezes em que fui, fiquei tão entediada que quis arrancar meu cabelo. A gente ficou lá por três horas e eu não aguentei. Perguntei para Amá se podia ler o livro que tinha levado, mas ela falou que era falta de educação. Quando foi a vez dela de falar, Amá começou a contar ao grupo sobre como sentia falta do México, da mãe e do falecido pai. Ela chorou muito, e eu me senti culpada por reclamar. Olga segurou a mão dela e disse que tudo ia ficar bem, e eu só fiquei sentada lá, como uma idiota, sem saber o que fazer.

Amá insistia para que Apá e eu fôssemos a essas reuniões, mas a gente sempre recusava. Quem ia querer passar a noite de sábado falando de Deus? Já é ruim o suficiente ter que ir à missa todo domingo de manhã. Depois de encher o nosso saco por alguns anos, Amá finalmente desistiu. Num sábado, Apá me deixou pedir comida chinesa, deliciosamente gordurosa. Tivemos que esconder as embalagens para Amá não descobrir. Dissemos que tínhamos comido ovo no jantar.

Amá não vai ao grupo de oração desde que Olga morreu. Não quero acompanhá-la de forma alguma, mas fico feliz por ela ter decidido ir hoje. Quando está de folga, Amá passa horas deitada na cama, e eu fico com medo de ela nunca mais se levantar.

Assim que Amá sair, vou perguntar ao Apá se posso dar uma volta, porque ele só dá de ombros e avisa que minha mãe vai ficar irritada se descobrir — o que eu entendo como "sim". Eu saio de casa correndo antes que ele possa reclamar.

Lorena e Carlos, um garoto com quem ela tem conversado, vão passar para me buscar às sete e meia. Ela prometeu que obrigaria Carlos a nos levar até a casa do primo dele, Leo, porque ele é policial e pode ajudar com a história da Olga. Vou perguntar a ele como conseguir informações sobre minha irmã no Hotel Continental.

Carlos tem dezessete anos e dirige um carro vermelho velho e acabado, com frisos prateados gigantes, o que é bem ridículo. Por que gastar dinheiro nos frisos se o carro está caindo aos pedaços? Mas não reclamo. Pelo menos tenho carona.

Quando eles chegam, me aproximo e vejo alguém no banco traseiro. Um garoto. Lorena não avisou que mais gente viria. Fico nervosa e ajusto meu rabo de cavalo. Não passei maquiagem e meu moletom é velho e gasto. Eu nem me dei ao trabalho de tentar parecer atraente.

Lorena dá um sorriso, como se pedisse desculpas.

— Os planos mudaram, o Leo teve que trabalhar. A gente até perguntou, mas ele falou que não ia poder ajudar. Mas enfim, Julia, este é o Ramiro, o primo do Carlos. Ele é do México. Bonitinho, né?

— Jura, Lorena? Nossa, você às vezes é inacreditável — respondo incrédula.

Em seguida, cumprimento Ramiro. No fim das contas, não é culpa dele.

— Prazer — diz ele em espanhol, me dando um beijo na bochecha, no estilo mexicano.

Ramiro tem cabelos longos e encaracolados, bem qualquer coisa, mas o rosto dele é ok. Eu me esforço para ignorar a calça de couro falsa — ele está tentando ser estiloso, o que me dá vergonha.

O garoto só fala espanhol, então fico nervosa. Eu falo bem, obviamente, mas pareço muito mais inteligente em inglês. Meu vocabulário em espanhol não é tão extenso e às vezes eu travo. Espero que ele não pense que sou burra, porque não sou.

Lorena e Carlos me avisam que vão para a praia, mas esse não era o plano. Não me parece uma boa ideia, ainda mais porque está muito frio, mas não discuto porque não quero irritar Lorena.

Quando chegamos à praia de North Avenue, os dois saem correndo, deixando Ramiro e eu sozinhos sem saber o que fazer. Ramiro sopra as mãos, e eu abraço meu corpo. Depois de alguns minutos, ele começa a mexer no celular e eu observo o lindo reflexo das luzes na água. Queria estar sozinha.

Quando o silêncio fica quase insuportável, Ramiro me pergunta de que tipo de música eu gosto. Falo que é basicamente de indie e new wave, mas ele não sabe o que isso significa, e é difícil explicar em espanhol.

—Você nunca ouviu falar de Joy Division? — pergunto.

Ele balança a cabeça.

— E do New Order?

— Não.

— Neutral Milk Hotel? Death Cab for Cutie? Sigur Rós?

Ramiro balança a cabeça e sorri.

— Do que você gosta?

— Rock espanhol. Minha banda favorita é a El Tri — diz ele, abrindo o zíper da jaqueta para mostrar sua camiseta.

— Aff. Jura? Prefiro ouvir cachorros latindo por dez horas seguidas a escutar esses caras por cinco minutos. Não acredito que é sua banda favorita.

Nossa, que chatice.

— Uau. Beleza, então — responde ele, virando-se para olhar a paisagem.

Lorena diz que sempre estrago tudo porque falo demais. Ela acha que preciso dar uma chance aos garotos e ser menos linguaruda. E tem razão, porque dá para ver que magoei o Ramiro.

— Desculpa, foi grosseria minha — digo. — El Tri é uma banda muito respeitada. Mesmo não fazendo meu estilo, tenho certeza de que são talentosos. Às vezes eu não sei ficar quieta. É uma doença. Dizem que não tem cura.

Isso o faz rir.

— Espero que continuem tentando encontrar a cura, então — comenta.

— É, eu também.

Por alguns minutos, Ramiro e eu ficamos em silêncio observando o horizonte. O som das ondas me acalma e, por um instante, me esqueço de tudo — com quem estou, quem sou, onde moro. Só consigo pensar nesse som. Acho que meditação deve ser assim; lembro de ter lido sobre isso num livro. Fico em transe até que uma ambulância passa rápido pela Lake Shore Drive, atrás de nós. Procuro por Lorena e Carlos, mas eles não estão em lugar nenhum. Aposto que estão transando em algum canto, mesmo nesse frio, e provavelmente sem camisinha, mesmo eu já tendo dito um milhão de vezes para ela se cuidar.

— A Lorena me contou que sua irmã morreu — solta Ramiro, do nada. — Deve ser muito difícil.

— Mas está tudo bem — garanto, apesar de não ser bem verdade.

É o que esperam que eu diga, afinal. Estou bem! Estou bem! Estou bem!

— Como ela morreu? Se não se importa de eu perguntar.

Eu me importo, mas conto mesmo assim.

— Foi atropelada por um caminhão. Passou bem por cima dela. Minha irmã não estava prestando atenção.

— Nossa, sinto muito — diz Ramiro, parecendo arrependido de ter perguntado.

Sempre que penso em Olga, sinto um aperto no peito e dificuldade de respirar. Por que ele tinha que perguntar sobre ela? E por que Lorena contou isso para ele?

Eu me viro para os prédios e vejo um homem caminhando ao longe.

— Aquele cara está me assustando — comento.

— Quem? Aquele ali? — pergunta ele, apontando na direção do homem. — Ele não vai fazer nada.

— Como você sabe?

— Humm... Acho que não sei.

Ramiro dá risada. Quando me viro de novo, o homem está se afastando.

— E se eu proteger você? — sugere ele.

É brega, mas fofo, eu acho. Não sei o que responder, então concordo baixinho e dou de ombros. Ele põe a mão na minha nuca e se inclina na minha direção. Nunca imaginei que meu primeiro beijo seria assim, mas acho que poderia ser pior. Quando será que vou encontrar alguém de quem eu goste de verdade? Provavelmente nunca. Aposto que vou continuar virgem até a faculdade.

O hálito de Ramiro é levemente mentolado e, de início, o beijo é suave e gostoso, mas, depois de um tempo, ele entrelaça a língua na minha, o que me deixa com muito nojo. É assim que as pessoas beijam? Sinto que minha boca está sendo atacada. Bem na hora em que estou pronta para acabar com aquilo, Lorena e Carlos se aproximam de nós, gritando e assoviando. Fico com tanta vergonha que quero enfiar a cabeça na areia feito um avestruz.

— Nossa, já estava na hora! — exclama Lorena, sorrindo.

Não me dou ao trabalho de responder.

Carlos cumprimenta Ramiro com um soquinho e diz:

— Bom trabalho, *hermano*.

Fico irritada com o comentário. Não é como se ele tivesse ganhado uma droga de um prêmio nem nada.

6

HOJE MEU PRIMO VICTOR ESTÁ FAZENDO SETE anos, então meu tio Bigotes (é, "tio Bigode") vai dar uma grande festa para comemorar. Mas acho que é só uma desculpa para ele encher a cara. Amá está se arrumando, penteando o cabelo no banheiro. Digo que ela está bonita e pergunto se posso ficar em casa. Quero tentar entrar no quarto de Olga de novo, e a chave com certeza está em algum lugar do apartamento. Mas Amá nega sem se dar ao trabalho de olhar para mim. Talvez pense que, se me deixar sozinha, vou organizar uma orgia ou ter uma overdose de heroína. Não sei por que ela não confia em mim. Sempre garanto que não vou engravidar igual minha prima Vanessa, mas ela não liga.

Mesmo que não achasse a chave, pelo menos eu ia ficar um pouco sozinha. Algo que quase nunca acontece, porque Amá sempre se mete na minha vida. Às vezes, quando meus pais vão dormir, abro todas as janelas — algo que Amá odeia — e deixo a brisa balançar as cortinas. Fico sentada na sala, com uma xícara de café, meu diário, um livro e o abajur. Gosto do barulho dos carros à noite, mesmo quando o trânsito é interrompido pelo estalar de tiros.

Decido implorar.

— Amá, por favor, eu só quero ficar em casa lendo. Odeio festas, só vou para ficar sentada sozinha em algum canto. Não quero falar com ninguém.

— Que tipo de garota odeia festas?

— Eu — digo, apontando para mim mesma. — Você sabe disso.

★ ★ ★

A casa do meu tio sempre tem cheiro de frutas velhas e cachorro molhado, e não entendo por quê, já que o Chómpiras morreu três anos atrás. O aparelho de som toca Los Bukis no último volume e crianças correm para dentro e para fora da casa, berrando. Mesmo odiando muito crianças pequenas, a pior parte dessas festas de família é quando chego e vou embora. Se eu não der um beijo na bochecha de cada parente, mesmo os que não conheço, Amá me chama de malcriada.

"Quer ser igual a um daqueles *güeros* mal-educados?", ela sempre pergunta, várias vezes.

Nesse caso, sim, quero ser uma branca mal-educada, mas fico quieta porque não vale a pena discutir.

Cumprimento todo mundo com um beijo, inclusive o tio Cayetano, mesmo não suportando o cara. Quando eu era pequena, ele enfiava o dedo na minha boca nos momentos em que ninguém estava olhando. A última vez que fez isso foi na festa de comemoração da primeira comunhão da Vanessa, quando eu tinha doze anos. Todo mundo estava no quintal, e eu fui ao banheiro. Assim que saí, ele enfiou o dedo na minha boca muito mais fundo do que antes, então eu o mordi. Travei a boca e não quis mais soltar. Acho que queria chegar ao osso.

"*Hija de tu pinche madre*", gritou ele.

Quando finalmente o soltei, ele voltou para a festa, sacudindo a mão e deixando o sangue pingar no chão. Contou para todo mundo que o cachorro o tinha mordido e foi embora com um papel-toalha enrolado no dedo. Fiquei sentada num canto o resto da noite, bebendo litros de refrigerante para tirar o sabor salgado e metálico do sangue dele da minha boca. Eu me pergunto se tio Cayetano fez alguma coisa parecida com Olga.

A esposa do tio Bigotes, Paloma, corre para nos oferecer comida depois que cumprimentamos as pessoas. A tia Paloma é bem gorda, sua barriga fica pendurada e tudo balança quando anda. Sempre que a gente se encontra, me pergunto como ela e meu tio transam. Ou talvez não façam mais isso, já que agora ele tem uma amante — foi o que ouvi falar. Amá diz que Paloma tem problemas de tireoide, então me sinto mal por ela, mas já a vi comer três tortas de uma só vez. Tireoide, sei...

Quando termino de comer, estou tão cheia que minha calça meio que interrompe minha circulação. Está me incomodando, não importa em que posição me sente ou fique. Quase quero me deitar para deixar a comida se espalhar. Não sei por que faço isso — às vezes, parece que como para sufocar alguma coisa que grita dentro de mim, mesmo que não esteja com muita fome. Torço para não ganhar muito peso.

— *Buena para comer* — diz tia Milagros, olhando meu prato.

Boa de boca. Em geral eu não me ofenderia com um comentário desses. Os mexicanos sempre dizem isso sobre as crianças, é um tipo de elogio. Pessoas "boas de boca" comem tudo que está no prato sem reclamar. Comem com entusiasmo. Significa que não são chatos nem mimados. Mas, desta vez, sei que não foi um elogio porque minha tia Milagros está sempre falando besteira. Eu gostava dela quando era mais nova, mas ela virou uma pessoa amarga e ressentida com o passar dos anos. O marido a trocou por uma mulher mais nova há muito tempo e ela ficou assim. É difícil levá-la a sério por causa do cabelo ruivo com permanente e da franja estilo anos 1980, mas fico irritada por ter me tornado alvo dos comentários passivo-agressivos dela. Alguma coisa em mim a irrita. Ela está sempre fazendo cara feia para as roupas que uso ou comentando sobre meu peso, apesar de ser mais flácida do que um saco de roupa suja. Mas ela adorava Olga. Todo mundo adorava.

Observo minha prima Vanessa dar caldinho de feijão para a filha. Ela só tem dezesseis anos e já tem uma filha. Isso seria a pior coisa que poderia acontecer comigo, mas Vanessa parece feliz. Está o tempo todo beijando Olivia e dizendo o quanto a ama.

Eu me pergunto se ela um dia vai terminar o ensino médio. Que tipo de vida uma garota pode ter quando mora com os pais e tem que cuidar de uma criança? Olivia é fofinha e tudo o mais, mas eu nunca sei o que fazer com bebês.

Saio da casa e vejo meu primo Freddy e a esposa dele, Alicia, chegarem enquanto a pinhata está sendo pendurada. Sempre fui fascinada pelos dois. Freddy se formou na Universidade de Illinois e é engenheiro, Alicia estuda teatro na DePaul e trabalha na Steppenwolf. Eles se vestem como se tivessem acabado de sair de uma passarela. Alicia tem as roupas mais interessantes de todas: vestidos feitos de tecidos coloridos e divertidos e brincos que merecem estar em museus. Hoje, está usando um brinco em formato de mãos prateadas. Freddy está de calça jeans escura e blazer preto. Ninguém na família é igual a eles. Além deles, ninguém fez uma faculdade de verdade. Sempre quis fazer várias perguntas aos dois.

— Oi, gente! Tudo bem? E as novidades?

Eu me sinto idiota e malvestida quando falo com eles, já que os dois parecem muito sofisticados. Fico tímida.

— Tudo bem — responde Freddy, solene. — Sinto muito pela sua irmã. Estávamos na Tailândia e não pudemos ir ao velório.

Todo mundo vem para o jardim ver a pinhata. Victor começa a chorar de repente porque ainda não está pronta. Nossa, que mimado.

— É, a gente sente muito mesmo — diz Alicia, pegando a minha mão.

É o que todo mundo diz sobre Olga. *Sinto muito, meus pêsames, sinto muito*. Nunca sei o que responder. Será que devo agradecer?

— Tailândia! — exclamo. — Que legal. Como é lá?

Não quero falar sobre minha irmã.

— É lindo — responde Freddy, sorrindo.

Vejo tia Paloma enxugar o rosto do Victor com a ponta da blusa. Ele está histérico.

— É, a gente até andou de elefante — acrescenta Alicia. — Foi *in-crí-vel*.

— E você, o que está pensando em relação à faculdade? — pergunta Freddy.

Ele parece incomodado. Deve estar sentindo que não deviam ter mencionado Olga. Acho que me encolho um pouco toda vez que alguém diz o nome dela.

— Não sei direito — digo, por fim. — Acho que quero ir para Nova York. Algum lugar com um bom departamento de inglês. Mas não tenho tirado boas notas nos últimos tempos, então estou meio preocupada. Preciso aumentar minha média, se não vou arruinar minhas chances.

Quando me lembro da minha nota em álgebra, parece que cobras nascem e se arrastam por minha barriga.

— Olha, se você precisar de ajuda com os formulários de inscrição ou tiver alguma pergunta, avisa a gente. Precisamos de mais pessoas como você na faculdade — afirma Freddy.

— Com certeza — concorda Alicia, os brincos balançando. — Talvez eu consiga um estágio para você, quando tiver idade. Seria ótimo para o seu currículo!

— Obrigada — respondo.

Não sei o que Freddy quer dizer com *pessoas como eu*... Como assim? Por que importa se *eu* for para a faculdade ou não?

Não há mais ninguém com quem eu queira conversar, então vou para a sala ler *O apanhador no campo de centeio*, que precisei esconder na bolsa porque Amá sempre reclama quando leio nas festas.

"Por que você tem que ser tão mal-educada?", ela sempre pergunta, várias vezes.

Por que não posso simplesmente ficar em paz com a minha família, afinal? Nunca estou a fim de conversar, e aposto que todo mundo vai ficar me perguntando sobre a *quinceañera*. Além disso, todos os meus priminhos ainda estão tentando quebrar a pinhata, e duvido que alguém vá notar que sumi. Só espero que tio Cayetano não apareça enquanto eu estiver sozinha.

Leio por meia hora, mais ou menos, mas sou interrompida. Quando chego à parte em que Holden deixa cair no chão o disco da irmã mais nova, meu pai e meus tios se amontoam na sala de jantar para tomar uma das tequilas mais caras do bar. Já devia imaginar. Isso acontece em todas as festas.

Hoje, a garrafa que tio Bigotes pega é de um tom verde vibrante e tem formato de pistola. Como sempre, eles se sentam à mesa de jantar, servem a tequila e ficam conversando sobre como era incrível morar em Los Ojos.

— *Chingao*, como tenho saudade da minha cidadezinha... — diz tio Octavio, fechando os olhos e balançando a cabeça, como se lembrasse um amor perdido.

— Lembra da gente matando aula para nadar no rio? — pergunta tio Cayetano, se servindo de outra dose.

— Pra ser sincero, queria nunca ter saído de lá — comenta Apá, baixinho.

Se amam tanto o México, por que simplesmente não voltam? Fico me perguntando isso. Eles ficam choramingando de saudade, como se lá fosse o melhor lugar do mundo.

Retomo a leitura, mas tio Bigotes faz um gesto para eu me aproximar.

—Venha aqui, *mi hija*.

Vou até a mesa e fico a alguns metros dele, mas tio Bigotes pede que eu chegue mais perto. Ele me puxa e põe o braço em torno do meu pescoço. Seu hálito cheira a tequila, cigarros e algo mais profundo e nojento que não consigo identificar. Tento me soltar de forma sutil, mas não adianta: seu braço está me prendendo ali. Queria que Apá me ajudasse, mas ele só fica olhando para o próprio copo.

— O que você está fazendo sozinha na sala?

— Estava tentando terminar meu livro — explico.

— E por que trazer um livro para uma festa? — questiona ele, a fala embolada. — A família é a coisa mais importante na vida, *mi hija*. Vá lá fora conversar com seus primos.

— Mas eu gosto de ler.

— Pra quê?

— Quero ser escritora. Quero escrever livros.

Tio Bigotes toma outro gole da bebida.

— Está animada com a sua festa?

— Sei lá...

— Como assim? Você devia estar animada. Seus pais estão fazendo um grande sacrifício por você.

Entendi. Um sacrifício que não quero.

— Sabe, sem a família você não vai vencer na vida — continua ele. — E, agora que está mais velha, tem que aprender a ser uma *señorita* comportada como a sua irmã, que Deus a tenha — diz, dramático, depois me olha nos olhos para ver se entendi o que ele quer dizer.

— Só quero terminar meu *li-libro*, tio — digo, gaguejando em espanhol.

Sinto meu rosto ficar vermelho. Amá entra na sala, então tio Bigotes toma outro gole de tequila e solta meu pescoço. Ela cerra os lábios como se tivesse acabado de morder uma cebola e chama todos de bêbados ridículos.

— Olha só para essa garota — fala tio Bigotes, ignorando Amá e apontando para mim com o copo. — Tem um cacto na testa, mas mal sabe falar espanhol. Os Estados Unidos estão acabando com suas filhas, *hermana*.

Ele aponta para Amá e se levanta da mesa.

Ninguém parece saber o que dizer. Apá continua encarando o próprio copo como se procurasse algum tipo de resposta. Amá cruza os braços e faz cara feia para tio Bigotes enquanto ele sai da sala. Tio Cayetano se serve de outra dose. É a quarta — estou contando.

Todos ficam em silêncio até ouvirmos um vômito violento vindo do banheiro. Toco minha testa e imagino um cacto espinhoso pressionado ali, meu rosto ensanguentado como o de Jesus.

À noite, sonho que estou dormindo no antigo quarto de Amá, na casa de Mamá Jacinta, e de repente o cômodo começa a pegar fogo. Saio correndo para a rua, descalça e de camisola azul-clara, antes que tudo queime. Fico parada observando a casa estalar e ranger, a lama fria sob meus pés. De repente, Papá Feliciano, o falecido pai de Amá, está parado atrás de mim com uma cabra morta nas mãos, a cabeça presa ao pescoço do animal por um nervo fino e longo. O rosto e as roupas do meu avô estão cobertos de sangue.

Tudo está errado, como em todo sonho: a casa parece muito maior do que eu me lembro e há carvalhos gigantes em todos os cantos. Algumas coisas estão ao contrário ou de cabeça para baixo, como um carro vazio que anda para trás. Sei que estou em Los Ojos, no México, mas está muito diferente, muito deserta. A casa do outro lado da rua foi substituída por um campo de flores.

— Cadê a Mamá Jacinta? — pergunto para meu avô, mas ele não responde.

Em vez disso, me oferece a cabra morta que está segurando. Grito, mas ele só fica parado, inexpressivo. Não sei se Mamá Jacinta está viva ou não.

O fogo aumenta, então corro na direção do rio. Sinto o calor em minhas costas, queimando a ponta do meu cabelo. Pedras cortam meus pés. É noite, mas o céu ainda está iluminado, por algum motivo. O som dos grilos é quase ensurdecedor. Sinto cheiro de terra molhada.

Eu me jogo no rio quando o fogo finalmente me alcança, perto da estação de trem abandonada. Abro os olhos e sinto a água espessa e suja. De repente, um grupo de sereias emaranhadas com lixo e alga vem até mim, os longos cabelos flutuando. Suas caudas são de um tom verde-furta-cor, e seus peitos, pequenos e nus. A do meio se vira para mim e acena. É Olga. Ela dá o mesmo sorriso de antes de morrer, e sua pele está brilhando, como se algo tivesse sido aceso dentro dela.

— Olga! — grito, engolindo água. — Olga, por favor, volte!

As outras sereias a levam embora com cuidado. Tento nadar na direção delas, mas minhas pernas não me obedecem. Parece que estão acorrentadas no fundo do rio. Acordo chorando, sem ar.

7

LORENA FEZ UM NOVO AMIGO NA ESCOLA, UM garoto tão gay quanto um unicórnio colorido. Ela o conheceu na fila do almoço, quando ele elogiou os saltos verdes ridículos dela. Os dois começaram a falar sobre roupas, maquiagem, fofocas de celebridade e pronto — melhores amigos! Ele comentou sobre as baladas que frequenta com seu grupo de drag queens, e Lorena ficou animada. Ela só quer saber de festa nos últimos tempos. Agora os dois conversam o tempo todo e até andam de mãos dadas pelos corredores.

Quando Lorena me conta o nome dele, me recuso a acreditar. É bem idiota. É Juan García, mas prefere ser chamado de Juanga, o apelido de Juan Gabriel, o cantor mais amado do México, que era quase *purpurina*, mas nunca comentou sobre sua sexualidade. Como ele pode se comparar ao Juan Gabriel? É como se chamar de Jesus Cristo ou de Joana d'Arc. Então já não gosto muito dele. E não dá para negar: estou com ciúme. Lorena e eu não desgrudamos desde o dia em que nos conhecemos. É melhor Juanga ter cuidado.

O professor de história está doente, o que significa que vamos ter tempo vago. O professor substituto, o sr. Blankenship, respira alto pela boca e usa um suéter verde pequeno demais. Dá para ver a barriga peluda dele quando ergue os braços. Não sei onde a escola acha esses caras. O último substituto tinha a língua presa e usava pochete.

Em vez de pedir para que continuássemos nossos projetos de pesquisa, o sr. Blankenship coloca um documentário sobre a Segunda Guerra Mundial, um assunto que já estudamos. Em menos de dez minutos ele já está roncando. Aos poucos, a turma mergulha no caos. Alguns ouvem música no celular, Jorge e David lançam uma bola de futebol minúscula de um para o outro na sala, e Dario sobe na mesa e começa a dançar, jogando o cabelo para trás e fazendo biquinho. Ele faz isso sempre que um professor sai de sala, e seus movimentos lembram um flamingo.

— A gente tem que ir ao baile de máscaras. O Juanga me chamou — diz Lorena, com os olhos arregalados. — Todo mundo, todo mundo *mesmo*, vai estar lá. É em um apartamento chique no West Loop.

Só de ouvir o nome dele já fico irritada.

— Quem é "todo mundo"? Você sabe que eu não gosto muito de gente. Além disso, minha mãe teria um infarto. Nem pensar.

Estou intrigada com a festa, mas não quero passar a noite com Juanga. Ele ainda não é meu arqui-inimigo nem nada, mas eu já tenho certeza de que não quero ser amiga dele.

— Ai, minha nossa — responde Lorena. — É só mentir. Você não aprende, né? Fala que vamos viajar para visitar uma faculdade.

— Isso não faz sentido. A gente está no segundo ano, lembra? Como ela vai acreditar?

De repente, uma bomba estoura no vídeo e o sr. Blankenship acorda por meio segundo.

— Toma. Leva isso para a maluca da sua mãe — fala Lorena, me entregando uma folha de papel. — Eu já me planejei. A gente *tem* que ir a essa festa.

O papel é um formulário de visita à Universidade de Michigan para ver como é a vida na faculdade. Vamos ficar hospedadas nos alojamentos, comer no restaurante universitário, assistir a uma peça e fazer um passeio pelo campus. Lorena traduziu o texto para o espanhol no verso. E até mesmo conseguiu o papel timbrado com o cabeçalho da escola.

Fico chocada.

— Onde você conseguiu isso? — pergunto.
— Não se preocupe — responde Lorena, sorridente.
— É sério. Isso é impressionante. Não fazia ideia de que você era tão inteligente.
— Ei!
— O quê?
— Tudo bem, eu roubei o papel timbrado da mesa do sr. Zuniga e inventei o resto.
— Então você só se faz de boba, é?
Tento dar uma série de tapinhas na cabeça dela, mas ela se abaixa e dá um tapa na minha mão.
— Se você perder essa festa, vai se arrepender.

Depois da escola, entrego o papel para Amá, que nega sem nem me olhar. É o que ela sempre faz. É como se eu nem merecesse um contato visual. Não estou surpresa, é óbvio que não. Já imaginava que isso fosse acontecer. Até fiz algumas anotações para não me perder no roteiro. Peço, imploro, explico o quanto quero ir para a faculdade, como isso vai ser uma grande oportunidade, como preciso disso para meu desenvolvimento emocional e intelectual. Mas, depois de cerca de dez minutos implorando, dá para ver que ela não vai deixar.
— Filha minha não dorme na rua.
— Na rua? Isso não faz sentido. Vou ficar num *alojamento*.
— Você acha que é muito adulta, mas só tem quinze anos. Nem sabe fazer uma tortilha.
Estou começando a espumar de raiva. Amá é muito dramática. Às vezes, quero fugir deste apartamento e nunca mais voltar. Não sei o que tortilhas têm a ver com a faculdade.
— Que absurdo. Quero estudar fora, quero ver o mundo. Nunca saio desse bairro ridículo.
Meu lábio inferior estremece. Estou quase começando a acreditar na minha própria mentira.

—Você pode morar aqui e ainda fazer faculdade, sabia? Era o que a Olga fazia.

— De jeito nenhum. Nunca. Eu preferiria morar em um barril a estudar na faculdade daqui.

Minha irmã estudou lá por quatro anos e não se formou. Não sei direito o que ela fazia. Alguma coisa que envolvia negócios.

— Olga nunca quis sair por aí feito uma cigana. Estava sempre muito à vontade aqui em casa, passando tempo com a família dela. *Bien agusto, mi niña.*

Amá olha para o teto, como se estivesse tentando falar com minha irmã no céu.

— Ela não era uma menina. Ela era uma adulta!

Não sei por que isso me irrita tanto. Vou depressa para o meu quarto e bato a porta. Odeio quando Amá me vê chorar.

Na noite do baile de máscaras, tento ler na sala, mas não consigo me concentrar porque estou ansiosa, esperando meus pais irem dormir para poder sair de fininho. Eles sempre vão dormir às nove toda sexta-feira, o que é deprimente. Odiaria ser velha e chata e nunca fazer nada de divertido nos fins de semana. É por isso que nunca vou me casar nem ter filhos. É um saco.

Meia hora depois de irem para o quarto, vou até a porta deles na ponta dos pés e fico escutando. Espero que eu nunca, nunca escute os dois transando porque, se um dia ouvir, talvez tenha que furar meus tímpanos. Mas talvez eles nem transem mais. Quem sabe? Por sorte, dá para ouvir ambos roncando. Não sei como Amá consegue dormir com os roncos assustadores do Apá.

Com cuidado, volto para o meu quarto e arrumo a cama com travesseiros e um cobertor extra. Pego uma das minhas velhas bonecas e ponho onde minha cabeça deveria estar. Cubro a maior parte dela, mas deixo algumas mechas de cabelo escuro para fora, só para ficar mais realista. Fico feliz comigo mesma por ser tão inteligente. Se Amá abrir a porta e não ligar a luz, vai funcionar com certeza. Já peguei Amá bisbilhotando algumas noites. Ela é muito paranoica. E, para o caso de ela decidir erguer o cobertor por algum motivo, deixei um bilhete dizendo que fui encontrar Lorena porque ela estava tendo um surto e que vou voltar logo, que ela não precisa se preocupar. Duvido que vá ajudar muito, mas me parece melhor do que nada.

Coloco meu único vestido preto decente e mando uma mensagem pedindo que Lorena venha me buscar. Ela e Juanga vão chegar em cinco minutos, então vou até a porta fazendo o mínimo de barulho possível. Estou até com medo de piscar. Levo uma eternidade para virar a maçaneta, não quero fazer nem um ruído sequer. Quando fecho a porta, torço para não ter acordado meus pais.

Espero do lado de fora, no frio, eles chegarem. A calçada da frente do prédio está toda quebrada há anos e ninguém se dá ao trabalho de consertar. As poucas árvores da rua são pequenas e já perderam a maior parte das folhas. Espero que ninguém passe por aqui agora. Estou cansada de ser assediada pelos pervertidos do bairro. Eles devem encher o saco de qualquer um com peitos, humano ou não. Fico olhando para o relógio, xingando Lorena por ter mentido para mim sobre o quanto demoraria. E se Amá acordar e me vir aqui? E se alguém me vir e contar para ela? Nossa vizinha de porta, dona Josefa, está sempre olhando pela janela e é a maior *chismosa* que já conheci. Fico pensando sem parar nos piores cenários até sentir uma avalanche de preocupação e considero voltar para a cama. É melhor que essa festa seja a melhor coisa que já me aconteceu.

Finalmente, vejo os dois chegando.

Parece que Juanga não tem carteira de motorista, mas pegou o carro do pai "emprestado" mesmo assim.

— Não se preocupa, queridinha. Não vou matar você — garante ele, gargalhando como um louco assim que vê minha expressão preocupada.

Juanga estaciona em frente a um galpão gigante. A rua está escura e o prédio da festa parece velho e abandonado. Estou quase certa de que vamos ser assassinadas ou estupradas nesse lugar sinistro, mas não digo nada porque não quero ser chata. O que me tranquiliza é o fato de haver vários outros carros estacionados do lado de fora — carros chiques. Antes de entrarmos, ele nos entrega duas máscaras. A minha é coberta por penas de pavão e pedras brilhantes, o que não faz muito meu estilo, mas tudo bem.

Estava absolutamente errada sobre o lugar. Não parece uma cena de crime. Na verdade, é diferente de tudo que já vi. Eu me pergunto com o que essas pessoas trabalham, porque o apartamento parece ter saído de uma revista — tem lanternas chinesas que parecem ser verdadeiras obras de arte e tapetes com desenhos elaborados. Nossa, eu ia adorar morar num lugar assim sozinha. Não vejo a hora de ir embora da casa dos meus pais.

Todos se viram para olhar para a gente. Com certeza somos as pessoas mais novas aqui e devem ter percebido isso, mesmo que estejamos de máscara. Depois de alguns minutos desconfortáveis, uma mulher gorda de vestido de couro e máscara vermelha vem correndo até a gente.

— E aí, amiga! — diz ela para Juanga, dando um beijo em sua bochecha.

— Oi! — berra ele, se virando para a gente. — Esta é a Maribel, a anfitriã da noite.

— Muitíssimo prazer — responde Maribel, fazendo uma reverência exagerada. O vestido dela é tão decotado que tenho medo de que um de seus peitos pule para fora. — Sintam-se em casa. Não sejam tímidas, tem bebidas na sala.

Vamos até lá, e Lorena e Juanga se servem de doses de alguma coisa. Não aceito porque, da última vez que bebi vodca com Lorena, vomitei tanto que acabou saindo pelo meu nariz. Abro uma cerveja, mas me arrependo na hora — tem gosto de xixi e bile.

A única outra vez que provei cerveja foi quando tinha doze anos e tomei um gole escondido da cerveja do Apá quando ele estava no banheiro. Achei nojento naquela época e continuo achando. Por isso bebo rápido, sem respirar pelo nariz.

A máscara está desconfortável, ainda mais porque estou usando por cima dos óculos, coça e me faz suar. Eu teria colocado lentes de contato, mas acabaram. Estou com medo de ficar com espinhas, então tiro a máscara. Olho ao redor, distraída, e então um homem com uma máscara de O *Fantasma da Ópera* me tira para dançar. Não faço ideia de quem ele é, mas não tenho que me preocupar porque todo mundo aqui é *queer* ou trans. É legal não ter que me preocupar com caras nojentos uma vez na vida.

O DJ toca James Brown e todo mundo surta, balançando os braços e cantando. Não sou boa dançarina, mas gosto do ritmo. Não dá para ficar pior do que o cara do meu lado, que dança igual a um tiranossauro rex. Depois de algumas músicas, começo a me soltar. Quando sacudo os ombros imitando as drags, elas dão risada e aplaudem. Além disso, estou fascinada pelas mulheres daqui. São gordas e dançam como se sentissem maravilhosas. Queria ser assim.

Quando giro com uma garota de macacão justo, alguém me dá um tapinha no ombro. Uma mulher baixinha, de máscara prata, inclina a cabeça para o lado como se tentasse descobrir de onde me conhece.

— Oi?

— Espera, você é a irmã da Olga? A Julia? — grita ela por sobre a música.

— O quê? Quem é você? — pergunto, olhando desconfiada. Não tenho ideia de quem seja.

—Você não se lembra de mim? — indaga, tirando a máscara.

— Não.

— Jazmyn, lembra? Amiga da Olga do ensino médio. Olha só você! Como cresceu!

Por fim, me lembro: Jazmyn, da mordida cruzada e dos olhos caídos. Também lembro que o nome tinha uma grafia esquisita. Mesmo criança, eu a achava insuportável.

— Mais ou menos — respondo, sem interesse.

Não estou com vontade de falar com ela. Não quero ter que dar explicações.

—Você não é muito nova para estar aqui? Quantos anos você tem mesmo?

Finjo não ouvir. Pelo jeito, tem gente intrometida em todo lugar aonde vou.

— Ai, nossa, eu passava tanto tempo na sua casa... — comenta ela. — Olga, Angie e eu éramos inseparáveis no ensino médio. Eu lembro que você era tão sensível... Estava sempre chorando.

Reviro os olhos. Por que todo mundo só lembra o quanto eu era chata quando criança?

— Sabe, eu fiquei um tempão sem vê-la — continua ela. — Encontrei com Olga quando estava fazendo compras, uns anos atrás. Ela não parava de falar sobre um garoto por quem estava apaixonada, toda animada. Nunca a tinha visto tão feliz.

A música fica mais alta e eu sinto o toque do baixo vibrar por todo o meu corpo.

— Calma, como assim? Você está falando do Pedro? Ou de outro cara?

— O quê? — Jazmyn põe a mão no ouvido.

— Um cara que parecia um porco-formigueiro? O Pedro?

Uso a mão para ilustrar um focinho, já que ela não consegue entender, mas a garota ainda parece confusa. Jazmyn se aproxima de mim. Sinto seu hálito quente no rosto.

— E como ela está? — pergunta. — A gente perdeu contato depois que me mudei para o Texas. Venho para cá visitar de vez em quando. É minha prima que está dando a festa — diz, apontando para Maribel, que nos manda beijos.

— Ela morreu.

Eu me recuso a dizer *faleceu*, como todo mundo. Por que as pessoas não podem dizer o que querem?

— O quê? — indaga Jazmyn, confusa.

— Falei que ela morreu!

Sinto a cerveja revirar no meu estômago. A sala começa a girar.

— Não acredito nisso... Nós... nós... éramos amigas.

Acho que Jazmyn vai começar a chorar. Talvez eu não devesse ter contado.

— Como foi que isso aconteceu? Ela era tão jovem... Ai, minha nossa.

— Olga foi atropelada por um caminhão. Foi em setembro.

Não dá para sair de casa sem falar da morte da minha irmã, e toda vez que faço isso acho que vou desmaiar ou vomitar. Os olhos de Jazmyn se enchem de lágrimas.

Eu a deixo ali parada e corro para o banheiro. Quando me debruço sobre a privada, nada sai. Vou até a pia e jogo água fria no rosto, o que faz o rímel e o lápis de olho escorrerem. Tento limpar a maquiagem com um pedaço de papel, mas continuo parecendo o Coringa. Vou ter que usar a máscara de pavão. Respiro fundo algumas vezes antes de sair. É difícil respirar, é como se meu corpo de repente tivesse se esquecido de como fazer isso. Talvez Jazmyn não estivesse falando do Pedro. Depressa, busco por ela por todo o apartamento. Eu até procuro do lado de fora, mas Jazmyn deve ter ido embora. Não a vejo em lugar nenhum. Encontro Juanga e Lorena bebendo na cozinha.

— Olha. Toma. Você está precisando — diz Lorena, me entregando um copo.

O cheiro faz meu estômago revirar, mas bebo mesmo assim. O álcool queima minha garganta e um calor agradável domina meu corpo. Sinto meus músculos relaxarem. Não é à toa que tanta gente é alcoólatra.

★ ★ ★

Estou bêbada quando Juanga e Lorena resolvem ir embora. Não sei quantas doses ele tomou, mas sei que não deveria estar dirigindo. Que escolha eu tenho? Sem ele, como vou para casa?

Mal consigo manter os olhos abertos, mas sinto Juanga jogar o carro de um lado para o outro por toda a estrada. Quando pegamos um retorno, ele pisa no freio com tanta força que quase bato a cabeça na parte de trás do banco do carona, onde Lorena está sentada.

— Desculpem, desculpem, desculpem — diz ele, a voz lenta.

Espero que Juanga não me mate, porque Amá vai enlouquecer. Está quase na hora que meus pais acordam. O céu ainda está escuro, mas começa a clarear. Há lindas luzes alaranjadas sobre o lago. Parece que o dia está rompendo o céu.

Penso no rosto de Jazmyn quando contei sobre Olga.

Aonde quer que eu vá, o fantasma da minha irmã paira sobre mim.

8

AMÁ ME PEDE PARA AJUDÁ-LA NO TRABALHO hoje. Na verdade, me *força* a ir trabalhar com ela. A moça que ajuda minha mãe com as faxinas estirou um músculo das costas e não consegue sair da cama. Mas não é só isso. Amá diz que eu deveria fazer por merecer minha *quinceañera*, mesmo sabendo que eu preferiria comer uma tigela de amebas a dar essa festa. De acordo com ela, agora que sou quase adulta, está na hora de aprender a ser responsável. Não era bem assim que eu queria passar o domingo, mas não tenho escolha. O que vou dizer? "Vá limpar aquelas mansões sozinha. Quero escrever e tirar um cochilo!" Isso seria inaceitável, ainda mais agora que a principal ajudante da minha mãe não está mais aqui.

    Todas as casas que temos que limpar ficam em Lincoln Park, um dos bairros mais caros de Chicago. A primeira é de um homem que não está em casa. Já está impecável, então só levamos uma hora, mais ou menos. Mamão com açúcar. As pessoas gastam dinheiro com cada coisa, como pode?

    A segunda casa fica a algumas quadras dali e a dona é uma advogada que fica observando a gente o tempo todo e falando num espanhol horrível que aprendeu na escola — e eu tenho certeza de que meu inglês é melhor do que o dela. Estou odiando essa mulher e seus móveis bege sem graça, mas banco a boba e finjo que não sei falar inglês muito bem. Amá diz que é melhor não conversar com eles, quando dá para evitar. Levamos três horas para terminar porque também precisei colocar a roupa para lavar. Não sei por que ela não pode fazer isso. Tipo, ela estava em casa o tempo todo. Como tem gente preguiçosa no mundo.

A última casa é um sobrado perto do campus da DePaul. O dono diz que é professor de antropologia, como se a gente ligasse para isso. É um grande babaca. Ele se apresenta como dr. Scheinberg e usou a palavra "propício". Eu sei o que significa — eu leio, dã! —, mas por que alguém usaria esse tipo de vocabulário com uma faxineira mexicana? Como o sr. Ingman diz: "Conheça seu público."

O dr. Scheinberg nos diz que vai voltar dali a três horas e meia. Quando diz "adeus" em vez de "tchau", quero dar um soco na garganta dele, mas só dou um sorriso e aceno de volta.

A casa parece um museu. É cheia de tapetes de várias cores, máscaras africanas pretas e brancas e estátuas de homens e mulheres em posições estranhas. Tudo parece custar milhares de dólares e merecer estar em uma vitrine. De início, o lugar parece estar limpo, mas, se a gente olha de perto, há sujeira por todos os cantos — além de bolas de poeira em que daria para fazer pilates.

— *Ave María purísima* — murmura Amá, se benzendo.

Ela provavelmente acha que o cara é satanista. Está sempre falando que as pessoas são satanistas.

Amá diz que a gente deve começar com as partes mais nojentas da casa — os banheiros. É melhor terminá-los primeiro. O banheiro principal está cheio de toalhas e roupas molhadas. A pia, manchada com pasta de dente e pelinhos. Que nojo... Chuto tudo para um canto e me aproximo da privada. Faz sentido começar com o pior. Coloco as luvas que Amá me deu, pego a escovinha do vaso sanitário e prendo a respiração.

—Vai logo — ordena Amá.

Era disso que eu mais tinha medo. Sei lidar com sujeira, mas privadas... Banheiros dos outros sempre me deixam com nojo. Uma vez tive infecção urinária depois de segurar o xixi por horas porque não conseguia achar um banheiro decente. As outras duas casas que limpamos hoje foram fáceis porque já estavam relativamente arrumadas, mas duvido que esse vá ser o caso aqui.

Levanto a tampa e é pior do que eu esperava. Muito pior: tem um cocô preto enorme boiando. É sério isso? Ou é uma pegadinha? Tem uma câmera escondida em algum lugar? Pulo para trás e quase vomito. Meus olhos lacrimejam. O que esse homem come, carvão?

—Vamos! Dê descarga e limpe isso aí — responde Amá, revirando os olhos, como se visse esse tipo de arma biológica todos os dias.

Bem, talvez ela veja.

Respiro pela boca e tento limpar o mais rápido possível. Quando terminamos o banheiro principal, vamos para o lavabo, que, comparado ao primeiro cômodo, parece um passeio por um lindo jardim. Ainda bem. Afinal, por que um homem que mora sozinho precisa de mais de um banheiro? Não tenho ideia.

Estou com medo de o quarto estar cheio de vestígios das transas do cara, mas a coisa mais nojenta que achamos é um lencinho de papel amassado no chão ao lado da cama e unhas cortadas na cômoda. Também tem roupas e sapatos largados por todos os cantos. Achei que *eu* fosse bagunceira, mas esse cara se superou.

Depois vem a cozinha. Lavo o fogão, e o vapor tóxico queima a parte de dentro do meu nariz. Eu me pergunto a quantos produtos químicos Amá fica exposta todos os dias. Queria colocar uma música para tocar, porque o silêncio está me deixando nervosa. Só escuto borrifadas, rangidos e passadas de pano. Como Amá faz isso?

— Então... A Olga gostava de fazer faxina com você?

Nem sei por que perguntei isso, só queria quebrar o silêncio.

— Como assim *gostava*? E quem é que gosta de fazer faxina? Ninguém *gosta*. É só o que a gente tem que fazer.

— Beleza. Desculpa ter perguntado.

Amá parece um pouco envergonhada por ter sido tão rude.

—Tudo bem, *mi hija*. — Em seguida, ela parece tentar pensar em alguma coisa para dizer. — E a escola?

— Está bem — minto.

A verdade é que a escola está insuportável. Adoro ler e aprender, mas o restante é insuportável. Não tenho muitos amigos e me sinto sozinha o tempo todo. Desde que Olga morreu, tudo ficou ainda pior — agora parece que nem sei mais falar com as pessoas. É por isso que ando lendo cada vez mais.

— Adoro as aulas de inglês. O sr. Ingman diz que escrevo bem.

— Hummm, que ótimo — responde Amá, sem prestar atenção.

Ela não fala muito quando o assunto é escola. Amá precisou parar de estudar no nono ano para ajudar a família. Apá também, quando estava no oitavo ano, para trabalhar no campo. É estranho não poder conversar com eles sobre uma coisa tão importante como essa.

Quando olho para o quadro de uma mulher de bunda grande pendurado na sala de jantar, me lembro da amiga de Olga, Jazmyn, que também tem a bunda grande.

— Amá, você se lembra da amiga da Olga, a Jazmyn?

— Aquela *huerca*? E como esquecer? Ficava o tempo todo lá em casa, nunca queria ir embora. Me deixava maluca. Por quê? O que tem ela?

— Lembrei dela, só isso. Você sabe o sobrenome dela?

— Por quê? Você encontrou com ela?

Entro um pouco em pânico, como se, de alguma forma, ela pudesse ler minha mente e descobrir que fui àquela festa.

— Não, não. Ela não se mudou para o Texas? Como eu ia encontrar com ela?

Talvez eu esteja na defensiva demais. Deixo o silêncio pairar por um tempo. Com uma expressão de repulsa, Amá tira a poeira de todas as estátuas.

— A Olga tinha namorado? — pergunto, por fim.

— O único namorado que ela teve foi o Pedro. Um garoto tão bonzinho…

Se ela acha aquele garoto feio e chato *bonzinho*, então beleza.

— Então ela *nunca* mais teve outro namorado? — pergunto.

— Óbvio que não. Que pergunta é essa? Já viu sua irmã correr atrás de homem?

Amá parece irritada, mas não consigo parar de fazer perguntas.

— Tá, tá, desculpa. É só que… Como ela tinha vinte e dois anos e ficou sem namorar por tanto tempo? Não é *estranho*?

— O que tem de estranho numa moça preferir ficar em casa, com a família, a dormir com todo mundo? As garotas desse país não têm respeito. Estranha é você, sabia?

O rosto de Amá começa a ficar vermelho e seus olhos, arregalados, então fico quieta e continuo a limpar.

O dr. Scheinberg chega quando estamos terminando. Ao nos entregar o dinheiro, ele diz *"gracias"* e faz uma reverência com as mãos juntas. Juro, não é brincadeira. E eu não gosto do jeito que ele encara Amá quando se despede. Tem alguma coisa nesse homem que faz eu me sentir suja, coberta por uma gosma nojenta e quente. Não é à toa que ele não é casado.

Está escuro e o chão, coberto de neve. Tudo está lindo e imóvel, como se fosse uma fotografia e não a vida real. Em geral, o inverno me deprime, mas, de vez em quando, momentos assim são tranquilos e agradáveis — o gelo, a neve brilhante, o silêncio.

Quando a gente entra no ônibus, minhas costas doem, minhas mãos estão com calos e meus olhos ardem por causa dos produtos de limpeza. Estou fedendo a alvejante e suor. Nunca estive tão cansada na vida. Quem diria que os ricos podiam ser tão nojentos? Agora entendo por que todo mundo chama trabalho de *la chinga* e por que Amá está sempre de mau humor. Queria saber o que mais ela vê na casa dessas pessoas e se outros homens olham para ela do mesmo jeito que o dr. Scheinberg.

9

DECIDO IR AO BAILE DA ESCOLA PORQUE DEPOIS vai rolar uma festa na casa do Alex Tafoya. Os pais dele foram visitar o México por algumas semanas, e Lorena disse que a irmã dele, Jessica, que estudou com Olga, vai estar lá. Talvez seja inútil — não tenho ideia se elas se falavam —, mas não sei mais o que fazer.

Amá me deixa ir, o que pode ser considerado um milagre, apesar de avisar para eu ter juízo e não bancar a *volada*, ficando com todo mundo. Toda vez que ela diz coisas assim eu sinto vergonha. Não sei por quê, já que nunca fiz nada de mais.

Então preciso comprar um vestido, e Amá avisa que vai comigo ao shopping. Odeio fazer compras, mas é a única opção, já que não tenho roupa para ir ao baile — meus três únicos vestidos estão literalmente caindo aos pedaços. Um até está com um buraco enorme na axila. Amá diz que eu devia jogá-lo fora, mas gosto do caimento dele. Mas ela também fala para eu não usar calça jeans ou camisetas de banda, porque ela não gosta, e nada de All Star. Tenho que me vestir como "uma mulher de verdade".

Graças à *quinceañera*, meu orçamento é de apenas 45 dólares. Quase nada.

No domingo antes do baile, Amá e eu vamos a um shopping nos arredores da cidade, que tem lojas com desconto. Ela dirige sob rajadas de neve por cerca de uma hora, então finalmente chegamos. Pensava que minha vizinhança era ruim, mas acho que seria o fim da picada morar nesses bairros chiques. Não ligo se as casas são grandes e caras. Tudo é exatamente igual e os únicos restaurantes que vejo são o Chili's e o Olive Garden.

A primeira loja em que entramos está cheia de pessoas brancas que nos olham estranho, o que já é mau sinal. Olho para a etiqueta de um suéter rosa horroroso e vejo que está em promoção — apenas 99 dólares. Se isso é uma peça em promoção, então a gente não vai conseguir comprar nem meias. Valeu, muito obrigada, mas não vai rolar.

—Vamos — digo.

Procuramos uma loja mais barata por meia hora. Só quero desistir e comer um rolinho de canela, mesmo sempre passando mal depois de comer esses doces. Eu me sento num banco e digo a Amá que não vou encontrar algo legal, que ela pode continuar sem mim.

—Vem — chama Amá, me puxando pelo braço. — Não seja tão dramática, a gente vai achar alguma coisa para você. Se não, podemos ir a outro lugar.

— Prefiro comprar o pior vestido daqui a ir a outro shopping. Vamos acabar logo com isso — falo, me levantando, determinada.

Depois de experimentar uns vinte vestidos em cinco lojas diferentes, por fim encontro um que me agrada. É preto e vermelho, quadriculado. A bainha fica pouco acima do meu joelho — a altura ideal, porque qualquer coisa mais comprida faz com que eu pareça mais gorda. É o tipo de vestido que imagino que uma executiva usa quando sai para tomar drinques depois do trabalho. Aposto que ninguém da escola vai ter um vestido assim. E estou com sorte porque é tamanho 44 e está em promoção. Com o desconto, vai custar 39,99.

Quando saio do provador, Amá balança a cabeça.

— Que foi? — pergunto.

— Ficou apertado demais.

— Não ficou, não. Cabe direitinho!

— Mostra demais seus seios — responde Amá, fazendo uma careta como se tivesse acabado de sentir um cheiro ruim.

Amá odeia quando as mulheres vestem roupas reveladoras, mas este vestido não é nem um pouco sexy. Não é decotado, não mostra meus peitos. Toda vez que meus pais estão vendo TV aparecem mulheres usando decotes — inclusive no jornal —, mas sou eu que preciso me esconder? Não entendo. Outro dia ela surtou só porque descobriu que eu tinha raspado as pernas. Será que acha que tenho que me cobrir com uma túnica e deixar meu corpo coberto por pelos?

— Acho que ficou bom em mim — declaro. — Eu gostei e o preço é perfeito.

— Por que você sempre usa preto? Por que não experimenta outra cor? Uma mais bonita, tipo amarelo ou verde?

Uma mulher entra no provador com o braço cheio de calças pretas. Ela me lança um sorriso envergonhado, como se soubesse que aquilo é uma tortura para mim.

— Amarelo ou verde? Sério? Amá, essas cores são horríveis.

— Esse vestido não é decente, Julia. É difícil de entender? Não vou comprar.

— Então você só vai comprar um vestido que você gosta, mesmo que eu odeie?

Eu devia ter percebido que fazer compras com Amá seria uma péssima ideia.

— É, isso mesmo.

— Não acredito. Por que você sempre faz isso? Por que não posso usar a roupa que eu quero? Não é como se eu tivesse escolhido shorts curtos ou um tomara que caia transparente.

— Lembre que não é você que manda aqui. Por que você quer sempre dificultar as coisas? Por que nunca está feliz? Tento fazer uma coisa legal e é assim que você retribui? *Dios mío*, quem ia imaginar que eu teria uma filha tão ingrata?

Amá tem muito talento para fazer chantagem emocional. Ela poderia ganhar uma medalha de ouro por isso.

— Minha nossa, deixa pra lá. Não compra nada, então.

Volto para o provador com os olhos cheios de lágrimas. Tento segurar, mas elas não param de escorrer. Sinto a garganta fechar e tento engolir o choro. Estou tão frustrada que não sei o que fazer. Às vezes, quando fico assim, dá vontade de quebrar tudo. Quero ouvir as coisas se despedaçarem. Sinto meu coração disparar e fico sem ar. Será que um dia as coisas vão melhorar? Ou é assim que minha vida vai ser?

Dou uma olhada no espelho uma última vez. O que eu posso fazer se meus peitos são grandes? O que ela quer que eu faça? Que eu os amarre com faixas para reduzir o volume? Estou cansada de ouvir os outros me dizendo como eu deveria agir e como deveria me vestir. Só falta um ano e meio para eu sair de casa. Aí ninguém vai me encher o saco. Nunca mais.

Pego um dos vestidos de Lorena emprestado, o que não é fácil porque o guarda-roupa dela é cheio de peças brilhantes com estampas malucas e a maioria é muito curta. Lorena e eu temos a mesma altura, mas ela é magra, então às vezes compra roupas da sessão infantil. No fim das contas, o vestido que escolho é preto e bem justo. Mal cabe em mim, mas vai ter que servir. Ele tem uma abertura na lateral, que me parece elegante. Também pego emprestado um par de sapatilhas pretas — porque salto alto é coisa de gente idiota.

Lorena e eu vamos ao baile com um grupo de garotas solteiras. Ela diz a Carlos que ele não pode ir e Juanga está sumido faz uma semana, desde que fugiu de casa com um velho de Indiana. Eu me pergunto se ele vai ser expulso da escola e até tento parecer decepcionada quando Lorena avisa que Juanga não vai com a gente, mas ela sabe que é mentira.

Encontramos Fátima, Maggie e Sandra, da aula de educação física, perto da entrada. Elas falam inglês com alguns desvios gramaticais, mas são muito simpáticas. Quer dizer, eu sei que não deveria ficar julgando as pessoas só por dizerem "nós vai". Vários alunos da escola falam assim, então eu devia relevar. Lorena diz que sou certinha demais e que é por isso que quase não tenho amigos.

As luzes piscantes e a máquina de gelo-seco fazem com que fique difícil ver o salão. Quando meus olhos finalmente se acostumam, percebo que as pessoas estão dançando tão perto umas das outras que estão quase se roçando. Alguém vai sair grávida daqui hoje.

Lorena e as garotas ficam empolgadas com uma música que não reconheço e correm para a pista de dança. Decido não ir atrás e, depois de alguns minutos, começo a me perguntar para onde deveria olhar e onde deveria colocar as mãos. E se eu encarar alguém por tempo demais? E se ficar parecendo o Frankenstein, com os braços duros ao lado do corpo? E se as pessoas acharem que sou uma coitada por estar sozinha? Todas essas ideias terríveis passam pela minha cabeça, e Chris vem na minha direção. Ele está de óculos escuros e usando uma camiseta do filme *Scarface*, sem se tocar que parece um idiota. A gente se conhece desde o ensino fundamental e o garoto sempre foi insuportável.

— É a primeira vez que acho você bonita — comenta ele, olhando para o meu vestido, mas sobretudo para os meus peitos.

— Era para ser um elogio?

— Aham.

— Você devia aprender a falar com as mulheres.

Dou as costas para ele, que continua falando:

— Você, mulher? Até parece! — Chris se aproxima e ergue os óculos de sol, como se tentasse ver melhor, como se avaliasse uma peça de carne em promoção. — Por que você tem que se vestir que nem uma ridícula o tempo todo?

— Sério, Chris? Que atitude babaca. Nunca mais me dirija a palavra. Na verdade, vê se nem olha na minha direção.

— Você é muito metida, esse é o seu problema. Acha que é melhor do que todo mundo. Se acha espertona, falando igual uma garota branca.

— E quem você pensa que é para falar assim comigo?

Estou com tanta raiva que minhas mãos tremem. Quero tirar os óculos escuros da cara dele com um tapa, mas não vale a pena. Chris vai acabar morando no porão da casa da mãe até os quarenta anos. Isso já é punição suficiente.

Vou até as garotas, que estão dançando como se não houvesse amanhã, com as mãos para o alto e rebolando de um lado para o outro. Elas fazem um círculo e balançam a bunda contra mim, me fazendo rir.

Quando o baile acaba, Lorena diz que podemos ir andando para a casa do Alex, já que fica só a duas quadras dali.

— Tem certeza de que a irmã dele vai estar lá, né? É bom que valha a pena, porque eu vou arranjar problema. Não falei para minha mãe que ia.

— Foi o Alex que disse. Ela vai estar lá, sim.

Mando uma mensagem para Amá avisando que vou chegar mais tarde. Menos de três segundos depois, sinto o celular vibrar, mas não atendo porque já sei o que ela vai dizer.

Todo mundo acha Alex incrível porque ele é alto e ótimo no basquete, e todas as garotas o acham bonito, mas eu acho médio, na verdade. Alex tem dentes bonitos, mas não sei o que há de tão especial nele.

A casa já está lotada, e eu começo a pensar que isso é um erro. Não lido bem com lugares cheios. Uma vez, quando era pequena, eu surtei durante um desfile de rua e meus pais tiveram que me carregar para casa enquanto eu gritava e me debatia. Às vezes, também tenho dificuldade de respirar em elevadores lotados.

As janelas estão embaçadas por causa do calor humano e há grupos de pessoas nas portas e nos corredores, fazendo com que seja quase impossível o ar circular. Por um segundo, acho que vou ter um ataque de pânico, mas acabo me acalmando. Respiro devagar e digo a mim mesma que vai ficar tudo bem. Depois de passar pela multidão na sala, finalmente chegamos à cozinha, onde estão as bebidas. A mesa está coberta com todos os tipos de garrafa, e tem um barril de cerveja ao lado da pia. Alex e o resto do time de basquete estão fumando maconha perto da janela. Ele pergunta se queremos fumar ou se pode preparar uma bebida para a gente — muito gentil, já que o cara provavelmente não tem ideia de quem eu sou.

Todas as garotas escolhem Malibu, mas eu peço uísque com Coca-Cola. Não sei se as pessoas misturam essas duas bebidas, mas é gostoso. Bebo tudo em três goles. Quando vou me servir de novo, Lorena segura meu braço e me pede para ir devagar.

Vou direto ao assunto:

— Cadê a irmã do Alex?

— Não sei — diz Lorena. — Ainda não vi a Jessica. Mas tenta se divertir, ela já vai chegar.

Ela se afasta e se perde na multidão antes que eu possa pensar em segui-la.

Passo a maior parte da noite procurando pela Jessica. Não lembro direito como ela é. Imagino que se pareça com Alex, e Lorena diz que ela pintou o cabelo de ruivo-escuro, mas não vejo ninguém assim.

Depois de outros três copos de bebida, começo a ficar mais relaxada. Apesar de falar demais às vezes, acho difícil começar conversas com pessoas que não conheço — uma das poucas coisas que Olga e eu tínhamos em comum. Na fila do banheiro, pergunto ao garoto bonito na minha frente quem é o homem engraçado na camiseta dele, mas ele só murmura alguma coisa e se afasta. Amá sempre diz que mulheres nunca devem puxar assunto com os homens, que eles são os responsáveis por correr atrás de nós e nos paquerar. Talvez ela esteja certa, porque... que papelão!

Depois que faço xixi, encontro Maggie sozinha na sala e pergunto se sabe onde Lorena está. Ela dá de ombros e responde que não a vê há algum tempo. Maggie é legal e bonita, mas não tem muita coisa na cabeça. Não importa o assunto, ela sempre fica com uma expressão confusa no rosto — mesmo se ninguém tiver feito uma pergunta — e com um tipo de vazio nos olhos que não consigo explicar. Ela não é como Lorena, que só finge ser boba. Maggie é boba mesmo.

—Você está se divertindo? — pergunto.

— É, a festa está divertida, acho — responde ela, ajeitando o rabo de cavalo. — Mas não tem nem um cara bonito.

— Não tem mesmo. Aquele ali parece um testículo — observo, apontando para um garoto careca com bochechas grandes largado no sofá.

Maggie dá uma risada.

—Você é doida.

Assinto.

— Sou, infelizmente.

Olho ao redor e tento encontrar Lorena, então vejo um casal se beijando num dos quartos através da porta entreaberta. Só que eles não estão só beijando, estão se pegando *de verdade*.

— Opa, olha só aquilo — sussurro para Maggie e inclino a cabeça na direção deles.

A garota está sentada no colo do cara, com as pernas em volta da cintura dele. Talvez ela esteja completamente bêbada, mas não noto nem um fiapo de vergonha, o que, de certa forma, é admirável. Os beijos são molhados e babados e dá para ver a língua deles entrando e saindo da boca. Ela se esfrega no cara, que beija o pescoço e o peito dela. As garotas que estão ao nosso lado ficam escandalizadas e a chamam de vagabunda, vadia, piranha e vários outros sinônimos em inglês e espanhol. Parece até que consultaram um dicionário. Alguns garotos se aproximam e tentam tirar fotos com o celular. O casal não percebe ou não se importa com isso.

— Que horror — diz Maggie. — Que pouca vergonha...

— É, horrível mesmo — respondo, mas me pergunto se um dia alguém vai me tocar daquela maneira.

Depois de ir ao banheiro pela bilionésima vez, finalmente encontro Lorena na varanda dos fundos, cercada por caras idiotas e velhos demais para uma festa do ensino médio. Eles provavelmente também estudaram com a minha irmã. Não me surpreendo, já que Lorena adora chamar atenção dos garotos, não importa se são feios ou velhos. Que tipo de fracassado vem a uma festa como essa depois de formado?

— Cadê a Jessica, hein? Passei a noite toda procurando ela. Foi por isso que eu vim.

Lorena dá de ombros.

— Sei lá, o Alex disse que ela estaria aqui. Relaxa.

— Não, eu quero ir para casa. Agora.

— É, amor, relaxa — diz um garoto de boné virado para trás.

— Isso não é da sua conta. E não me chame de "amor" — rebato. Em seguida olho para Lorena. — Olha, se eu arranjar problema em casa, a culpa vai ser sua.

— Só mais cinco minutos. Vai, não fica assim.

Dá para ver que Lorena está bêbada. É evidente pela maneira como a boca dela se move, como se, de repente, tivesse ficado pesada demais para o rosto.

A festa está começando a esvaziar, então eu desisto e acho um espaço no sofá.

A próxima coisa que lembro é Lorena me sacudindo e me pedindo para acordar. Alguém chamou a polícia e a gente precisa ir embora. Quando pergunto que horas são, ela me diz que são três da manhã, o que significa que estou ferrada.

Já fiz os cálculos e descobri que, dos treze aos quinze anos, passei quase a metade do tempo de castigo. Sério, que tipo de vida é essa? Eu sei que faço besteira, sei que sou difícil, sei que não sou a filha que meus pais queriam, mas Amá me trata como se eu fosse uma degenerada.

Às vezes, quando fico de castigo assim, não posso nem ir até a biblioteca, o que considero o pior tipo de tortura. O que ela quer que eu faça, fique sentada no meu quarto olhando a parede por horas e horas? Sempre digo que não dá para engravidar na biblioteca, mas não faz diferença. Amá diz que posso fazer faxina, meus deveres de casa e que às vezes pode até me deixar assistir à novela com eles, mas prefiro arrancar os olhos como Édipo a ter que aguentar um episódio daquela porcaria. Os atores são forçados demais e os personagens estão o tempo todo batendo uns nos outros de forma exagerada. Além disso, as histórias também são todas iguais: uma mulher mexicana pobre que supera as adversidades, se casa com um idiota rico e vivem felizes para sempre. Os ricos são brancos e seus empregados têm o mesmo tom de pele que eu.

Para mim, sempre foi complicado tentar ficar feliz com alguma coisa, mas agora está impossível. Todo mundo na minha família diz que eu fui um bebê muito difícil, se comparada com a Olga. Eu chorava por qualquer coisa: uma cara feia, um biscoito que caiu no chão, um passeio cancelado. Lembro quando caí no choro só porque vi um cachorro de três pernas. Não sei por que sou assim, ou por que mesmo as menores coisas me machucam. Uma vez li um poema chamado "O mundo é demais conosco", de William Wordsworth, e acho que essa é a melhor maneira de descrever a sensação: o mundo é demais comigo.

E não é como se meus pais fossem felizes. Eles só trabalham. Nunca saem e, quando estão em casa, mal conversam. Não entendo por que reclamam de mim. O que eu posso fazer? Pedir desculpas por não conseguir ser normal? Por ser uma filha ruim? Por odiar a minha vida?

Às vezes me sinto completamente sozinha, como se ninguém no mundo pudesse me entender. De vez em quando Amá me encara como se eu fosse um tipo de aberração que escapou de seu corpo. Lorena é uma boa ouvinte, o que eu aprecio, mas ela não me entende de verdade. É uma gênia das ciências, mas não liga para literatura nem para arte. Acho que ninguém gosta do que eu gosto. E me sinto tão sozinha e desamparada que não sei o que fazer. Escondo tudo o que sinto durante o dia e espero meus pais irem dormir para poder chorar — eu sei que é patético. Se o choro for urgente, vou para o chuveiro. A sensação cresce o dia todo, trava minha garganta e meu peito. Sinto até no rosto. Quando finalmente ponho para fora, é como o desaguar de uma cascata.

Para piorar, não tenho conseguido dormir. Mesmo exausta, mesmo que meu corpo esteja gritando e implorando para descansar. Certas noites fico apenas encarando o teto por horas. Olho para o relógio e está quase na hora de me arrumar para a escola. Ouço o mundo adormecer e acordar: a redução do tráfego, o piar das aves, carros dando a partida, meus pais passando café. Já tentei de tudo — contar carneirinhos, contar gatinhos, tomar leite quente, ouvir músicas relaxantes —, mas nada ajuda. Nos dias em que durmo, tenho pesadelos com pessoas que tentam me matar em casas invertidas ou com armas esquisitas. Pelo menos não sonhei mais com Olga.

De manhã, eu não sou ninguém. Em alguns dias, sinto que estou por um fio. Em outros, me sinto totalmente solta no mundo, descontrolada. Mal consigo manter a cabeça erguida, muito menos tirar notas boas para poder passar numa faculdade e sair correndo desse lugar. Só tenho mais um ano e meio, mas parece uma eternidade. Que inferno.

Hoje, a aula de inglês avançado parece um fardo interminável, mesmo sendo a única matéria que eu gosto. O sr. Ingman está falando de *As aventuras de Huckleberry Finn*, que já li três vezes, mas não consigo prestar atenção. Olho pela janela, vejo dois esquilos brincando em uma árvore e penso na excursão para Warren Dunes. A natureza faz eu me sentir melhor, mais humana, como se eu estivesse conectada a tudo e a todos. Às vezes, quero me deitar embaixo de uma árvore e me dissolver na terra para sempre.

O sr. Ingman pergunta à turma sobre o simbolismo do rio Mississippi e, mesmo todo mundo sabendo a resposta de trás para frente, não me dou ao trabalho de levantar a mão. Tenho medo de abrir a boca, começar a chorar como uma idiota e não conseguir parar.

Quando a aula termina, o professor me chama.

— Está tudo bem, Julia?

Assinto.

— Certeza? — insiste ele.

O sr. Ingman cruza os braços. Desde que contei que minha irmã morreu, ele parece querer analisar minha alma ou alguma coisa assim.

— Está tudo bem — murmuro.

Por favor, não chora. Por favor, não chora. Por favor, não chora.

— Você não parece bem, está com cara de chateada. Sei que você adora *As aventuras de Huckleberry Finn* porque já conversamos sobre o livro diversas vezes.

Tem dias que eu fico na escola depois da aula só para conversar com o sr. Ingman sobre livros e faculdades. Ele até já me deixou pegar emprestado alguns exemplares da coleção dele e me deu uma lista de faculdades para as quais acha que devo me candidatar. É por isso que ele é meu professor favorito.

— Já tem um tempinho que você não faz comentários sarcásticos, e é isso que me deixa mais preocupado, para ser sincero.

O sorriso do sr. Ingman é bonito. Aposto que ele era lindo vinte anos atrás. Só queria que não usasse tantos suéteres de velho.

— Acho que você tem razão. — Tento soltar uma risada educada, mas ela não sai. — É que estou menstruada e parece que alguém está esfaqueando meu útero.

Faço uma careta e finjo me esfaquear. Alguns anos atrás, aprendi que posso me livrar de quase tudo se mencionar menstruação para os professores.

Ele parece incomodado, mas sei que não vai me deixar em paz.

— Tem alguma coisa acontecendo na sua casa? Como está sua família desde... bom, a sua irmã e tudo o mais?

— A gente está bem, eu acho. Para mim, essa história vem em ondas. Muitas ondas. Ondas muito, muito grandes. E eu sinto como se tivesse alguma coisa meio mal resolvida, sabe? Tenho a impressão de que não sei de uma coisa que deveria saber. Só não consigo descobrir o que é — explico, e minha voz falha.

— Tipo o quê?

Não vou contar ao sr. Ingman sobre as lingeries e a chave de hotel, então apenas dou de ombros.

— Não sei muito bem. Mas tem alguma coisa errada.

— Sinto muito, Julia. Deve ser muito difícil.

Ele cruza os braços e olha para baixo.

— É muito difícil... — concordo. — E às vezes me sinto culpada. Tipo, e se eu tivesse feito alguma coisa diferente naquele dia? Será que ela ainda estaria viva?

— Você não pode pensar assim.

— Por que não?

— Porque não é culpa sua. Você não queria que sua irmã morresse. Coisas assim infelizmente acontecem. Às vezes a vida é uma merda. — O sr. Ingman parece envergonhado por ter dito um palavrão, mas não pede desculpas. — Minha mãe morreu quando eu tinha dez anos. Infarto. Um dia ela simplesmente desmaiou no trabalho. E logo antes eu tinha sido muito mal-educado com ela. Fiz um escândalo por causa do meu almoço e disse que a odiava. E então ela morreu. Do nada.

— Nossa, eu sinto muito.

Fico chocada. Não sei por quê, mas sempre achei que o sr. Ingman tivesse tido uma vida fácil. Imaginava que ele tivesse crescido com uma casa na árvore ou algo assim.

— Essa sensação um dia passa? — pergunto.

— Fica mais fácil, mas ainda penso nela todos os dias.

O sr. Ingman suspira e olha pela janela. Sinto o cheiro de sua loção pós-barba. Tem alguma coisa nesse cheiro — o cheiro de um homem — que me reconforta.

Quando chego em casa, Apá está no sofá com os pés mergulhados numa bacia. Como trabalha o dia todo embalando doces, ele sempre volta para casa com algum problema — machucados, dores nas costas, queimaduras de cola e pernas inchadas, para citar alguns. Tem dias em que ele trabalha doze horas e chega em casa parecendo que levou uma surra com um taco de beisebol. Tem vezes em que é forçado a trabalhar no turno da noite.

Apá não é de falar muito, mas sempre me diz:

— Não quero que você trabalhe como uma condenada feito eu. Arruma um emprego de secretária para trabalhar num escritório bonito e com ar-condicionado.

Mas ele não sabe que prefiro limpar banheiros a ser assistente de algum homem. Obedecer às ordens de um idiota de terno? Não, valeu. Uma vez contei ao Apá que queria ser escritora, mas ele respondeu que eu precisava ganhar dinheiro suficiente para não ter que morar num lugar cheio de baratas. Nunca mais mencionei aquilo.

Desabo no sofá antes de ir para o meu quarto fazer a lição de casa. Apá está assistindo ao *Primer Impacto*, um jornal sensacionalista que cobre histórias como gêmeos siameses, exorcismos, abuso infantil, assombrações e pessoas com deficiências raras. Não sei por que as pessoas assistem a um programa desses. Quando a matéria sobre a barata que come bebês começa, vou até a cozinha pegar um copo d'água. Amá está na pia esfregando panelas. Eu me pergunto como é limpar casas o dia todo, depois voltar para casa e continuar limpando. Odeio vê-la dessa maneira porque isso faz com que me sinta muito culpada — culpada por existir, culpada por ela ter que trabalhar tanto pela gente.

— Como foi na escola? — pergunta.

Amá me dá um beijo na bochecha.

Mesmo quando estou de castigo, convencida de que minha mãe não me ama mais, ela continua me dando beijos na bochecha.

— Tudo certo.

— Parece que você está doente. Anda comendo porcaria na escola?

— Não.

— Está mentindo para mim?

Amá sempre faz muitas perguntas. Vivo em um interrogatório perpétuo.

— Juro que só comi um sanduíche.

— Olha a cor do seu rosto! Não gosto nem um pouco disso...

Ela se aproxima, e sinto cheiro de detergente.

— Que cor?

— Você está amarela.

— Olha para mim, minha pele é marrom. Não tem como eu estar amarela — respondo, observando meu braço.

— Você não parece bem — declara. — É melhor eu te levar ao médico. Você não pode aparecer na sua *quinceañera* com essa cara. Tem que estar bonita para a sua família. O que sua irmã vai pensar quando olhar para você do céu?

Pensar em Olga sentada numa nuvem no céu, me observando, é tão ridículo que quase dou risada. Será que minha mãe acha mesmo que ela pode nos ver? Amá põe a mão na minha testa.

— Está escondendo alguma coisa de mim? — indaga ela.

— Já falei que não! Minha nossa, me deixa em paz!

— Você vai se arrepender quando eu não estiver mais aqui. Vai ver só.

Amá se vira para a pia. Ela sempre usa essa cartada de que vai morrer um dia. Será que todas as mães fazem isso? Antes eu até me sentia mal, mas agora só fico irritada.

Sinto uma dor pungente e agoniante. Quando vou ao banheiro, vejo uma mancha vermelho-amarronzada na calcinha. Minha menstruação desceu uma semana antes — o castigo por mentir.

10

O INVERNO FINALMENTE ACABOU. O NATAL E O Ano-Novo passaram como um grande borrão lento e angustiante. As festas de fim de ano foram na casa do tio Bigotes com o resto da família. Apesar das minhas tias e dos meus tios terem tentado criar um clima festivo, com música alta e um enorme banquete de *tamales* e cabra assada, a ausência de Olga pairou em silêncio à nossa volta. Ninguém tocou no nome dela, provavelmente para que Amá não chorasse — o que, de qualquer jeito, acabou acontecendo quando chegamos em casa —, mas, de certa forma, ela estava presente.

Na primavera, os professores sempre organizam uma excursão para cada turma. Eles fazem isso desde que Olga estava no ensino médio, talvez até antes. Aposto que sentem pena da gente porque moramos numa cidade grande e nunca podemos visitar um lugar cercado por árvores. Os únicos animais que vemos aqui são pombos e ratos, que são basicamente a mesma coisa. Nancy, da aula de química, me contou que saiu de Chicago pela primeira vez há dois anos, quando foi até o Wisconsin. Nem sei como isso é possível.

Acho que essas excursões são um jeito de dar a nós, jovens pobres, uma chance de ver a natureza. No ano passado, eles nos levaram ao parque estadual de Starved Rock, que era lindo. Passei o tempo todo sozinha, escrevendo no meu caderno ao lado de uma cachoeira. Alguns passaram o dia se beijando numa caverna. Outro grupo ficou sentado, mexendo no celular. Que desperdício. Eu não entendo como as pessoas conseguem ignorar uma beleza assim. Eu vi coelhos, castores, tartarugas e todo tipo de ave colorida. Vi uma águia, e eu nem tinha certeza de que elas existiam. Comecei a pensar em morar sozinha numa cabana, como Henry David Thoreau, mas eu provavelmente ficaria irritada depois de alguns dias.

Este ano, depois de uma viagem interminável de ônibus, finalmente chegamos às dunas. O sol está brilhando e, mesmo estando frio, é primavera. As árvores estão ganhando folhas outra vez e algumas flores começam a brotar. Nada mau para esta época do ano.

A srta. López e o sr. Ingman nos pedem para encontrá-los perto do ônibus às duas da tarde.

— Não quero que vocês saiam do parque de jeito nenhum, entenderam? — avisa a professora, com as mãos no quadril, tentando parecer durona e falhando, provavelmente porque não deve ter nem um e cinquenta de altura.

Assim que todos concordam, a srta. López volta a paquerar o sr. Ingman. Eu a ouvi rindo de todas as piadas bobas que ele fez durante a viagem. Sei que os dois são divorciados, mas o jeito que ela o encara me faz imaginar que estão tendo um caso.

Lorena, Juanga e eu andamos pela floresta até a hora do almoço. Ele voltou para casa depois de fugir com aquele velho. Ainda não consegui me livrar do garoto, e a verdade é que os dois são inseparáveis. Achei que ela já teria cansado do charme dele, mas me enganei. Juanga reclama o tempo todo que não tem sinal no celular. Tento abstrair e me concentrar nos brotos nas árvores, no cheiro das folhas e no som dos pássaros, mas é inacreditável como esse garoto é irritante. Vou ter que aturar, já que preciso pedir para ele me ajudar a entrar em contato com Jazmyn por meio da amiga dele, Maribel. Fico pensando de quem Olga estava falando quando encontrou Jazmyn no shopping, alguns anos atrás. É difícil acreditar que ela pudesse estar falando do Pedro. Como alguém poderia ficar animada com o garoto que parece um porco-formigueiro?

— Aff, eu odeio a natureza — comenta Juanga.

— Como você consegue *odiar* a natureza? — pergunto, mais exasperada com ele a cada minuto.

— Eu simplesmente odeio, ué. É tudo muito chato.

— Então o que você gosta de fazer para se divertir? O que você acha bonito?

— Fazer compras, ir a festas... transar.

Ele dá risada.

— E é só disso que você gosta? Não tem nada aí dentro?

Lorena me olha de cara feia.

— Nossa, Julia. Cala a boca, cara.

— Ai, desculpa, mas eu não entendo como uma pessoa pode dizer que odeia a natureza. É como dizer que odeia alegria ou risadas. Ou diversão. Não sei como alguém pode ser tão frívolo.

— Não sei o que isso quer dizer, mas pode ir parando — rebate Lorena.

Juanga parece querer dizer alguma coisa, mas, em vez disso, se afasta alguns metros e olha para o lago.

— Beleza, beleza. Vou parar — declaro, levantando as mãos para mostrar que desisto.

Quando dá a hora do almoço, a gente sobe até o topo da duna mais alta. A vista é incrível. As ondas batem e o contraste das dunas brancas com o céu azul é surreal. Eu não fazia ideia de que tinha uma coisa tão bonita assim perto de Chicago. Lorena estende uma canga para nós três. Amá teve que bancar a mexicana e mandar burritos frios de queijo e feijão. Deus me livre de comer um sanduíche dos Estados Unidos...

Antes mesmo de a gente começar a comer, Juanga, que é obcecado por objetos fálicos, começa a falar sobre os formatos diferentes de pênis que já viu na vida. Segundo ele, o mais estranho era longo, pontudo e parecia que tinha saído de um filme de terror.

— Parece assustador — comento. — Eu teria saído correndo e gritando, temendo pela minha vida.

— Era feio — diz Juanga, fechando os olhos e dando uma pequena mordida em seu sanduíche de atum fedorento. — Mas era uma delícia.

Sinto um arrepio.

— E essa aqui? — fala Lorena, rindo, apontando para mim. — Ela achava que o pênis tinha pelo também. Não só as bolas, mas o pênis em si.

— O quê? — pergunta Juanga, quase se engasgando. — Como pode?

— Nunca tinha visto um, então imaginei que era assim — respondo, olhando para meu burrito frio. — Tipo, eu tenho pelo lá embaixo, então fazia sentido para mim.

Não comento que nunca vi um ao vivo.

— É, eu tive que explicar — conta Lorena.

Juanga ri tanto que quase cospe a Coca-Cola que está bebendo.

— Ela é virgem, sabia? — solta Lorena.

Ele fica surpreso. Eu não sabia que ser virgem aos quinze anos era tão estranho. É como se Lorena tivesse dito um absurdo. Ela perdeu a virgindade aos catorze anos e agora acha que é especialista em sexo.

— E daí? — questiono.

Franzo o cenho.

Não acredito que Lorena está me fazendo passar vergonha na frente desse idiota. De repente, sinto os burritos se transformarem em cimento na minha barriga.

— Só estou dizendo que — fala Lorena —, mesmo você reclamando tanto, afirmando que sua irmã era uma santa, na verdade você não é tão diferente dela. Morre de medo da sua mãe.

— É sério isso? Resolveu falar da minha irmã agora?

— Bem, é verdade, não é?

Ela está na defensiva. Já discutimos sobre coisas bobas várias vezes com o passar dos anos, mas isso é diferente. Nunca brigamos na frente de outra pessoa.

— E com quem eu ia transar? Por favor, me diga. Agora eu tenho que transar com o primeiro idiota que passar na minha frente?

— Não é o que estou dizendo — replica ela, frustrada.

— Então o que é?

— Às vezes você é meio metida. Mas acho que não tem a ver com você. Sua mãe também é assim.

Lorena sabe que isso é golpe baixo e parece ficar nervosa assim que a frase sai da sua boca. Perceber que ela me comparou à minha mãe me faz querer dar um soco nela, mas me esforço para me controlar.

— Então eu sou metida porque não quero transar com ninguém? É isso que está dizendo? — pergunto.

— Não, não tem nada a ver com isso. Eu não estou dizendo isso. É só que às vezes parece que você se acha melhor que todo mundo. Você exige demais das pessoas.

Lorena evita me encarar.

— Mas é porque eu *sou* melhor do que tudo isso aqui! Você acha que é isso que eu quero para mim? Isso aqui é um saco. É tão insuportável que às vezes é impossível aguentar. — Balanço os braços, apontando ao redor. Estou tão irritada que minhas orelhas parecem pegar fogo. — Só porque você transa com todo mundo não significa que é melhor do que eu.

Lorena parece ter ficado magoada. Juanga finge estar distraído no celular, mas tenho certeza de que está adorando a briga.

— Esquece. Não dá para conversar com você — responde Lorena.

Jogo o resto do meu burrito deprimente na mochila e desço a duna correndo, quase escorregando. Aposto que o Juanga ia adorar me ver tropeçar e quebrar o pescoço na frente de todo mundo.

Chuto a areia por pura frustração e, graças a uma rajada de vento, parte dela entra nos meus olhos. Lorena me irritou, e já estou de saco cheio de Juanga. Agora não posso nem pedir o número da Maribel para ele. Não quero nem olhar para a cara dos dois. Eu me afasto de todo mundo e faço anjos na areia para ver se consigo me acalmar. Fecho os olhos. Sempre adorei sentir a areia em minha pele. A gente quase nunca ia ao lago quando eu era pequena, mesmo sendo perto de casa. Eram os únicos momentos em que eu via Apá feliz. Ele construía castelos de areia com a gente e nadava até escurecer. Dizia que aquilo o fazia se lembrar de Los Ojos.

Quando abro os olhos, Pasqual está parado, de pé, me encarando. Levo um susto ao ver seu rosto marrom com marcas de espinha.

— O que você está fazendo?

— Olhando para você, ué.

— Isso eu percebi. Que maluco — respondo, me levantando e batendo a areia da roupa.

— Sua irmã morreu.

— Não me diga! Como você sabe?

— Todo mundo sabe. Você sente falta dela?

Pasqual parece ser nerd, mas na real não é nada inteligente — uma decepção. Sou pega de surpresa toda vez que ele abre a boca na aula. O garoto usa roupas tão feias que chegam a ser ofensivas, vive com cheiro de porão velho e usa camisetas de videogame, sandálias e meias. Até o nome dele é chato: Pasqual parece o nome de um senhor mexicano que fica sentado na varanda resmungando sobre as galinhas que perdeu.

— É óbvio que sinto falta dela. Era minha irmã.

Não sei por que me dou ao trabalho de responder. Devia simplesmente mandá-lo catar coquinho.

— Deve ser muito difícil — diz ele.

Assinto.

— Ela era bonita como você?

— Ai... Não começa. Credo.

Fecho bem minha jaqueta. Uma gaivota berra em algum lugar. Odeio esses bichos. Eles sempre parecem estar fazendo alguma coisa errada.

— Você nem sabe que é bonita — continua ele. — Que tristeza.

— Me deixa em paz.

Vou em direção ao lago.

—Você não devia se odiar tanto. Todo mundo está mal, mesmo que não pareça.

O vento começa a provocar a água e uma grande nuvem segue em nossa direção. Posso ver o leve contorno de Chicago no horizonte. Deve chover logo, então o dia vai ficar ainda pior. Pasqual vem na minha direção, olhando para o céu, boquiaberto, como se nunca tivesse visto aquilo.

—Você não sabe do que está falando — afirmo.

— Eu sei. Você sabe que eu sei — rebate Pasqual, colocando as mãos nos bolsos, e se afasta.

Eu me sento e pego *O estrangeiro*, de Albert Camus. Tento ler, mas não consigo me concentrar porque ainda estou irritada com a briga com Lorena. Fico encarando a água e contando as ondas. Quando chega a 176, ouço alguém se aproximar.

É o sr. Ingman.

— Oi! — cumprimenta ele, sentando-se ao meu lado. — O que está lendo?

Ergo o livro para que ele veja.

— Uma leitura leve, perfeita para um passeio — diz, rindo.

Assinto.

— Pois é.

— O que você achou da história?

— É como se nada importasse. Nada tem um propósito. Acho que é assim que eu me sinto na maior parte do tempo. Não sei para que fazer as coisas.

— Desespero existencial, é?

— É, exatamente.

Dou um sorriso.

— Eu queria muito saber se você está bem — fala ele, pegando um pouco de areia para tentar formar uma pirâmide. — Você diz que está, mas ainda estou preocupado.

— Não sei mais o que significa estar bem. Não sei o que é "normal".

Não menciono que mal consigo me levantar de manhã, que viver aquele dia parece uma tarefa monumental.

— Acho que você deveria falar com alguém. Claro, sempre pode conversar comigo, mas acho que precisa de um profissional. Posso tentar achar um gratuito, se quiser.

— É muita gentileza, mas não, obrigada. Estou bem. Sério.

Eu não sei mentir e espero que ele não note.

— Tudo bem. Vou acreditar no que está dizendo. Por favor, não me decepcione — diz ele.

Eu me forço a abrir um sorriso.

— Não vou. Eu prometo.

11

SÓ CONSIGO PENSAR EM PASSAR NA FACULDADE e dar o fora daqui. Nunca me senti tão sufocada e ansiosa. Parece que sou um brinquedo de corda sem espaço para me movimentar.

Procuro a chave do quarto da Olga toda vez que estou sozinha no apartamento — o que tem sido raro nos últimos tempos. Tem sempre alguém em casa, Amá ou Apá. É como se eles não acreditassem que eu posso ficar sozinha. Sempre que saem rapidinho para fazer alguma coisa, eu tento achar a chave. Aceitei correr o risco de encontrar coisas íntimas no quarto deles para poder vasculhar todas as gavetas. Até achei uma chave em uma caixa de joias, mas ela não encaixou na porta. Também pensei em tirar a tranca com alguma ferramenta, mas tenho medo de que me peguem no flagra.

Enquanto isso, não sei mais o que fazer para descobrir o que minha irmã escondia da gente. Angie com certeza não vai me contar. Acho que ela me odeia, e eu nem sei por quê. Olga não tinha muitas amigas, a não ser as da escola, que não vejo há muito tempo. Tenho medo de que Amá entre no quarto dela, revire as caixas, ache as lingeries e desmaie. Não tive a chance de levá-las comigo no dia em que fui pega no flagra.

Até agora, só consegui pensar nas seguintes opções: 1) Ir até o trabalho de Olga; 2) Conseguir o histórico dela na faculdade; ou 3) Engolir meu orgulho e pedir o número de Maribel para Juanga.

Quanto mais penso nessa história, mais estranho me parece que Olga tenha frequentado por anos a faculdade comunitária, que tem cursos de curta duração, e não tenha chegado nem perto de se formar. O que ela estudava mesmo? Nas poucas vezes em que perguntei, ouvi blá-blá-blá-negócios como resposta, e, já que não sei absolutamente nada sobre isso e nem tenho qualquer interesse em saber, não liguei nem um pouco. É a minha cara.

Depois da escola, pego o trem para a faculdade de Olga. O prédio é tão feio e sem graça que quase parece uma prisão. O lado de fora é feito de concreto e as janelas são apenas frestas pequenas, cobertas por insulfilm. Amá está doida se acha que vou estudar num lugar assim. Tem alunos pelos corredores, gritando e ouvindo música alta no celular. Como alguém consegue aprender alguma coisa aqui? Esse não é o futuro que eu quero para mim.

Antes de me aproximar da secretaria, ensaio o que vou dizer. Sei que provavelmente não podem mostrar o histórico dela, assim como no hotel, mas talvez dê certo se sentirem pena de mim. Tenho que enfatizar que Olga morreu e que estou muito chateada. Talvez eu devesse tentar chorar um pouco.

— Oi, meu nome é Julia Reyes, minha irmã estudava aqui — explico para a mulher de meia-idade da recepção. — Queria saber se você poderia me dar o histórico dela. Ela morreu.

— Quem era o contato de emergência dela?

A mulher parece achar que meu pedido é um ataque. Sua expressão é tão amarga que aposto que nem a mãe gostava muito dela.

— Não sei. Minha mãe, eu acho.

— Qual era o nome da aluna? Quando ela esteve matriculada aqui? E há quanto tempo morreu?

Ela digita alguma coisa no computador.

— Olga Reyes. Estudou aqui entre 2009 e 2013. Morreu em setembro do ano passado.

A mulher une as sobrancelhas grossas.

— Em quais anos mesmo?

— De 2009 a 2013 — repito.

— Hummm. — Ela volta a olhar para a tela e aperta os lábios.

— Você tem certeza?

— Tenho. Por quê? O sistema mostra alguma coisa diferente?

— Não posso fornecer essa informação.

— Por que não? Como pode me dizer isso e não me explicar? — pergunto, minhas orelhas já ficando vermelhas.

— Não podemos liberar o histórico até que o óbito complete um ano. Só então a faculdade vai decidir se, e em que condições, as informações serão divulgadas para a família ou terceiros.

A mulher parece uma máquina, regurgitando informação. Acabei de dizer que minha irmã morreu e ela age como um robô.

— Não pode abrir uma exceção? Ela está morta, sabe? Não dá para violar a privacidade dela, Olga não vai sair da cova e abrir uma reclamação por causa disso. Por favor, preciso muito dessa informação. É muito importante, você precisa entender. Estou arrasada com a morte da minha irmã e queria muito a sua ajuda. Por favor, só algumas informações.

Tento ser muito paciente e educada, apesar de odiar o comportamento da mulher.

— É regra da faculdade. Não posso abrir exceção. Você pode voltar em setembro e ver se a instituição vai liberar alguma informação. Até lá, não posso ajudar. Agora, por favor, vá embora. Tem gente esperando atrás de você.

Ela aperta os lábios finos e faz um gesto para que eu me afaste.

Sinto a raiva percorrer todo o meu corpo. Sei que tenho um temperamento terrível, impossível de controlar, mas essa mulher é mesmo absurda. *Relaxa*, digo a mim mesma. *Controle-se, Julia*. Queria que Lorena estivesse aqui. Ela provavelmente saberia o que fazer.

— Você não tem coração? É tão babaca que não consegue ter um pingo de compaixão? Mas, para ser sincera, acho que eu também seria rabugenta se tivesse uma cara como a sua.

— Mocinha, se você não for embora agora, vou chamar a segurança. Não estou brincando — declara ela, o rosto vermelho.

— Ah, vai pro inferno — berro, antes de dar as costas.

A mulher atrás de mim arqueja como se fosse a coisa mais escandalosa que já ouviu na vida.

12

A *QUINCEAÑERA* PAIRA SOBRE MIM COMO A LÂmina de uma guilhotina. Admito que talvez isso seja um pouco dramático, mas não quero essa festa. Amá me obriga a fazer aulas de valsa com todos os meus *chambelanes* e eu não paro de errar os passos. De início, me recusei a dançar, mas ela disse que não me deixaria sair de casa se eu não dançasse na festa. Que tipo de festa de debutante não tem valsa? Que tipo de filha se recusaria a aceitar a tradição da família? Fiquei tão cansada das ameaças e reclamações que engoli o sapo e aceitei.

Já estive em muitas *quinceañera*s e são todas iguais: vestidos cafonas, comida sem gosto e música irritante. Minha prima Yvette exigiu que o DJ não tocasse nada além de *reggaeton* na festa dela e depois fez uma coreografia com um figurino extravagante, coberto de lantejoulas. Quase morri de vergonha por ela.

Sempre levo um livro para essas festas, escondo sob a mesa e finjo que ninguém repara que estou lendo, mas desta vez não vai rolar porque eu serei a estrela do grande desastre. Fico pensando em como fazer a *quinceañera* ser cancelada — eu poderia raspar a cabeça e as sobrancelhas, fazer uma tatuagem no rosto, quebrar minhas pernas, pegar gripe lambendo um dos apoios de mão no ônibus —, mas a verdade é que Amá provavelmente me levaria até o salão mesmo se eu estivesse no leito de morte. Não tem como escapar. Mas eu sei que isso não é um castigo. Apesar de Amá não me entender, sei que ela não está fazendo isso para me fazer sofrer. Sei que tudo isso é porque ela se sente culpada por não ter dado uma festa para Olga na época, já que minha família estava sem grana. Mas por que eu tenho que sofrer por causa disso?

    Perguntei várias vezes a Amá onde ela ia conseguir o dinheiro para pagar a festa, mas ela insistiu que não é da minha conta. Algumas semanas atrás, ouvi Apá e ela conversando e parece que Olga tinha alguns milhares de dólares de seguro de vida por trabalhar naquele consultório. Ela também tinha dinheiro na poupança. Amá recebeu os cheques pelo correio alguns meses depois de ela morrer. Por que eles não podiam pôr tudo na poupança para a minha faculdade, ou pelo menos comprar um ar-condicionado para a gente não derreter no verão? Por que não podiam procurar um apartamento melhor do que este lugar cheio de baratas?

No domingo de manhã, Amá me obriga a ajudá-la com as lembrancinhas da festa. Sobre a mesa da cozinha tem um monte de tule, bibelôs, fitas e amêndoas cobertas de chocolate. Não sei quem ia querer ganhar algo tão brega. Quase nem dá para comer o doce. Que desperdício de dinheiro, tempo e material...

    Analiso de perto as *quinceañeras* de porcelana e percebo que são todas loiras e pálidas. Quase parecem zumbis.

    — Não tinha da minha cor? Marrom? — pergunto, levantando uma das bonequinhas para olhar melhor. — Elas não se parecem nada comigo.

    — Só tinha dessas lá — explica Amá.

    Quero jogar todas no chão e pisoteá-las, esmagar os rostinhos ridículos, mas me esforço para manter a calma, porque sei que isso é importante para Amá.

    — Onde você comprou?

    — *La garra*. Agora chega de perguntas e me ajuda com isso.

    Eu devia ter imaginado — minha festa toda parece ter saído de um brechó.

    Depois de horas trabalhando nas lembrancinhas, alguém toca a campainha.

— Devem ser testemunhas de Jeová — afirma Amá. — Manda eles pararem de incomodar a gente. Somos católicos. Já falei mil vezes.

Mas, quando desço, vejo que é Lorena, de legging cor-de-rosa e um casaco branco peludo.

— O que você quer?

— Desculpa por ter sido tão idiota — diz ela, olhando para meu chinelo de coelhinho. — Não aguento mais isso. Odeio ficar sem falar com você.

Cruzo os braços.

—Tanto faz.

— Olha, eu já pedi desculpas. O que mais você quer?

— Por que você disse tudo aquilo sobre mim? Acha mesmo que sou metida porque não quero transar com um dos garotos da escola?

— Não, é óbvio que não. Eu estava sendo ridícula. É só que às vezes você julga *demais*. Fico frustrada.

Não sei se dá para negar — é verdade que não gosto da maioria das pessoas, e Lorena não consegue entender isso.

— *Você* não vai se desculpar? — pergunta ela. —Você também foi bem idiota.

— É, acho que sim, mas eu odeio o Juanga. Não quero mais andar com ele.

— Que isso? Homofobia agora?

—Ah, jura? Quantas vezes a gente já foi à parada LGBTQIA+? Quem apresentou você ao *Rocky Horror Picture Show*? E a *The L Word*? Fala sério!

— Ai, beleza. Às vezes o Juanga é meio *sangrón*.

Sangrón. É exatamente isso. A gente usa essa palavra para descrever alguém cujo santo não bate com o nosso, um idiota, um babaca. Acho que a ideia é dizer que o sangue de alguém é pesado demais, ou que talvez a pessoa tenha sangue demais nas veias.

— Meio?

— Tá, saquei. Já entendi. Mas o Juanga diz que você intimida ele. É só tentar ser legal, que tal? O garoto já não está nada bem.
— Como assim?
— O pai dele... bate nele. Sabe, porque ele é gay.
— Como assim? Sério?
— É, fica chamando o garoto de *joto* e dizendo que ele vai para o inferno. Eles são religiosos... esqueci o nome da religião... — Lorena bate no queixo com o indicador. — Bem, sei lá, só sei que já tentaram até fazer um exorcismo nele. Ou coisa do tipo. Por isso que ele sempre foge de casa.
— Minha nossa, sério?
Agora estou me sentindo culpada.
— Pois é. Só tenta ser legal com ele a partir de agora, beleza? Sobe, troca esse chinelo ridículo e vamos comer uma pizza. Eu pago.

Apesar de a gente poder ir a qualquer lugar comer pizza, pegamos o trem até o norte da cidade só para sair da nossa vizinhança. Senão, a vida fica muito chata.

Peço três pedaços: dois para mim e um para Lorena.
— Dois? Sério? — pergunta ela, erguendo as sobrancelhas.
— Eu comeria três, mas não quero fazer você passar vergonha.
A gente se senta à única mesa vazia, ao lado de uma família esquisita. Três crianças pequenas estão berrando e se remexendo, e os pais, tristes e cansados, só ignoram.
— Não quero me casar nunca — digo. — Olha aquele cara. Ele está usando moletom com elástico nos tornozelos. Caramba... Vai me fazer perder o apetite.
— Também não quero me casar. Minha mãe e o José Luis são tão idiotas — replica ela, colocando a fatia de pizza na bandeja.

Eu nunca a ouvi falar sobre a mãe desse jeito.
— Quero suco! Quero suco! — berra uma das crianças ao lado, o rostinho vermelho sujo de gordura e molho de tomate.

— Minha nossa — murmuro.

Lorena apenas balança a cabeça.

Ainda estou com fome quando termino as duas fatias, mas digo ao meu estômago para calar a boca.

Sentada em silêncio, sinto uma tristeza se espalhar por mim. Nunca sei o que fazer quando isso acontece. Tento me convencer de que está tudo bem, mas não consigo. Devo estar deixando transparecer, porque Lorena me pergunta o que houve.

— Você odeia a sua vida? — questiono. — Porque eu odeio. Tipo, o tempo todo. Sei que é absurdo, mas às vezes eu queria morrer. Por que tudo tem que ser tão difícil? Por que tudo tem que doer tanto?

Sinto um nó na garganta, como se eu fosse chorar, o que me surpreende. Fecho os olhos por um segundo.

— Nossa, Julia. Como assim? Como você pode dizer isso? — retruca Lorena, parecendo irritada.

Ela me dá um tapa no braço. Esfrego os olhos.

— Eu não sei. Às vezes, me pergunto se vou durar até a faculdade. É que… eu não aguento mais. Não é como se minha vida fosse ótima antes, mas de repente a Olga morreu e tudo ficou ainda pior. E por quê? Não entendo. Nada nunca faz sentido. Nunca consigo o que eu quero.

— Mas você está tão perto de se formar e sair daqui, Julia. Falta tão pouco. Você sabe que é inteligente. Não vai viver assim para sempre.

— É, acho que sim… — digo, apesar de não acreditar de verdade.

— Por favor, nunca mais diga um absurdo desses. Promete?

— Beleza, mas eu estou bem. — Tomo um gole de água. Sei que preciso mudar de assunto. — Bem, eu tentei pegar o histórico da Olga outro dia.

— Onde?

— Na faculdade dela.

— Mas pra quê?

— Percebi que é estranho ela nunca ter chegado perto de se formar. Tem alguma coisa errada. Não sei o que é, mas estou com uma sensação que não passa. Isso está me deixando maluca.

— Você é muito paranoica. Aquelas lingeries não significam nada. Já falei, todas as garotas usam fio dental. Bem, tirando você.

— É, porque é ridículo e desconfortável. — Faço uma pausa. — E a chave do quarto de hotel?

— Já falei, ela pode ter achado no trabalho e usado como marca páginas ou coisa do tipo.

— É pouco provável. Não via Olga lendo um livro há anos. E estava dentro de um envelope.

— Talvez você esteja pensando de mais. A maioria das pessoas é sem graça, Julia. Duvido que sua irmã estivesse vivendo uma vida muito interessante. Ela era muito querida, mas não era exatamente fascinante. Nem saía de casa. Você tem que parar de se preocupar tanto com a Olga. Eu sinto muito, mas ela se foi e não tem nada que você possa fazer. Agora você precisa se concentrar na sua vida.

Apesar de Lorena estar certa, sei que não vou seguir o conselho.

— Você pode pedir ao Juanga para pegar o número da Jazmyn com a Maribel? Sabe, a amiga da Olga que estava naquela festa. Não consigo parar de pensar que ela pode saber de alguma coisa.

Lorena revira os olhos.

— E como ela vai ajudar você a descobrir algo?

A criança volta a gritar e os pais não se dão ao trabalho de fazê-la ficar quieta.

— Não sei. Talvez Olga tenha contado alguma coisa para ela. Jazmyn provavelmente não sabe de nada, mas tenho que pelo menos perguntar. Promete que vai pedir?

— Beleza. — Lorena suspira. — Mas não sei para quê.

★ ★ ★

No caminho de volta, reparo que a casa no fim da quadra de Lorena está coberta por pichações vermelhas e pretas tão rabiscadas e malfeitas que me deixam irritada. Se vão estragar a propriedade alheia, deviam pelo menos tentar fazer algum desenho bonito. Como fizeram aquilo? Com a bunda?

Atravesso a rua e um carro para ao meu lado. O motorista abaixa o vidro.

— Ei, linda.

Às vezes grito uma resposta quando homens tentam falar comigo na rua, mas sei que é perigoso, porque eles podem sair do carro e me bater.

— Eu disse oi. Você não me ouviu? — insiste o motorista, grosseiro. — Tenho uma coisa pra te mostrar. Mas só porque seus peitos são bonitos.

Não sei como ele pode afirmar isso, já que estou de casaco e cachecol.

—Você não está ouvindo, vagabunda? — diz o cara no banco do carona.

Que maravilha.

Estou suando, mesmo estando tão frio que vejo fumaça quando respiro. Na verdade, já é primavera, mas o inverno ainda não abriu suas garras. É Chicago, afinal. A umidade nas minhas axilas me lembra da aula de biologia em que aprendemos que o suor produzido pelo estresse tem um cheiro pior do que o produzido ao se exercitar. É por causa de um tipo de hormônio. Então começo a imaginar as ondas de fedor que pairam sobre mim. Olho em volta, para o caso de haver alguém por perto, mas só vejo duas crianças brincando de pega-pega no fim da rua. O carro continua me seguindo.

Vejo um senhor sair de casa. Paro na frente dele, sem saber o que dizer, as palavras presas em minha língua. Como um *viejito* tão frágil poderia me ajudar?

— O que aconteceu, *mi hija*? Você está bem? Parece que viu *El Cucuy*.

Os olhos fundos do senhor parecem preocupados. Sinto uma vontade repentina de abraçar seu corpo magro e enterrar meu rosto em seu ombro. Talvez porque eu nunca conheci meus avôs.

Quando era pequena, eu imaginava que *El Cucuy* era um monstro horrendo que se escondia embaixo da escada, não uma pessoa de verdade. Achava que ele era uma criatura coberta de pelo emaranhado, de rosto grotesco e contorcido, com dentes enormes e olhos vermelhos. Mas eu estava errada. Se pelo menos o medo fosse simples assim.

Aponto para o carro, que está parado. Os homens nos encaram e eu vejo que o motorista tem uma tatuagem no pescoço, mas não consigo enxergar o que está escrito. Acho que pode ser um nome de mulher. Que romântico...

— O que vocês querem com ela? — grita o senhor, balançando o punho fechado.

Ele deve ter pelo menos oitenta anos. Um vento fraco provavelmente o derrubaria e quebraria todos os seus ossos.

— Arranjou um velho pra te proteger, piranha? Eu poderia matar vocês dois — ameaça o motorista, rindo. — Mas não se preocupa, a gente vai se encontrar de novo.

O carro sai a toda velocidade.

—Você está bem? — pergunta o senhor.

Assinto.

— Quer ligar para os seus pais? Ou para a polícia? — questiona ele.

— Não, tudo bem. Moro aqui perto.

— Não vou deixar você ir sozinha — responde ele, balançando a cabeça.

Queria que ele não me acompanhasse porque, se Amá vir a gente juntos, vai ser difícil explicar a situação. Mas como posso recusar? Talvez ele tenha salvado a minha vida. Sei que, ao menos, ele me salvou de ver o pênis daquele cara.

Andamos em silêncio até chegarmos ao meu prédio.

— É aqui — falo. — Que Deus lhe pague.

Apesar de não ter fé, sei que é importante dizer coisas religiosas quando falo com pessoas mais velhas. Na verdade, me parece até errado não fingir que sou religiosa depois que esse senhor me protegeu daqueles babacas.

— Que Deus te abençoe — responde ele, fazendo o sinal da cruz do mesmo jeito que minha avó faz quando a gente vai embora do México.

Ela chama isso de *bendición*.

Na segunda-feira, pego o número de Maribel com Juanga. Gosto da Maribel porque ela nem se dá ao trabalho de perguntar por que preciso do número da Jazmyn. Na verdade, ela diz que não é da conta dela, o que é perfeito, já que não quero explicar. Não suporto gente enxerida. Só queria que as pessoas me deixassem em paz — o que é irônico quando se está investigando a vida de alguém, mas tanto faz.

Além disso, Maribel passa um ar de confiança e independência, como se ela estivesse sempre mostrando o dedo do meio ao mundo. Nunca conheci alguém assim.

— Querida, espero que encontre o que está procurando — diz ela com sua voz grave antes de desligar.

Entro no meu closet e digito o número de Jazmyn. O celular toca várias vezes e a ligação cai na caixa postal. Não quero ser irritante, mas preciso conversar com ela e estou cansada de esperar. Volto a ligar. Talvez ela ache que é uma ligação de telemarketing. Quando estou prestes a desistir, ela atende.

— Oi, Jazmyn, é a... Hum... A Julia, irmã da Olga.

Não sei por que estou tão nervosa.

— Ah, oi... Como você conseguiu meu número?

Ela não parece incomodada, só surpresa. Ouço um cachorro latir ao fundo, que ela o manda ficar quieto.

— Com a Maribel.

— Ah… Bem, aconteceu alguma coisa? Posso ajudar?

Percebo que poderia ter sido mais gentil quando a vi na festa, mas eu só não queria ter que explicar o que aconteceu com minha irmã. Não é o tipo de história que quero ficar falando por aí, ainda mais numa festa. Além disso, eu estava bêbada. E Jazmyn é muito irritante. Nunca gostei dela e, pelo jeito, Amá também não. Ela nunca sabia quando ficar quieta e estava sempre falando idiotices.

— Hum, bom… Eu queria saber se você pode me contar mais sobre o que a Olga te disse quando vocês se encontraram. Você lembra em que ano foi isso?

— Já tem tempo, não lembro. Por quê? — pergunta Jazmyn, desconfiada.

Como explicar sem contar o que encontrei? No fim, não é da conta dela.

— Porque, bem… Tem algumas coisas que eu estou tentando entender. Acho que algo que a Olga disse pode me ajudar.

— Não entendi. Como assim?

— Você pode só me ajudar, por favor? Minha irmã morreu.

Jazmyn está testando minha paciência. Ouço Amá passar pelo meu quarto. Espero que ela não entre aqui e pergunte por que estou sentada no closet.

— Não lembro exatamente quando foi. Faz uns quatro anos, eu acho — explica Jazmyn.

— Antes ou depois da formatura?

— Não lembro.

— Então você não se lembra do mês nem nada?

Ela suspira.

— Não.

— Estava quente ou frio?

— Era primavera, eu acho… Ou foi no verão? Humm.

— Que roupa ela estava usando?

— Não lembro.

Não acho que Jazmyn vai ajudar muito.

— O que ela falou sobre o garoto por quem estava apaixonada? Ela mencionou o nome dele?

— Talvez, mas faz tanto tempo... Não sei.

O cachorro late outra vez. Alguém bate uma porta.

— Era o Pedro? — pergunto. — Ela namorou ele no último ano do ensino médio.

— Olha, Julia, não lembro. Queria ajudar você, mas não dá.

— Ela disse *alguma coisa*? Onde ela conheceu o cara ou... ou... qualquer coisa, de verdade.

— Olga só disse que estava apaixonada e que o cara era incrível. Não parava de repetir que estava muito feliz. É só disso que eu me lembro.

Sei que não é culpa da Jazmyn, mas fico frustrada.

— Só?

— Só. Não, espera... Ela contou que ele tinha um bom emprego ou algo assim. Eu acho... mas talvez eu não esteja lembrando direito.

— Que tipo de emprego?

Pedro trabalhava numa pizzaria, então não podia ser ele. Não acho que exista alguém no mundo que queira fazer aquelas pizzas terríveis.

— Não lembro. Desculpa. Faz muito tempo mesmo.

— Tem certeza?

— Tenho. Queria poder ajudar mais.

— Tudo bem, obrigada de qualquer maneira. Se você se lembrar de mais alguma coisa, pode me ligar? É bem importante.

— Pode deixar. Se cuida.

Eu me recosto em minhas roupas e respiro fundo algumas vezes. Por que parece que a vida é um quebra-cabeça idiota que nunca vou conseguir montar?

13

AO SOM DE VIOLINOS MAJESTOSOS, É DE SE IMA-ginar que estamos em algum castelo da Inglaterra em vez de em um velho salão no subsolo de uma igreja em Chicago. Se vou ser forçada a dançar, quero que seja ao som dos Smiths ou de Siouxsie and the Banshee, mas Amá não quis, lógico. O que a família ia achar? E por que eu sempre tenho que ouvir música do diabo?

Eu me sinto uma linguiça neste vestido apertado e brega, cheio de babados, detalhes e lantejoulas. Mal consigo respirar com a cinta, que deve estar reorganizando meus órgãos internos. Cinta é uma palavra tão feia e nojenta quanto o que ela faz. Amá até escolheu a pior cor possível para a minha pele: pêssego. Parece que fez isso de propósito.

Sou a filha ruim que não merece a *quinceañera*, mas meus pais queriam dar uma festa para minha irmã morta. E daí que a última coisa que eu queria fazer era estilizar meu cabelo com cachos cheios de gel no alto da cabeça, usar este vestido brega e fingir estar feliz na frente da família, pouco antes do meu aniversário de dezesseis anos? Que piada...

Milhares de dólares jogados no lixo e aqui estou eu, dançando esta valsa ridícula com todos os meus primos, sendo que mal conheço alguns deles. A maioria nem gosta de mim. Levei semanas para aprender a dançar e agora esqueci quase todos os passos. Não sou graciosa nem calma como deveria ser, e Junior, meu *chambelán de honor*, parece irritado ao me girar e eu perco o ritmo. Pablo suspira e balança a cabeça. Tento foçar um sorriso para aliviar a tensão, mas parece que todos querem me matar.

Por fim, a valsa acaba e todo mundo aplaude. Estraguei tudo, então aposto que estão sentindo pena de mim.

Agora preciso me sentar numa cadeira que alguém pôs no meio da pista de dança. Está na hora de entregar uma boneca para minha priminha e calçar saltos altos, o que é ridículo, porque eu não brinco de boneca desde os sete anos e nunca vou usar salto alto na vida.

Meus pais se aproximam com um par de saltos brancos brilhantes sobre uma almofada de cetim. Eles tiram minhas sapatilhas e as substituem pelos novos sapatos. Quero me arrastar para dentro de um buraco e desaparecer, mas me forço a sorrir e todo mundo aplaude.

Então minha prima Pilar me traz uma boneca e eu ando até minha priminha Gabby, que usa o mesmo vestido pêssego que eu e dá piruetas por toda a pista de dança. Imagino que a ideia seja fazer parecer que ela é minha versão criança. Mais palmas!

O DJ pede um minuto de silêncio por Olga, e Amá une as mãos e começa a chorar. Apá olha para o chão. E eu fico ali, com cara de paisagem.

Gabby volta correndo para a mãe e eu cambaleio até Apá — é hora da valsa do pai com a filha. Não entendo por que preciso fingir que sou a filhinha do papai quando faz anos que ele não presta atenção em mim. Apá mal me conhece. Se perguntassem qual é minha banda ou meu prato favorito, ele não ia saber. Sinto o cheiro de cerveja em suas roupas e em sua pele. Ficar tão perto dele me incomoda. Não lembro a última vez que ele tocou em mim. Conforme giramos pela pista de dança, as pessoas sorriem como loucas, como se essa cena fosse a mais incrível que já viram. Algumas tias estão chorando, o que provavelmente tem muito pouco a ver comigo e tudo a ver com Olga.

— Está gostando da festa? — pergunta Apá.

— Estou — minto.

— Ótimo.

Por fim, o som abaixa pouco a pouco e o show acaba. De acordo com a tradição, agora sou uma mulher. Estou disponível para os homens. Posso usar maquiagem e salto alto. Sei dançar! Mas se é isso que significa ser mulher, talvez eu não queira ser uma.

Eu me sento e enxugo o suor do rosto com um guardanapo. Estou suando tanto que acho que dá para sentir o fedor embaixo de todas essas camadas de tecido. Aposto que minha maquiagem já derreteu.

Acabei convidando Juanga para a festa numa tentativa de ser menos idiota. Os pais o expulsaram de casa outra vez e ele está dormindo no sofá do primo. Minha vida é ruim, mas pelo menos eu tenho uma casa. Como será que Amá reagiria se eu gostasse de garotas? Talvez, de certa maneira, ela até ficasse aliviada, já que tem tanto medo de homens...

Juanga está usando um terno grande demais e uma gravata roxa. Ele vem correndo até mim e beija os dois lados do meu rosto. Diz que é assim que se faz na Europa.

— Nossa, este vestido é horroroso, mas você está linda mesmo assim — diz ele. — Você não acha, Lorena? E seu rosto... Uau. Quem fez sua maquiagem?

— Minha prima Vanessa. Minha mãe disse que eu não ia saber fazer sozinha.

Lorena ri.

— É, a maquiagem está ótima, mas o vestido...

— Eu sei — respondo. — Não aguento olhar para mim mesma.

Peço para Lorena me ajudar com o vestido enquanto faço xixi. Ela tem um cheiro doce, de perfume e suor. A maquiagem está borrada sob os olhos e seus enormes cachos loiro-alaranjados de *babyliss* estão começando a se desfazer.

Arrasto meu vestido pelo chão molhado e sujo do banheiro para pessoas com deficiência. Peço para Lorena abrir o zíper por um segundo porque ele está esmagando minha barriga e meus peitos desde cedo e a sensação é quase insuportável. Amá insistiu que devia ser esse modelo, senão ficaria "indecente". Tento soltar a cinta, mas estou completamente presa por uma série de ganchos e botões. Será que isso não pode ser considerado maus-tratos?

Tia Milagros entra no banheiro quando saímos da cabine. Não sei como é possível uma pessoa ficar mais feia emperiquitada do que desarrumada, mas ela conseguiu. Está com um vestido verde curto que mostra as varizes das pernas. Tento não revirar os olhos, mas isso se tornou um reflexo sempre que a vejo.

— *Ay*, Julia. Que festa bonita... Aposto que a Olga está muito feliz por você — comenta ela.

— A Olga morreu.

Sei que provavelmente devia ficar calada, mas estou farta de ouvir todo mundo fingir que Olga é um anjo que está olhando por nós.

Tia Milagros balança a cabeça, se olhando no espelho.

— *Que pendeja*. O que aconteceu com você? Não era tão irritada, tão... Não sei...

— O quê? Eu não era tão o quê, tia?

Sinto a música alta me fazer tremer por dentro.

Os olhos de Lorena se arregalam e ela engole em seco. Minha amiga sabe que estou à beira de um colapso.

— Não sei, deixa para lá — diz tia Milagros, balançando a cabeça de novo e aplicando outra camada de batom laranja.

— Fala logo — insisto. — O que tem de tão errado comigo? Por que todo mundo me trata como se eu fosse uma decepção? E quem é você para me julgar, hein? Me diz. Como se você fosse incrível, toda azeda desse jeito porque seu marido deu um pé na sua bunda há anos. Já faz anos, supera logo.

Vejo um lampejo em seus olhos. Ela cerra os dentes como se quisesse se impedir de falar qualquer coisa.

— Minha nossa, Julia — sussurra Lorena.
Tia Milagros sai do banheiro batendo os pés.

Lorena me faz dançar com o primo dela, Danny, que eu nunca vi antes. Não sei como ele entrou aqui, já que não foi convidado. Antes que eu possa protestar, ela me empurra na direção dele na pista de dança.

Danny não faz o meu tipo: tem cabelo raspado e está com uma camisa apertada, botas de pele de cobra e uma correntinha de ouro que parece um rosário. Além disso, tem cheiro de vinagre. É o oposto do que eu gosto, e Lorena sabe disso. Ela sempre me zoa porque fico a fim dos nerds branquelos dos filmes a que a gente assiste e tenta me fazer sair com garotos que eu nunca cogitaria, nem em um milhão de anos, caras em que eu não encostaria nem com uma luva de borracha. Danny não fala muita coisa, nem eu.

Mal consigo acompanhar a *cumbia* rápida. Ele me gira e me joga de um lado para o outro, e sinto os olhos de Amá fixos em mim. De acordo com a tradição da festa de debutante, agora posso dançar com rapazes, mas ela não parece muito feliz com isso.

Passo o resto da festa pensando na tia Milagros. Ela merecia, mas sei que estou encrencada. Fofocar é o passatempo favorito dela. Se tivesse um perfil num site de namoro, a descrição provavelmente seria: "Meus hobbies são tricotar, cozinhar, mexer na minha franja, falar merda e colecionar vestidos de poliéster que ficam horríveis em mim."

Quase no fim da noite, Angie chega com uma sacola amarela enorme de presente. Ela parece muito melhor do que da última vez que a gente se viu. O cabelo cacheado está preso num coque solto, e seus olhos verdes, pintados com lápis escuro. O vestido azul trespassado envolve seu corpo de um jeito perfeito.

Finjo que não a vi, mas Angie se aproxima.

— Feliz aniversário — diz ela, me entregando o presente.

— Não é meu aniversário e já estou quase com dezesseis anos.

Angie faz uma careta.

— Ah... Então por quê...?

Não estou a fim de explicar.

— Por que você está aqui? — pergunto.

Sei que é grosseria, mas ainda estou irritada com ela.

— Sua mãe me chamou.

— É, acho que a festa é mesmo da Olga.

— Como assim?

Minha priminha Gabby surge correndo no meio da gente.

— Esquece.

— Bem, eu só queria dar os parabéns.

— Que gentileza a sua, estou encantada! — retruco, sarcástica, mas não sei se Angie percebe.

— De nada — responde, olhando a saída como se quisesse ir logo embora.

— A Olga tinha namorado? — questiono antes que ela decida se afastar. — Ou namorada?

— O quê?

— Você ouviu. Tinha ou não? E por que você falou sobre *vida amorosa* quando a gente se viu?

— Olha... Primeiro, eu não falei nada sobre a Olga ter uma vida amorosa. Você pôs essas palavras na minha boca. Segundo, você é irmã dela. Não acha que ia saber? Como ela ia esconder isso da família? Será mesmo que a Olga ia conseguir ter um relacionamento secreto, sem que sua mãe descobrisse? Você sabe melhor do que qualquer um que não dá para esconder nada da sua mãe.

— O que você está querendo dizer? "Relacionamento secreto"? Isso é muito esquisito, não acha?

Angie suspira.

— Tem alguma coisa que você não está me contando — declaro. — Eu sei que sim. É por isso que está agindo desse jeito estranho.

— Calma, Julia.

Uma das coisas que mais odeio são pessoas que pedem para eu me acalmar, como se eu fosse uma descontrolada que não tem o direito de ter sentimentos.

— Não me manda ficar calma — rebato. — Sai logo da minha frente. Só... só vá embora.

Angie se afasta e eu seguro a sacola com tanta força que os nós dos meus dedos ficam brancos. Eu me esforço para respirar fundo. Quando me viro, ela está abraçando Amá. Deve estar dizendo que só passou para deixar o presente, que tem outro compromisso.

Quando a música para e as pessoas começam a embalar algumas comidas para levar, vejo tia Milagros falando com meus pais. Apá franze a testa e balança a cabeça. Amá cobre a boca com a mão. Eu me sento numa mesa vazia e como um pedaço do bolo. É de pêssego, da mesma cor do meu vestido, e tão doce que fico enjoada, mas não consigo parar de comer. Talvez açúcar seja veneno o suficiente.

Voltamos para casa em meio a um silêncio ensurdecedor. O apartamento está com um cheiro ruim porque esquecemos de tirar o lixo antes de sair. Apá acende a luz e as baratas saem correndo em todas as direções, procurando cantos escuros para se esconder. Elas fazem a festa quando não estamos em casa. Aí a gente tem que fazer a dança da barata, que consiste em pisar nelas com força no chão da cozinha. Desta vez, tenho que erguer a barra do vestido e matá-las com meus saltos brancos novos.

Quando terminamos, Amá varre tudo e joga na privada, para o caso de algumas ainda terem ovos. Em geral ela passa um pano no chão com água sanitária ou Pinho Sol, mas parece que não vai fazer isso hoje.

Amá volta do banheiro e os dois se viram para mim.

— Sua tia me contou o que você falou para ela no banheiro — revela Amá, se aproximando de mim. — Gastamos todo esse dinheiro na festa para você nos envergonhar assim?

— A culpa foi dela — rebato, desviando o olhar. — Ela não sabe ficar quieta.

— Foi para isso que a gente criou você, *cabrona*? Para desrespeitar os mais velhos? Quem você acha que é? — grita Apá, de súbito.

Faz anos que ele não fala tanto comigo.

— Julia, eu não criei minhas filhas para serem malcriadas. Por que você é assim? O que eu fiz para merecer isso?

Amá continua dizendo "minhas filhas", apesar de eu ser a única que sobrou. Ela se vira para Apá.

— Rafael, eu não sei mais o que fazer com a sua filha — declara Amá.

É o que ela fala quando está irritada comigo. De repente, não sou mais filha dela.

Apá fica em silêncio, como se estivesse tão bravo que as palavras fossem inúteis.

Amá suspira e torce as mãos.

— Talvez o Bigotes esteja certo. Talvez este país esteja acabando com você.

— Como se morar no México fosse resolver alguma coisa — retruco. — A minha vida é uma droga, mas seria ainda pior se eu morasse no México. E vocês sabem disso.

Eu me pergunto se Amá vai chorar, me bater ou fazer as duas coisas, porque parece que eu a aniquilei. E isso me surpreende.

Ela apenas balança a cabeça.

— Sabe, Julia, talvez se você soubesse se comportar e ficasse de boca fechada, sua irmã ainda estivesse viva. Já pensou nisso?

Amá finalmente admite. Finalmente fala o que seus grandes olhos tristes estavam me dizendo o tempo todo.

Depois das férias de verão

14

ENCONTRO O SR. INGMAN TODA QUINTA-FEIRA depois das aulas para ele me ajudar a me preparar para o vestibular e a me candidatar a uma vaga na universidade. Ele insiste em tirar esse tempo para me auxiliar, mesmo não sendo mais meu professor, agora que estou no último ano do ensino médio. Explico que minha orientadora já está me ajudando, mas o sr. Ingman diz que ela não sabe diferenciar a própria bunda do cotovelo (palavras dele). O sr. Ingman é uma das pessoas mais inteligentes que já conheci, então seria burrice minha não aceitar. E, depois de passar as férias fazendo faxina com Amá, estou quase feliz em voltar para a escola e trabalhar com o cérebro e não com as mãos.

Minhas notas foram decentes no ano anterior. Elas aumentaram no fim do semestre e voltei a tirar basicamente oitos, mas ainda tenho receio de não conseguir passar para as faculdades que quero. Estou determinada a mergulhar de cabeça em todas as matérias. *Voltei com tudo, queridinhos!* E decidi que vou me inscrever em três faculdades em Nova York, duas em Boston e uma em Chicago. O professor me ajudou a escolher lugares diferentes, com bons cursos de inglês. Apesar de querer ir embora da cidade, ele diz que tenho que me inscrever em pelo menos uma universidade daqui, só por garantia. Mas sinto que preciso ir para longe. Amo meus pais e me sinto culpada por querer ir embora, mas continuar aqui seria difícil demais. Preciso crescer e explorar o mundo, mas eles não deixam. É como se eu estivesse vivendo sob uma lupa.

O sr. Ingman me explica todos os detalhes sobre os formulários de inscrição, o que me deixa feliz, porque não tenho ideia do que tenho que fazer. Algumas universidades cobram até noventa dólares pela inscrição e, como sou o que chamam de "aluna de baixa renda", ele me ensina a pedir isenção.

Mesmo tendo que entregar a Amá a maior parte do que eu ganhei trabalhando nas faxinas, consegui economizar 274 dólares, o que deve pelo menos cobrir meu voo, caso, no fim das contas, eu escolha uma faculdade na Costa Leste. Preciso muito comprar sapatos novos, mas me recuso a tocar nesse dinheiro.

De acordo com o sr. Ingman, tenho que enfatizar nas candidaturas o fato de meus pais ainda não terem visto de permanência nos Estados Unidos.

— A banca de avaliação adora essas coisas — insiste ele.

— Mas é segredo — rebato. — Meus pais disseram que a gente não pode contar para ninguém. E se eu mencionar isso, a faculdade chamar a imigração e eles forem deportados? E aí?

— Ninguém vai deportar seus pais. Impossível.

— Mas eles imigraram ilegalmente — sussurro.

— Eles não têm visto — corrige ele.

— Minha família se chama de *ilegales* ou *mojados*. Ninguém diz que "não tem visto". Não sabem o politicamente correto.

— Dizer que uma pessoa é *ilegal* carrega muito estigma. Não gosto. É a mesma coisa com *imigrantes ilegais*, que é ainda pior. — O sr. Ingman estremece, como se as palavras contivessem veneno.

— Beleza, meus pais *não têm visto* — falo, por fim.

Cresci aprendendo a ter medo de *la migra* e ouvindo meus pais e outros parentes falarem sem parar dos *papeles*. Por muito tempo, eu não entendi o que havia de tão importante naqueles pedaços de papel, mas aí descobri. Meus pais podiam ser mandados de volta para o México a qualquer momento e deixar Olga e eu aqui, para nos virarmos sozinhas. A gente provavelmente teria ficado com uma das nossas tias que têm visto, como alguns alunos da escola, ou teríamos voltado para o México com eles.

Eu lembro que, quando era pequena, eles iam sempre revistar a fábrica onde Apá trabalha. *La migra* deportava *mojados* aos bandos, separando famílias para sempre. É quase um milagre que isso nunca tenha acontecido enquanto ele estava lá. Apá não é de falar muito, e na maior parte do tempo está apenas fisicamente presente, como um móvel, mas não consigo imaginar como seria viver sem ele.

Assim como meus pais, eu sempre desconfiei das pessoas brancas porque são elas que ligam para a imigração, são grosseiras com a gente em lojas e restaurantes e nos seguem quando estamos fazendo compras, mas acho que o sr. Ingman é diferente. Nenhum outro professor já demonstrou tanto interesse por mim.

— Beleza, mas como você tem certeza de que eles não vão ser deportados? — insisto uma última vez.

— Por favor, Julia. Confie em mim. Já ajudei dezenas de alunos como você a entrar na faculdade. Estamos em Chicago, não no Arizona. Isso não acontece aqui. Não desse jeito. Ninguém vai ler sua redação e ir atrás dos seus pais. Além disso, eu já menti para você alguma vez?

— Não que eu saiba.

Ele assente.

— Tudo bem. Mas eu não enganaria você. Quero muito que você vá para a faculdade.

— Mas por quê? Eu não entendo. Por que se importa tanto?

— Você foi uma das melhores alunas que já tive e quero ver você se dando bem. Tem que dar o fora daqui, ir para a universidade. Você pode ter um futuro brilhante, dá para ver. É uma escritora maravilhosa.

Ninguém nunca me disse algo do tipo.

— Vamos lá. Comece a escrever a redação para os formulários. Não tenho todo o tempo do mundo — fala o sr. Ingman, olhando para o relógio. — Você precisa anotar pelo menos algumas ideias.

Eu encaro o enorme mapa-múndi, sem saber por onde começar. A redação para a candidatura precisa falar sobre mim. Mas o que me torna interessante? O que faz de mim quem sou? Que história o mundo precisa saber?

Em 1991, meus pais — Amparo Montenegro e Rafael Reyes — se casaram e deixaram a cidade de Los Ojos, em Chihuahua, no México, em busca de uma vida melhor. Minha irmã, Olga, nasceu no fim daquele ano. Tudo que eles queriam era viver o sonho americano, mas as coisas não aconteceram bem assim. Amá hoje é faxineira e Apá trabalha em uma fábrica de doces. A vida para nós já era difícil. Mas, no ano passado, minha irmã foi atropelada por um caminhão.

Hoje só tive aula de manhã, então, depois da escola, pego o trem para o sebo de Wicker Park. Nas últimas semanas, economizei dezessete dólares do dinheiro do meu almoço para conseguir comprar dois livros. Meu estômago ficou com vontade de engolir a si mesmo nos dias em que só comi purê de batata, mas valeu a pena. Se — ou melhor, *quando* — eu ficar rica, terei uma biblioteca tão grande que vou precisar de uma escada para alcançar todos os livros. Também quero ter edições raras, as primeiras edições de alguns títulos. Quero tomos antigos, que vou precisar abrir com pinças e luvas de borracha.

Vou até a seção de poesia para ver se eles têm algum livro da Adrienne Rich. Li um dos poemas dela na aula de inglês da semana passada e ainda não consegui tirá-lo da cabeça. É um que fica se repetindo, sem parar. Às vezes, estou lavando as mãos ou escovando os dentes e ele aparece, simplesmente surge em minha mente: "Eu vim para explorar o naufrágio./ As palavras são fins./ As palavras são mapas." Fico muito animada ao encontrar um dos livros dela por apenas seis dólares.

Adoro o cheiro de livrarias antigas — papel, conhecimento e provavelmente mofo. Odeio o clichê de que não podemos julgar um livro pela capa, porque, na verdade, elas dizem muito sobre o texto. *O grande Gatsby*, por exemplo. O rosto melancólico da mulher contra as luzes da cidade ao longe é a representação perfeita da tristeza silenciosa daquela época. Capas são importantes. Não faz sentido pensar diferente. Por exemplo, eu uso camisa de banda por um motivo claro. Lorena usa roupas justas com estampa de oncinha por um motivo claro.

Fico imaginando como serão os livros que um dia vou escrever. Quero obras de arte coloridas nas capas, como quadros de Jackson Pollock ou Jean-Michel Basquiat. Talvez eu possa usar uma fotografia assombrosa de Francesca Woodman. Existe um autorretrato dela se arrastando no chão diante de um espelho que seria perfeito.

Vejo uma edição antiga de *Folhas de relva*, de Walt Whitman, e a levo ao rosto. O cheiro é incrível. Além disso, só seis dólares.

Vou até o terceiro andar e encontro uma mesa perto da seção de teoria crítica. Está lotada, mas tem uma cadeira livre. Depois de alguns minutos, a mulher ao meu lado vai embora e um garoto se aproxima e pergunta se pode se sentar. Ele é alto, tem cabelo castanho bagunçado e está usando camisa de flanela e calça jeans escura e justa. É bem bonito.

— Sim, sim — respondo, e enterro a cabeça no livro.

— É um dos meus favoritos — comenta ele.

Algo entre um grasnado e um rangido sai de minha boca. Estou chocada.

— Oi? — digo, por fim. — Está falando comigo?

— Aham. *Folhas de relva*. Mas provavelmente nem vale a pena dizer isso. Quem não gosta de Walt Whitman já está morto por dentro.

Não acredito. Esse garoto está mesmo conversando comigo sobre poesia?

— Concordo. Ele é mesmo um mestre.

O garoto assente.

— E você? Qual é o seu livro favorito?

— Não sei. Quer dizer, como alguém consegue escolher um? Eu amo tantos... *O despertar*, *Cem anos de solidão*, *O grande Gatsby*, *O apanhador no campo de centeio*, *O coração é um caçador solitário*, *O olho mais azul*... Poesia ou prosa? Se for poesia, então talvez Emily Dickinson... Não, espera, talvez... Droga, não sei.

Não entendo por que a pergunta me deixa em pânico.

— Adoro *O apanhador no campo de centeio* e *O grande Gatsby*. Ainda não li *Cem anos de solidão*. Não é irônico que depois da adaptação de *O grande Gatsby* as pessoas começaram a dar festas com o tema "anos 1920"? É muito sem-noção romantizar aquela época.

Dou risada.

— As pessoas fazem mesmo festas assim? Tipo, com melindrosas e tudo?

— É, algumas amigas da minha mãe fizeram umas festas assim. Fiquei pensando: "Uau, vocês realmente não entenderam o livro."

— Duvido que alguém como eu pudesse entrar numa festa com esse tema, só se fosse para ficar na cozinha ou limpando os banheiros — brinco.

— Pois é, como se fosse uma época mágica. Provavelmente foi para, o quê, umas dez pessoas?

Ele dá uma risada.

— E você? — pergunto. — Qual é o seu livro favorito?

— *Laranja mecânica*.

— Tentei ler uma vez, mas não fazia sentido. E o filme é violento demais.

Sinto um arrepio.

— Talvez você não tenha dado uma chance de verdade a ele. É uma crítica, na verdade.

— É, talvez tenha sido isso. Devia tentar ler de novo.

A verdade é que nunca mais vou chegar perto desse livro porque a história me deu nos nervos, mas quero continuar conversando com o garoto.

— Qual é o seu nome? — indaga ele.

— Hum... Julia? — digo, sem saber por que acaba soando como uma pergunta, como se não soubesse meu próprio nome.

— Connor — responde, apertando minha mão.

Os olhos dele são castanhos e intensos, como se estivessem tentando descobrir alguma coisa.

— É um prazer — falo.

Estou tão nervosa que mal consigo olhá-lo. É um território desconhecido para mim. Os garotos nunca falam comigo, a não ser os nojentos que assobiam e fazem comentários sobre meu corpo.

Ficamos sentados ali, em meio a um silêncio incômodo, por vários segundos. Olho para a pilha de livros sobre a mesa e tento pensar em algum comentário inteligente para fazer, mas minha cabeça está vazia.

—Você cheira os livros? — pergunto.

— Como assim?

— Tipo, literalmente. Gosta do cheiro deles? São bem singulares. Certa vez achei um que tinha cheiro de canela e fiquei me perguntando se ele havia ficado guardado numa despensa. Vivo pensando esse tipo de coisa. Às vezes, dá para ver que eles eram mantidos num porão por causa das manchas de umidade, sabe?

Nossa, não acredito que isso tudo acabou de sair da minha boca. Ele vai achar que sou maluca.

—Você é cheiradora de livros, então? — questiona Connor, fingindo falar sério, como se eu tivesse acabado de dizer que sou viciada em metanfetamina. Ele dá uma risada abafada. — Uau!

Solto um gritinho e cubro a boca. As outras pessoas à mesa parecem incomodadas, mas não consigo parar de rir.

— Talvez seja melhor você ir embora. Parece que está tendo problemas para se controlar. — Ele se vira para as outras pessoas e balança a cabeça. — Desculpa, pessoal. Acho que ela está em abstinência.

Isso me faz rir ainda mais. Junto minhas coisas e Connor me acompanha até o primeiro andar. A gente sai do sebo depois que compro os livros. O sol está forte e me faz apertar os olhos.

— Você está melhor? — pergunta Connor, colocando a mão em meu ombro.

— Foi sua culpa! Você começou.

Finjo estar irritada. Ele dá de ombros.

— Se é o que você acha... Ei, que tal um café? Ou um chocolate quente para você se acalmar?

— Não sei... — digo, hesitante, apesar de já saber que vou aceitar.

— Vamos. É o mínimo que posso fazer depois de todos os problemas que causei para você.

— Tudo bem — respondo. — Acho que você me deve uma.

Connor me leva até uma cafeteria cheia de hipsters, com seus notebooks e celulares caros. Imagino um holofote gigante me iluminando quando entro, destacando minha calça jeans velha, meus tênis rasgados e meu cabelo sujo. Queria poder voltar no tempo, tomar banho e vestir roupas melhores. Mas como eu podia imaginar que isso ia acontecer? O plano de hoje era ficar invisível.

A gente se senta numa mesa pequena no canto, perto de um homem com um bigode ridículo de grande. Como uma pessoa anda com isso na cara e espera ser levada a sério? O negócio quase chega aos ouvidos dele.

Fico me perguntando se isso é um encontro, porque, para ser sincera, nunca tive um. O mais perto que cheguei disso foi aquela vez na praia com Ramiro, o primo de Carlos, que me tratou como se eu fosse um prêmio barato. Se Connor tentar me beijar, então com certeza é um encontro. Se não, vou ter que perguntar a Lorena. Ela sabe mais que eu.

— Bem, me conta mais de você, Julia.
— O que quer saber?
— Onde nasceu, do que gosta, qual é sua cor favorita... Sabe, essas coisas — explica ele.
— Sou de Chicago. Gosto de livros, pizza e David Bowie. Minha cor favorita é vermelho. Sua vez.
— Mas de onde você é *de verdade*?
— Nasci *aqui*. Acabei de falar.
— Não, o que quero dizer é... Deixa pra lá.

Connor parece envergonhado.

— Você quer saber qual é minha ascendência, né? De onde vem minha cor...
— É, acho que sim — diz ele, dando um sorriso tímido, como se pedisse desculpas.
— Sou mexicana. Você podia ter simplesmente perguntado, sabia? — falo, e é impossível evitar um sorriso irônico. — Prefiro quando as pessoas são diretas.
— É, eu entendo. Desculpa.
— Imagina, tudo bem. Mas e você? De onde você é? Do que você gosta?
— Humm... Sou de Evanston e gosto de hambúrgueres e de tocar bateria.
— Mas de onde você é *de verdade*?

Connor ri.

— Sou um típico cara americano. Tenho ascendência alemã, irlandesa, italiana e...
— Calma, espera! Vou adivinhar. Sua bisavó era uma princesa cherokee.
— Não, eu ia dizer espanhola.
— Ah, sim, nossos colonizadores. E a sua cor favorita?

— Amarelo.

— Amarelo? Credo.

— Nossa. Ainda bem que você é sincera. — Ele ri. — Amarelo como o sol. Você não pode dizer que odeia o sol.

— É lógico que não, não sou um monstro.

Um homem de barba comprida se senta ao lado do cara de bigode. É o par perfeito.

— Se for, é o monstro mais bonito que já vi — comenta Connor.

Não sei o que dizer, então tomo um grande gole de café que queima minha língua e minha garganta. Que charmoso da minha parte!

—Você já leu *O papel de parede amarelo*? Já ouviu falar de febre amarela? Icterícia? Quer dizer, amarelo pode significar coisas ruins.

Connor sorri, e o canto de seus olhos ficam enrugadinhos, o que é bem fofo.

— Me conta mais. Você tem outra opinião forte sobre cores? Formas? Estampas? Você parece ser uma pessoa muito interessante.

— Eu?

— Não, o cara do bigode ali — brinca, apontando.

O homem olha para a gente, irritado, o que me faz rir tanto que quase cuspo o café.

— Acho a estampa Paisley terrível e que devia ser banida até o fim dos tempos. O mesmo para roupas em tom pastel. Ah, e calças cáqui são repugnantes — falo, fechando os olhos e colocando a língua para fora para demonstrar meu nojo.

O que está rolando aqui é quase surreal. Tento me imaginar observando nós dois de outra mesa. Nunca estive em uma cafeteria como esta e nunca quiseram me conhecer melhor. A única pessoa, além de Lorena, que se importa com o que penso é o sr. Ingman, mas ele é pago para se interessar pela minha opinião. Às vezes, fico achando que o mundo quer me calar e que seria melhor eu me esconder, dobrar em milhões de pedaços cada pedacinho meu.

—Você é engraçada — comenta Connor, com uma expressão séria.

— Minha irmã morreu ano passado.

Não quis dizer isso. A frase simplesmente saiu.

— Nossa, eu sinto muito.

Ele segura minha mão e por pouco não rejeito o gesto. É quente e úmido. Não me lembro da última vez que alguém me tocou assim.

—Vocês eram próximas? — pergunta ele.

— Bem... não. Não muito. Sei lá. Não acho que a conhecia de verdade. A gente era muito diferente e, agora que ela morreu, é como se eu quisesse saber quem ela foi. É esquisito. Acho que é meio tarde para isso.

— Não fala assim. Nunca é tarde.

Não sei por que estou contando todas essas coisas. Ele provavelmente não se importa, mas é impossível evitar. Talvez eu não devesse tomar tanto café, já que a bebida me deixa nervosa e tagarela.

— Um dia eu estava fuçando o guarda-roupa dela e encontrei algumas coisas — revelo. — Queria continuar vasculhando para entender melhor quem ela realmente era, mas minha mãe me pegou no flagra e trancou o quarto. Desde então não consigo mais entrar lá. E não sei o que fazer. Preciso continuar investigando, mas às vezes parece inútil. Ela tinha um notebook, só que eu não tenho a senha. Primeiro, preciso dar um jeito de conseguir entrar no quarto dela.

— Olha, eu entendo de computador. Não conta para ninguém, mas eu e meus amigos já hackeamos algumas coisas. Na verdade, várias. Se você conseguir pegar o notebook, eu provavelmente consigo desbloquear.

— Está falando sério?

Connor sorri e aperta minha mão.

— Total, completa e absolutamente sério.

Connor e eu andamos por horas e horas. Vamos a lugares que eu nem sabia que existiam, perambulando e ziguezagueando por aí sem rumo. A gente acaba parando nos mesmos lugares mais de uma vez, sem entender como chegamos lá. Estou sorrindo tanto que minhas bochechas doem. Quando ficamos cansados, ele compra donuts e nos sentamos nos balanços de um parque gigante, apesar de estar frio. O lugar tem cheiro de lascas de madeira e folhas úmidas. Conversamos sobre os planos para a faculdade, livros e nossas bandas favoritas. Finalmente alguém que gosta de David Bowie. Alguém que lê!

Na estação de trem, ele me beija na bochecha e diz que quer me ver de novo. Com certeza é um encontro. O dia está tão lindo que aposto que todos os passarinhos estão transando.

Encontro Connor na Devon Avenue, depois de dizer para Amá que meu trabalho da escola pedia para que eu visitasse o Centro Cultural do centro da cidade. Como sempre, ela fica desconfiada, mas consigo convencê-la depois de insistir e choramingar um pouco. Tenho que pegar dois ônibus e um trem para chegar, o que é um saco, ainda mais porque está frio e quase nevando, mas estou feliz por ver outra parte da cidade. Fico impressionada com todos os sáris lindos e coloridos brilhando nas vitrines. São tão bonitos que eu queria saber quanto custam. O dia está fechado, mas fico feliz por ver tanto brilho e tantas cores.

Sinto minhas pernas falharem à medida que me aproximo do restaurante. Connor está parado do lado de fora, com as mãos nos bolsos. Isso que é o amor? Eu não sei.

— Ah, olá, *madame* Reyes — diz ele, acenando.

Quando estou nervosa, acabo fazendo brincadeiras por não saber muito bem como agir. Então o encaro e faço uma reverência, estendendo minha mão como uma aristocrata pretensiosa, o que faz Connor rir.

— É bom te ver — diz ele.
— É bom te ver também.

De repente, fico tão tímida que nem consigo olhar para ele.

— Para mim, este é o melhor restaurante indiano da cidade — explica Connor, enquanto nos sentamos. — E é baratinho.

Espero que ele pague, porque, quando olho o cardápio, apesar de ser "baratinho", ainda é caro demais para mim.

— Nunca provei comida indiana — conto, dando uma olhada nos pratos do dia.

Connor põe as mãos na mesa e olha direto para mim.

— Nunca? Sério? Como é possível?
— Eu nem sabia que esse bairro existia, para ser sincera.
— Poxa — responde Connor, fingindo estar arrasado.

O ar está carregado de temperos que não consigo identificar. Um musical passa na TV ao lado do caixa. Na tela, um homem alto canta uma música triste enquanto corre atrás de uma mulher bonita, descendo uma montanha. Acho que deveria ser uma cena romântica, mas me parece que o cara vai agredir a moça a qualquer momento.

A comida é tão boa que não consigo acreditar.

— Onde você esteve a minha vida toda? — pergunto para o prato, antes de pegar mais uma porção generosa.

Há tanta coisa nessa refeição — queijo, temperos, ervilhas e sabe-se lá mais o quê —, que o sabor lembra um paraíso estrangeiro.

— Parece que você gosta mais da comida do que de mim — brinca Connor. — Estou começando a ficar com ciúme. Talvez seja melhor eu deixar vocês a sós.

Não sei o que responder, então apenas abro um sorriso e continuo a me empanturrar até ficar cheia demais para me mexer.

Connor quer voltar ao sebo em que a gente se conheceu porque está procurando um romance de um autor japonês de quem nunca ouvi falar, então pegamos o trem juntos. Depois de ele encontrar o livro, nós nos sentamos num banco no parque do fim da rua. Eu me distraio olhando as árvores por um tempo e, quando me viro de novo para ele, seu rosto está bem perto do meu. Ele se inclina para me beijar.

Sinto meu coração bater tão forte que me pergunto se Connor vai perceber. Ele põe as mãos no meu cabelo e segura meu pescoço como se o beijo fosse quase uma emergência. Não tem nada a ver com a vez em que fiquei com Ramiro. Connor usa pouco a língua e algo na maneira como ele me toca faz com que me sinta muito desejada.

Depois de um tempo, a gente para de se beijar e fica sentado ali, num silêncio incômodo, até passar uma mulher com um gato Sphynx, vestido com uma jaqueta fofa. Trocamos olhares e não dá para segurar — rio tanto que parece que meu músculo da barriga vai estourar.

15

SEMPRE ME PEGO ENCARANDO A PORTA, FEITO uma idiota, esperando que Olga volte para casa. Todo mundo diz que isso vai melhorar com o tempo, mas não parece verdade. Às vezes sinto tanta falta dela quanto na semana em que morreu. Mesmo não sendo tão próximas, parece que eu perdi um pedaço de mim. Além disso, ainda sonho com ela. Às vezes, os sonhos são inofensivos e mostram nós duas no carro, ou à mesa da cozinha, tomando café da manhã. Mas, de tempos em tempos, minha irmã aparece coberta de sangue, o corpo retorcido e esmagado, e eu acordo aos gritos.

Amá ainda chora muito. Às vezes a ouço no banheiro. Acho que ela cobre a boca com uma toalha para abafar o som. Seus olhos também estão sempre vermelhos. Queria saber como ajudar, mas me sinto inútil — como sempre. Apá está mais silencioso do que nunca. Ele poderia estar morrendo por dentro e ninguém ficaria sabendo.

Já voltei três vezes à faculdade da Olga, mas sempre encontro a mesma mulher azeda e dou meia-volta. Ela deve se lembrar de mim e não vai pensar duas vezes antes de chamar o segurança. Também liguei para o Hotel Continental, torcendo para encontrar um funcionário que se dispusesse a desrespeitar as regras, mas eles sempre dizem que não podem dar informações sobre os hóspedes, mesmo que eles tenham morrido. Se ao menos eu conseguisse pegar o notebook da Olga do quarto, aí Connor poderia abri-lo.

Sem saída. Sem saída. Sem saída. Sempre acabo num beco sem saída. Minha vida sempre foi assim.

Também me lembro de coisas bobas, de pequenos detalhes sobre mim e Olga que achei que tivessem sumido da minha cabeça. No outro dia, eu estava na fila do mercado e lembrei quando, aos quatro anos, me cortei com uma folha do livro da Vila Sésamo e fiquei tão assustada que me recusei a voltar a tocar nele. Minha irmã sabia o quanto eu adorava a história, então ela a leu mil vezes para mim. Tenho certeza de que ela decorou o texto todo. Ontem aconteceu de novo. Voltando da escola para casa, pensei na noite na casa de Mamá Jacinta, quando nossa prima Valeria nos contou sobre *La Llorona*, a mulher fantasma que choraminga pelas ruas porque afogou os próprios filhos. Passei dias sem dormir, convencida de que cada rangido ou barulho que ouvia era a assombração vindo me buscar para me matar no rio. Olga ficou comigo todas as noites até eu superar o medo. Hoje de manhã, enquanto escovava os dentes, me lembrei de quando a gente comprou chocolate e o escondeu no quarto dela. Nós comíamos um pedacinho em segredo todos os dias depois da escola, como se estivéssemos participando de um tipo de contrabando perigoso. Deve ter sido a coisa mais desobediente que ela fez quando éramos mais novas.

Quando me lembro dessas coisas, sinto que alguém arrancou minha alma e a pisoteou no chão sujo. Tudo era tão mais fácil quando a gente era criança... O que eu considerava difícil na época agora é fácil.

A felicidade é como uma florzinha de dente-de-leão que não consigo pegar, voando por aí. Não importa o quanto eu tente nem o quanto eu corra, não dá para alcançá-la. Mesmo quando acho que consigo, abro a mão e vejo que ela está vazia.

Mas, às vezes, tenho momentos felizes. Quando consigo ver Connor, por exemplo. Ele me liga quase toda noite e a gente conversa até minha orelha ficar quente. A coisa de que mais gosto nele é sua capacidade de me fazer dar risada mais do que qualquer pessoa que já conheci. Outro dia, ele me fez rolar de rir quando contou sua discussão com o melhor amigo sobre um time. Eles ficaram tão bravos que acabaram jogando cachorros-quentes um no outro. Só que, como estavam com fome e não queriam desperdiçar comida, pegaram o lanche da grama e enfiaram na boca antes que um bando de gaivotas comesse primeiro. Eu ri tanto que ronquei pelo nariz, e a gente riu ainda mais.

Sempre que estou no celular, Amá, por acaso, passa pelo meu quarto. É difícil conversar de verdade quando estou sendo vigiada. Apesar de não entender inglês muito bem, tenho medo do que Amá vai ouvir. Ela já deve ter percebido que estou conversando com um garoto.

A ideia de ir para a faculdade também me alegra. Ainda bem que pulei um ano, senão ainda ficaria presa aqui por mais tempo. As únicas pessoas de quem vou sentir saudade são a Lorena, o sr. Ingman e o Connor. Juanga também, agora que vou com a cara dele. Só queria que Lorena e ele parassem de beber e fumar maconha o tempo todo. Eles também têm agido de um jeito meio estranho, o que me assusta um pouco — como quando quiseram entrar de penetra numa festa, mesmo o anfitrião tendo ameaçado matar Juanga por causa do ex-namorado dele no ano anterior. Com uma faca e tudo. Consegui convencer os dois de que era uma má ideia e acabamos indo ao cinema. Lorena levou uma garrafa de uísque na bolsa e os dois beberam como se estivessem morrendo de sede no deserto. Só tomei alguns goles, disse que tinha gosto terrível e ambos me olharam como se eu tivesse enlouquecido. E maconha sempre me deixa paranoica, como se alguma coisa horrível fosse acontecer, então parei de fumar. A vida sóbria já é assustadora o bastante, obrigada.

Lorena insiste para que a gente vá andar de trenó porque, segundo ela, o inverno é chato pra caramba e ela vai enlouquecer se ficar presa em casa por mais tempo. Estou ficando maluca também. Todo ano é esse baita frio. Não importa se eu moro a vida inteira em Chicago: os invernos são sempre difíceis.

Nunca andei de trenó na vida. Já ouvi falar, já vi na TV, mas meus pais nunca me levaram, assim como nunca fomos à Disney nem assistimos a *A noviça rebelde*. Sempre achei que eram coisas de gente branca.

— Onde vamos arranjar dinheiro para os trenós? E de onde saiu essa ideia?

Lorena está em frente a minha cômoda, mexendo em algumas maquiagens. Ela dá de ombros.

— Não sei, vi num filme. A gente não precisa alugar um trenó de verdade, bobinha. Podemos usar pedaços de plástico para escorregar.

Ela sopra as mãos e as esfrega. A casa está um gelo porque Amá sempre mantém a temperatura baixa no inverno para economizar. Fico andando pelo apartamento enrolada num cobertor e usando touca, como uma idiota.

— E onde vamos achar isso? — pergunto.

Também estou entediada e sou de topar qualquer aventura, mas a ideia de ficar molhada e com frio não me atrai muito.

— Não sei, mas não deve ser tão difícil assim — diz Lorena, passando meu brilho labial.

Penso em como vai ser passar o fim de semana todo em casa e, de repente, andar de trenó não parece tão desagradável.

— Vamos nessa, então.

Depois de uma visita a uma loja de material de construção, Lorena, Juanga e eu estamos no alto da colina do parque Palmisano, em Bridgeport, segurando tapetes de plástico baratos. O homem da loja pareceu confuso quando compramos os tapetes, mas não interessado o suficiente para perguntar. Só fez cara feia e mandou a gente ir para o caixa.

★ ★ ★

Não existem colinas *de verdade* em Chicago, mas o parque era uma mina, então tem um aclive decente. No topo, há um círculo de cabeças brancas de Buda semienterradas na neve e uma vista incrível da cidade. Não acredito que nunca vim aqui. Às vezes, parece que estive vivendo num buraco escuro esse tempo todo. Para ser sincera, é bem possível que nunca tenha conhecido grande parte da cidade.

Ao contrário de nós, várias famílias estão usando trenós de verdade, e duas criancinhas com roupa de neve estão rolando morro abaixo, berrando por todo o caminho.

— Viu? Não é só coisa de gente branca — diz Lorena, com um sorriso convencido.

— Céus, estou humilhada! — respondo, dramática, colocando as mãos nas bochechas, fingindo surpresa.

Lorena ri.

— Cala a boca.

— Espero que funcione — comento. — Não temos onde segurar.

— Minha nossa, segura nas laterais. Você não devia estar mais animada agora que está apaixonadinha?

Não consigo deixar de sorrir.

— Primeiro, estou me sentindo bem neste momento, se quer saber, e, segundo, *não*, não estou apaixonada — replico.

Mas talvez eu esteja. Quando penso em beijar Connor, fico um pouco sem fôlego e sinto meu corpo aquecer.

Lorena dá de ombros.

— Se é o que você acha...

— Para mim, essa é sem dúvida uma experiência nova. A coisa mais esportiva que já fiz até hoje foi correr atrás do ônibus — declara Juanga, amarrando o cadarço.

— Não sei se dá para considerar isso aqui um esporte — observo. — Não é como se a gente ficasse sem fôlego e tal.

— O que é, então?

— Olha... Não sei. Uma atividade, talvez? — sugiro, o brilho da neve me fazendo apertar os olhos. — Ah, deixa, não importa.

— Beleza, vamos lá — diz Juanga, sorridente, posicionando o tapete e se sentando.

Ele não está agasalhado o suficiente para esse frio — está com uma jaqueta velha de couro, luvas pretas finas, calça jeans e tênis cinza velhos. Não está nem de touca nem de cachecol, então seu rosto está supervermelho. Às vezes, as roupas que usa me fazem pensar em como deve ser a mãe dele.

Nós entramos na fila e descemos a ladeira depois de contar até três. Durante todo o caminho, a gente grita e ri feito doidos. Depois ficamos deitados na neve, gargalhando. Olho para uma árvore seca, os galhos cobertos de gelo, e fico impressionada com a beleza dela.

— Nossa, Lorena, você é uma gênia! — exclama Juanga. — Entretenimento por menos de oito dólares. Nunca achei que ficar no frio pudesse ser tão divertido. No começo, pensei, tipo, "Essa garota é maluca", mas não, isso é muito legal.

— O que foi que eu disse? — Lorena ergue uma das sobrancelhas para mim.

— Você estava certa — admito. — Desculpa ter duvidado de você. É divertido mesmo, muito melhor do que ficar em casa, ouvindo minha mãe reclamar que sou muito preguiçosa.

Juanga e Lorena se levantam e limpam a neve da roupa, mas eu fico deitada ali por alguns segundos, ouvindo os sinos da igreja ao longe.

Connor pergunta se pode me visitar, mas eu invento uma desculpa esfarrapada e torço para ele nunca mais sugerir isso. Connor menciona que não conhece muito o sul da cidade e eu respondo que não tem muito para ver. Não é que eu tenha vergonha da minha casa, mas são vidas muito diferentes... Como explicar que a gente é pobre? Acho que ele sabe, mas é diferente ver por conta própria. Combino de nos encontramos em algum lugar no meio do caminho, para eliminar essa possibilidade.

Depois da escola, Connor e eu nos vemos no brechó favorito dele. Seu rosto está vermelho por causa do frio e ele parece muito fofo, com uma jaqueta grande e uma touca roxa.

Apesar de adorar ver coisas velhas e usadas, eu meio que odeio brechós porque me dão coceira e me lembram de que não tenho dinheiro. Para Connor, é uma aventura, provavelmente porque ele nunca teve que fazer compras em um. Amá, Olga e eu íamos a um brechó do nosso bairro às segundas-feiras, porque tinha 50% de desconto. Não é triste ter que aproveitar as promoções de brechó?

— Nossa, olha isso — diz Connor, segurando um suéter bordado com três gatos, algo que uma senhorinha usaria. — Que demais! É tão cafona que quase me dá vontade de comprar.

Sorrio.

— É, é cafona mesmo. Meus olhos estão ofendidos. Mas onde você ia usar isso?

— Em qualquer lugar. Na escola, no mercado, num bar mitzvah, sei lá.

Tenho só seis dólares no bolso, e Connor vai comprar um suéter porque é engraçado. Sei que não é culpa dele, mas não consigo deixar de ficar um pouco incomodada. Apesar disso, não quero magoá-lo, então tento não demonstrar.

— Acho que você devia comprar, hein? Vai ser a rainha do baile — brinco, dando uma pirueta no corredor como se fosse um bailarino.

Preciso de uma calça nova, mas é impossível comprar uma num brechó, já que não dá para experimentar. Calças quase nunca caem bem por causa das minhas coxas grossas e da minha bunda grande. Em vez disso, procuro vestidos que estiquem e tenham um bom caimento, mas não acho nada.

Sempre fico pensando em quem usou as roupas antes de elas pararem nos brechós, por que e como foram descartadas. Às vezes vejo manchas e tento imaginar de onde vieram — café, mostarda, sangue, vinho tinto, terra — e criar uma história na minha cabeça, como quando achei um vestido de casamento com manchas de lama na barra. Imaginei que tinha começado a chover no meio da cerimônia ao ar livre e que, em vez de amaldiçoar o céu pela má sorte, os noivos se deram as mãos e correram para se proteger sob uma árvore, com os convidados, padrinhos e madrinhas rindo das roupas molhadas, dos penteados destruídos e da maquiagem escorrendo.

Connor olha peça por peça e eu começo a perder a paciência. Meus olhos coçam e eu imagino percevejos se agarrando às minhas roupas. Quero ir embora, mas ele parece estar se divertindo de verdade.

Connor sorri e segura um quadro antigo de um palhaço num monociclo.

— Cara, eles têm umas coisas incríveis aqui — comenta ele, rindo.

— Tudo bem se a gente for embora? Não estou curtindo muito.

Coço o pescoço.

— Como assim, Julia? O que rolou? Você disse que queria vir comigo.

— É, eu sei, mas agora queria ir embora. Pode ser? Desculpa.

De repente, fico triste e nem sei direito por quê. Sempre fico animada para ver Connor, mas um peso que não entendo me invade.

— O que aconteceu? — pergunta ele.

Connor parece magoado e encara o quadro do palhaço.

— Nada, eu juro. Estou bem. É sério, só estou cansada.

Até aqui, foram só risadas e beijos e é típico da minha parte estragar tudo.

— Está bem. Vamos, então.

Connor põe o que pegou numa prateleira e segue na direção da porta. Mas eu o alcanço e toco em seu braço.

— Não, espera... Compra o suéter do gato e o quadro. Você queria os dois. Desculpa por isso.

— Tudo bem, então. Mas você está bem?

Tenho medo de explicar o que sinto exatamente — como uma hora estou bem e no segundo seguinte, do nada, fico triste. Não quero assustá-lo.

— Não consigo parar de pensar em percevejos e estou ficando meio nervosa. Acho que estou para ficar menstruada.

— Ah, saquei. Bem, vamos comprar chocolate. E depois posso fazer uma inspeção em você — responde Connor, fingindo tirar um piolho do meu cabelo.

— Ai, credo, que nojo! — Afasto a mão dele. — E como você sabe que chocolate vai fazer com que eu me sinta melhor?

Connor dá de ombros.

— Funciona com a minha mãe.

— Acho que funciona comigo também, então, tudo bem. Vou aceitar sua oferta. — Pego na mão dele e vamos até o caixa. — Rápido, antes que eu fique estressada pra valer.

Não conseguimos encontrar uma padaria, então nos contentamos com um mercadinho, um daqueles chiques, em que um saco de maçãs orgânicas custa mais do que meu aluguel. Connor e eu ficamos um tempo andando pelos corredores. Acho que estamos tentando prolongar nosso tempo juntos o máximo possível.

— Uma vez, quando eu devia ter uns nove anos, estava no mercado com a minha mãe — conto, enquanto passo pelo corredor de produtos de limpeza. — Fiquei entediada, então me afastei dela, peguei várias coisas bizarras e pus nos carrinhos dos outros.

— Tipo o quê?

— Laxante, fralda para adulto, pomada... Um monte de coisa relacionada à bunda, agora que parei para pensar.

Connor cobre a boca e ri.

— O que as pessoas faziam?

— Fiquei à espreita observando algumas delas quando foram para o caixa. A maioria ficou sem entender. Uma mulher pareceu bem irritada, tentando explicar para a moça do caixa que não tinha colocado aquelas coisas no carrinho. Eu ri muito. Será que sou uma pessoa ruim?

Connor se vira para mim e pega minha mão.

— Não queria dizer nada, mas... — Ele suspira. — Você é a pior pessoa que já conheci, para ser sincero.

— Uau, que incrível. Que orgulho de mim mesma.

Connor assente, solene.

— E, mesmo assim, ainda gosto de você.

— Queria poder dizer a mesma coisa sobre você — brinco.

Ele ri.

Chegamos ao corredor de doces, Connor põe as mãos em meus ombros e olha em meus olhos. Quase fico espantada com isso. Eu me pergunto se ele vai me beijar. Minhas mãos começam a tremer.

— Certo, srta. Reyes, escolha o chocolate que mais lhe apetecer — ordena ele.

— Mesmo que seja um desses orgânicos, produzidos por uma comunidade de gnomos? Porque eu só vou aceitar coisas desse tipo. Sou muito exigente.

— O que você quiser — diz Connor, sorrindo. — Artesanal e sem pesticidas, se for o que você quer.

— Você sabe como tratar uma dama — respondo, e dou um beijo na bochecha dele. — É um verdadeiro cavalheiro.

Connor avisa que os pais dele vão fazer uma viagem de trabalho esta semana e que o irmão não vai vir da Universidade de

Purdue, em Indiana, até Chicago só para visitá-lo, então ele me convida para ir à casa dele no sábado à tarde. As pessoas do meu bairro trabalham em fábricas, então pensar em uma "viagem de trabalho" é estranho para mim, mas não faço perguntas para que ele não pense que sou burra. Fico chocada ao saber que os pais confiam nele a ponto de deixá-lo em casa sozinho.

Amá e Apá nunca deixaram eu e Olga sozinhas nem nunca nos permitiram dormir na casa de alguém. De jeito nenhum, nem nos nossos primos. O único outro lugar em que dormimos foi na casa de Mamá Jacinta, no México. Acho que Amá sempre teve medo de que a gente fosse violentada ou que transássemos. Ela nem mesmo gosta quando as pessoas se beijam na TV e quando dois personagens vão ter relações... Pode esquecer. Ela desliga o aparelho e sai correndo da sala, murmurando alguma coisa sobre *cochinadas*.

Acho que as pessoas brancas são diferentes nesse quesito. Nancy, da minha turma de álgebra, saiu com um garoto branco de Oak Park uma vez e disse que os pais dele deixaram ela dormir lá.

Eu me pergunto se Connor espera que a gente transe. Penso nisso o tempo todo, mas agora que é uma possibilidade, fico tensa. Será que eu estou pronta? Como a gente sabe disso? Quer dizer, eu gosto dele e, quando a gente se beija, fica óbvio que também quero contato físico, mas o que isso significa? Será que ele vai me ver de maneira diferente depois de conseguir o que quer? Por outro lado, eu também quero e, se Connor me julgar por fazer exatamente a mesma coisa que ele, é hipocrisia. Fico deitada na cama pensando, ansiosa, até não aguentar mais.

Preciso do conselho de Lorena, mas tenho que garantir que Amá não ouça. Ela está sentada no sofá, tricotando um cobertor, então entro no closet e fecho a porta. Mal caibo aqui dentro com tantas caixas de coisas inúteis e roupas velhas, mas é o lugar mais reservado da casa.

Lorena diz que eu devia me depilar.

— Mas eu não sei fazer isso. Por que as mulheres se submetem a coisas tão desagradáveis? Salto alto, fio dental, depilação e clareamento. Não é justo. Gosto de maquiagem, vestidos e vou até raspar as pernas e as axilas, mas todo o resto é demais.

Lorena suspira.

—Você tem que raspar ou ele vai ficar com nojo.

— Então por que o ser humano manteve pelos lá embaixo depois da evolução, se não são necessários? Não tem um motivo para isso?

— Caramba, Julia. Por que me ligou para pedir conselhos, se não vai ouvir?

Acho que Lorena tem razão.

— Beleza. Então me explica o que eu tenho que fazer.

— Como assim? É só raspar.

— Mas raspo tudo?

— É, idiota.

— E se eu me cortar?

— Não vai. É só raspar devagar, beleza?

— Machuca, né? Não raspar, mas... *você sabe*... Ai, estou surtando.

Lorena fica alguns segundos em silêncio.

— De início machuca, mas depois melhora.

Digo a Amá que vou a uma galeria de arte no centro. Invento alguma coisa sobre uma nova exposição de artistas mulheres da América Latina — e fico impressionada com minha própria mentira. Ela não cai tão fácil. Vejo a desconfiança em seus olhos.

— Amá, eu estou *muito entediada*, por favor.

— Então por que você não limpa a casa? Tem muita coisa para fazer aqui. A Olga nunca queria sair. Era só trabalho, faculdade e casa.

Choramingo sobre minha necessidade de enriquecimento cultural e falo sem parar sobre como este bairro me sufoca — tanto emocional quanto intelectualmente. Então, por fim, ela me deixar ir.

— É melhor você não estar mentindo. Sabe que eu sempre descubro.

Ela aponta a espátula para mim e se vira de novo para a frigideira.

Vou até a farmácia primeiro, para comprar camisinha. Não sei se Connor já tem, mas não quero correr riscos. E se ele achar que sou uma depravada? E se um vizinho intrometido me vir comprando? E aí? Mas acho que as duas opções são melhores do que acabar grávida ou com uma IST mortal.

Tenho que pegar três trens para chegar a Evanston. As casas são enormes e as ruas, margeadas por árvores gigantes. Arbustos e cercas são podadas com precisão. Tinha entendido que a família do Connor tem dinheiro, mas não estava preparada para isso.

Sei que preciso ir rumo ao lago quando chego na estação, mas fico perdida por quase vinte minutos, andando em círculos e indo parar numa rua sem saída. Nunca fui muito boa de direção.

Por fim, acho a rua dele, então tiro o espelhinho do bolso para ver se está tudo bem. O rímel não está borrado e o brilho labial continua intacto. Ainda bem que a espinha gigantesca na minha bochecha sumiu. Passei dias colocando creme nela, mas era muito teimosa, com raízes tão profundas que pareciam chegar no meu cérebro. Comecei a pensar que ia levá-la para o túmulo, tanto que quase dei um nome — Ursula e Brunilda eram minhas opções favoritas.

A casa do Connor tem uma varanda gigante e janelas enormes. É do tamanho do prédio em que eu moro. Parte de mim se pergunta se eu deveria simplesmente voltar para casa. Fico nervosa e começo a puxar o cabelo. Minha virilha coça de repente. Não devia ter ouvido a Lorena. Talvez ela não saiba tudo sobre sexo.

Quando Connor abre a porta, sinto uma onda de ansiedade. Ele está usando uma camiseta do Foo Fighters, calça de pijama e mocassins — a imagem perfeita do garoto americano branco e rico —, mas é tão lindo que eu ia gostar dele mesmo se usasse um saco de lixo rasgado.

—Você está com cheiro de comida mexicana — comenta ele quando me abraça. — Tipo tortilhas, eu acho. Está me deixando com fome.

Dou risada, mas estou morrendo de vergonha.

Connor me mostra a casa, que tem dois andares, sem contar o gigantesco quarto dele no sótão. Tento bancar a descolada e parecer pouco impressionada, mas as únicas casas chiques em que estive foram as que limpei com Amá. O cômodo é decorado com elegância e parece fazer parte de uma série de TV. A cozinha é do tamanho do meu apartamento e há panelas de cobre chiques sobre os dois fogões (isso mesmo, dois!). Eles até têm lareira e um piano preto gigante na sala. Devem ser ricos pra caramba.

A lareira está cheia de fotos. Tem uma de uma mulher, que deve ser mãe de Connor, rindo num balanço. Os dois têm o mesmo cabelo castanho-claro e os mesmos olhos enrugados.

—Você é idêntico à sua mãe.

Eu me viro para ele, sorrindo.

— É, é o que todo mundo diz. Mas acho que me pareço mais com meu pai. O Jeremy é a versão masculina da minha mãe. É ela, mas de cabelo curto.

— É seu pai? — pergunto, pegando um porta-retratos com um homem alto de boné na frente de um estádio.

— Não, esse é o Bruce, meu padrasto. Não vejo meu pai há cinco anos. Ele está morando na Alemanha.

Connor nunca falou muito da família.

— Ah, não sabia. O que ele faz lá?

— É engenheiro. Mora em Munique.

— E quando eles se separaram?

— Eu tinha seis anos. Aí o Bruce se casou com a minha mãe quando eu tinha nove.

— Como ele é?

— Muito conservador, assiste à Fox News e essas coisas. A gente não concorda em quase nada, mas ele é mais meu pai do que meu pai biológico, com certeza.

Vejo uma foto de Bruce segurando um rifle, diante de uma enorme cabeça de animal. Não sei qual é exatamente, mas parece majestoso. Os longos chifres são retorcidos e lindos.

— O que é isso? — pergunto, apontando para o animal.

— Um antílope.

Dá para ver que Connor está envergonhado, então não faço mais perguntas.

A comida tailandesa que ele pediu deve chegar em uma hora. Ficamos assistindo a vídeos no notebook dele enquanto esperamos.

—Você é tão bonita... — comenta, procurando um vídeo.

— Obrigada.

Sinto meu rosto ruborescer.

— Não, é sério. Eu gosto muito de você.

Não sei o que dizer, então apenas olho para minhas mãos ressecadas. Um dos nós dos meus dedos está rachado e sangrando por causa do frio.

— Eu também gosto de você, apesar de estar usando essa calça — brinco.

— O que tem de errado com a minha calça?

— Por onde quer que eu comece?

Dou uma risadinha.

—Você é péssima, sabia? — diz Connor, tentando não sorrir.

— Eu sei. Já conversamos sobre isso.

Nós dois rimos, depois ficamos em silêncio.

Connor deixa o notebook de lado e me beija. Apesar de já termos nos beijado muitas vezes, minhas mãos e pernas começam a tremer. Espero que ele não perceba. A gente se beija por tanto tempo que minha mandíbula começa a doer. Então ele se deita sobre mim e põe a mão fria sob minha blusa. Depois de alguns minutos, Connor tenta puxar minha calça, mas preciso tirar o sapato primeiro. Isso era o que eu mais temia. Sempre que tiro os sapatos na casa de alguém, me lembro de quando, no jardim de infância, uma barata saiu do meu tênis. Mesmo isso só tendo acontecido uma vez, eu ainda tenho medo. E se houver uma barata escondida em algum lugar, pronta para acabar comigo?

— Espera um pouco — peço.
— O que houve?
Connor inclina a cabeça para o lado, preocupado.
— Bem... É que...
Olho ao redor. Estou nervosa demais para olhar para ele.
— Ai, caramba, é sua primeira vez, né? — questiona ele. — Você tem certeza de que quer?
Connor segura meu rosto com as mãos e olha bem nos meus olhos.
— Aham. Tenho certeza.
Ele não parece acreditar.
— Você não se sente especial? — indago. — Já que você vai ser o primeiro? Vai poder andar por aí usando uma coroa e jogar um monte de confete e tudo mais.
Connor sorri.
— Então você tem certeza mesmo? Não quero fazer isso se você não estiver pronta. Não tem pressa, sabe?
— Estou pronta. De verdade. Agora cala a boca e me beija.
Dou uma risada e o puxo para mais perto.
Nos beijamos por mais um tempo e Connor tira uma camisinha de debaixo de uma almofada. Acho que ele estava preparado. Desvio o olhar enquanto ele a coloca.
Meu corpo se contrai, se preparando — dói mais do que imaginei, mas finjo não sentir nada.

— Tudo bem? — pergunta ele, baixinho.
— Aham.

Não sei o que fazer. Será que devo dizer alguma coisa ou me movimentar de alguma maneira? Seguro a respiração por muito tempo, a boca contra o pescoço dele. Depois passo as pernas em volta da cintura dele, agarro suas costas e inspiro. Não sei como descrever o cheiro de Connor. É um aroma limpo e suado, mas eu gosto.

Ele beija meu rosto e depois morde meu lábio, o que me surpreende. Não deixo de levar um susto.

— Desculpa — diz ele, a voz rouca.

Apesar de estar doendo, beijar e tocá-lo é incrível. Ao mesmo tempo, fico pensando que estou fazendo uma coisa suja. São muitas emoções misturadas. E uma sensação começa a surgir, como se tivesse que fazer xixi ou algo assim. Nunca senti nada parecido. Não é ruim, só é intenso.

Quando terminamos, Connor beija minha testa e suspira. Depressa, coloco minha roupa. De repente, estou com tanta vergonha que nem consigo olhar para ele. Sei que sexo não é ruim, que é normal para os mamíferos, então por que sinto que fiz alguma coisa errada? Lorena está sempre falando sobre como é incrível gozar, mas acho que não consegui. Pelo menos não sangrei. Estava com medo disso.

Connor sorri para mim, o que me deixa tímida.

— O que foi? — questiono, rindo e desviando o olhar.
— Nada. Só estou olhando para você. Não posso?
— De jeito nenhum — brinco.
— Beleza — responde ele, cobrindo os olhos com as mãos.
— O que você quer fazer agora? Assistir a um filme?
— Só se você trocar essa calça — digo, fazendo uma careta.

Connor ri e estende a mão para mim. Quando me aproximo, ele me puxa para seu colo. Eu o abraço e escondo o rosto em seu ombro.

★ ★ ★

Meus pais não estão em casa quando volto, ainda bem. Aposto que Amá saberia assim que me visse. Ela diz que sabe dizer se uma mulher está grávida só de olhar nos olhos dela, então talvez consiga ver que meu hímen foi rompido.

Estou faminta, apesar de ter devorado todo o *pad thai*, mas não há nada para comer. Talvez sexo seja um tipo de exercício, porque também estou cansada pra caramba, como se tivesse corrido uma maratona. Vasculho a despensa e a geladeira, mas não tem nem tortilhas — nada além de condimentos, ovos e um único picles flutuando num frasco. O congelador também me decepciona. Tudo que encontro é um saco de milho e uma caixa de waffles tão velha que deve estar ali desde antes da morte de Olga. Estão queimados pelo frio, claro, mas vou ter que comer assim mesmo. Quando jogo a caixa fora, noto que ainda tem uma coisa dentro. Pego um pequeno saco plástico amarrado. Dentro, tem duas correntinhas douradas, três anéis e uma chave. A chave de Olga. Tem que ser a chave do quarto dela! Meses e meses vasculhando o apartamento inteiro e nunca pensei em olhar aqui.

De repente, me lembro da época em que tinha cinco anos e vi Amá pôr as joias no freezer. Quando perguntei por quê, ela disse que era para o caso de sermos roubados. Lembro que na época eu me perguntei por que alguém ia querer invadir nosso apartamento. Nunca tivemos nada que valesse a pena roubar.

Tenho que saber se a chave funciona. É, funciona, sim.

Naquela noite, espero meus pais adormecerem e entro no quarto de Olga. Está coberto de poeira, então sei que Amá não tem entrado aqui. Escrevo meu nome com o dedo na cômoda, depois o limpo. Pego o notebook, as calcinhas e a chave do hotel para esconder no meu quarto, para o caso de Amá decidir entrar aqui. Vou fazer uma cópia da chave amanhã depois da escola.

★ ★ ★

Quando chego em casa, Amá está chorando no sofá com três caixas de papelão na frente dela. De início, não entendo e pergunto o que aconteceu. Imagino que tenha a ver com Olga, mas ela não responde. Então vejo uma das minhas blusas velhas de brechó saindo de uma caixa, uma camisa de botão azul e vermelha que sempre tive vergonha demais para usar.

Merda, merda, merda. Minha vida acabou. Sou basicamente um cadáver vivo.

— O que você está fazendo? Por que essas caixas estão aqui? Sinto um enjoo. Amá apenas balança a cabeça.

— Por que você mexeu nas minhas coisas? — pergunto. — Por que faria uma coisa dessas? Por que nunca me deixa em paz?

Puxo o cabelo com as mãos. Não consigo respirar.

— Estou na minha casa e faço o que eu quiser. Eu peguei essas roupas para doar, mas olha só o que eu achei. — Ela abre uma das caixas e tira as calcinhas e sutiãs da Olga, a chave do hotel e meu pacote de camisinhas. — O que é isso?

Ela não encontrou o notebook porque está na minha mochila. Carreguei o dia todo para o caso de conseguir encontrar Connor depois da escola.

Como vou explicar que as lingeries e a chave são da minha irmã? Como vou explicar que comprei a caixa de camisinhas porque transei e estava morrendo de medo de engravidar? Como vou contar a Amá sobre a impureza de suas filhas?

— Não são minhas — declaro.

Meu corpo fica tenso como se um fio elétrico passasse por ele.

— Por que está sempre mentindo para mim, Julia? O que eu fiz para merecer isso? Sempre soube que você faria algo assim. Desde pequena você só me dá trabalho, mesmo antes de nascer.

A voz dela falha no fim da frase. Lágrimas correm por seu rosto e suas mãos tremem. Ela está se referindo às complicações que teve no parto, como se fosse culpa minha quase ter morrido e o risco de levá-la comigo.

Fico em silêncio, olhando para a rachadura em forma de Y na parede.

— O que sua irmã deve estar pensando de você agora? Que desgraça...

Amá desvia o olhar, enojada.

— Não são minhas — repito sem parar, o corpo tremendo. — Não são minhas. Não são minhas. Não são minhas.

Amá tirou meu celular, então ligo para Connor todos os dias depois da escola do que acho que é o último orelhão da cidade. Tenho que andar cinco quadras a mais e usar muitas fichas, mas vale a pena. Às vezes ligo para ele do celular da Lorena. A gente não consegue se ver há três semanas, o que é um saco. Em geral, falo que estou triste e ele responde que vai ficar tudo bem. Connor sugeriu me encontrar depois da escola, mesmo que isso signifique que vai me ver apenas por vinte minutos, o que é fofo, mas se Amá me vir com ele, vou ficar em uma situação ainda pior. É muito frustrante. Eu devia saber que tudo ia desmoronar. É como se, quando nasci, alguém tivesse decidido que eu não podia ser feliz.

Connor é um bom ouvinte, mas hoje parece distante, como se estivesse do outro lado do mundo e a gente conversasse através de dois copos de papel conectados por um fio, como num desenho animado.

Conto que meu dia foi horrível. Connor faz uma pausa tão longa que acho que a ligação caiu. Em seguida, eu o ouço soltar a respiração.

— Julia, eu não sei como te ajudar.

Sinto meu coração murchar.

— Como assim?

— Eu gosto de você e tudo, mas é demais, você não acha?

— O que é demais?

— A gente nem se vê direito. Tudo que a gente faz é se falar por telefone e você sempre chora. Não sei o que fazer. É isso todo dia. Acho que é demais para mim. Eu gosto muito de você, mas... como a gente faz isso dar certo? Quero que você seja minha namorada, mas para isso preciso *ver* você. Você entende, né?

Começo a chorar.

Uma mulher passa por mim e me pergunta se estou bem. Assinto e a dispenso com um gesto.

— Também quero ver você, mas não posso. Não sei o que fazer. Parece que estou sufocando. Não aguento mais viver assim. Droga, por que tudo tem que ser tão complicado o tempo todo?

Chuto o orelhão com tanta força que ele balança.

— Não sei como ajudar você, ainda mais quando não estou presente. Quando a gente vai se ver de novo? Você tem alguma ideia? Não vai ficar de castigo para sempre, né?

Ouço o gelo craquelar sob meus pés. Odeio esse barulho, sempre sinto um nervoso nos dentes.

Respiro fundo e tento dizer alguma coisa, mas nada sai.

— Eu... Eu...

— Juro que você é muito importante para mim — garante ele. — Por favor, acredite nisso.

— Não sei quando as coisas vão melhorar — respondo, por fim. — Tudo que sei é que me sinto péssima, como se ninguém no mundo me entendesse.

— Eu entendo. Estou tentando entender, pelo menos.

— Como você pode entender? Tem ideia de como é a minha vida? De como é ser eu? De como é perder a irmã? Morar em um bairro horrível? Ser vigiada o tempo todo?

— Acho que não — sussurra Connor.

— Ninguém entende — grito tão alto que surpreendo a mim mesma.

De repente, tenho dificuldade de respirar num ritmo normal.

— Não sei o que você quer que eu faça — diz ele. — Já pensou em falar com alguém, um terapeuta ou um orientador? E aquele professor que você gosta?

— Só faço merda. Ninguém liga para quem eu sou de verdade.

— Chega, para. Para, beleza? Isso não é verdade...

— Ninguém liga. Ninguém liga. Ninguém liga — grito, e desligo.

16

AINDA NÃO POSSO SAIR DE CASA PORQUE AMÁ decidiu vasculhar meu quarto para garantir que eu não tenho mais nada que possa ser considerado escandaloso ou imoral. De cara, ela achou um cigarro de cravo velho e um short de que não gostou. Mas aí tentou ler meus diários e cadernos, mesmo não entendendo inglês muito bem. Infelizmente, ela reconhece palavrões, então arrancou todas as páginas que continham *merda*, *porra* e até *sexo* — palavras que, obviamente, apareciam com uma frequência incrível. Gritei e implorei para que ela não mexesse nas minhas coisas, mas Amá leu tudo mesmo assim e restaram só umas dez páginas em cada um dos cadernos. Gritei e tentei arrancá-los das mãos dela, mas Apá me segurou. Foram horas chorando no chão em posição fetal depois disso. Não consegui ter energia para me levantar, nem mesmo quando uma barata veio até perto da minha cabeça. A vida sem escrever não parece valer a pena. Não sei como vou fazer para aguentar até a formatura, porque desde já me sinto um fiapo de gente. Trabalhei por anos em alguns dos poemas que Amá destruiu e agora eles se foram. *Puff.* Do nada. Nunca mais vou ver nenhum deles. A coisa que eu mais amava na vida foi tirada de mim. O que vou fazer agora? Ainda estou com o notebook de Olga na mochila, então ela não sabe que está comigo, mas nem isso importa mais.

    Não sei se vou voltar a ver Connor. Já faz três semanas desde que nos falamos pela última vez. Parece uma vida inteira. Sinto tanta falta dele que mal dá para suportar. Quase liguei várias vezes, mas me aproximo do orelhão e fico tensa, então dou meia-volta. Não sei o que diria. Tenho quase certeza de que acabaria chorando de novo, já que as coisas estão ainda piores. É óbvio que ele não quer ficar comigo. Por que alguém ia querer aguentar meus problemas?

As férias de fim de ano foram quase tão ruins quanto as do ano passado. Agora que as aulas voltaram, não sei o que é pior: passar o dia todo no meu quarto ou ter que lutar para vir à escola e ser forçada a falar com outros seres humanos. Às vezes, é impossível passar um único dia sem desabar, então tenho que ir para o banheiro chorar — o que faz eu me sentir ainda mais patética. Lorena insiste em perguntar como eu estou e se ela pode fazer alguma coisa para me ajudar. Eu digo que estou bem, mas estou tão longe disso que nem lembro mais o que é. Sinto meu coração coberto de espinhos.

 O sr. Ingman não para de me perguntar por que estou faltando aos nossos encontros pós-aula. Ele está animado por eu ter tirado uma boa nota no vestibular. Se eu não me sentisse péssima, eu também estaria. Tento evitá-lo e, quando o encontro, digo que tenho que trabalhar com minha mãe à noite. Meu professor de história, o sr. Nguyen, sempre pergunta como estou. Ele parece preocupado, mas o que posso dizer? Como começar? Continuo recorrendo à velha história da menstruação.

 Hoje, na aula de inglês, a turma debateu sobre um dos meus poemas favoritos da Emily Dickinson, e senti que havia alguma coisa se despedaçando dentro de mim. Quando chegamos à parte das abelhas, meus olhos doeram de tanto segurar as lágrimas.

 Depois da escola, em vez de caminhar para casa, pego o ônibus para o centro. Não sei direito para onde vou nem o que vou fazer — não tenho dinheiro nem destino —, mas não dá para aguentar outro dia trancada no quarto. Não me importo com as consequências. Eu desisto.

 Acabo indo para o Millennium Park, porque é a região em que posso ficar mais perto da natureza e porque é de graça. Está muito frio, então é óbvio que está vazio, exceto por alguns turistas irritantes que, por algum motivo ridículo, acharam que era uma boa ideia vir para Chicago no inverno. O frio daqui é terrível, desumano. Por que alguém ia querer visitar um lugar assim?

É até bonito ver a neve cair, mas não neva há quase uma semana. Tudo o que sobrou está amolecido e cinzento, ou amarelo de tanto xixi de cachorro. Queria que o inverno fizesse as malas e fosse logo embora.

O anfiteatro está completamente deserto, então está quase tranquilo. A escultura prateada me parece ridícula, como uma espaçonave e uma teia de aranha fusionadas, mas todo mundo sempre tira fotos da Cloud Gate como se fosse um tipo de obra-prima. Sorrio quando me lembro da vez em que Lorena e eu viemos a um show de verão aqui. A gente nem gostava da música — era uma banda folk da Sérvia ou algo assim —, mas foi ótimo ficar ao ar livre, sob a lua e as três estrelas tristes da cidade. Achei que Connor e eu também viríamos aqui no verão.

Ando na direção da pista de patinação e o céu começa a escurecer. Queria ter alguns dólares para uma xícara de chocolate quente, mas mal tenho o suficiente para o ônibus. Estou cansada de viver sem dinheiro. Cansada de sentir que o resto do mundo é quem dita o que posso fazer. Eu devia voltar para casa, mas não consigo me mover. Não posso continuar vivendo assim. Para que viver, se nunca posso fazer o que quero? Não parece uma *vida*. Parece um castigo infinito. Meu corpo treme e meus pensamentos se tornam ondas quentes e confusas. Não consigo respirar direito.

Vai para casa, vai para casa, vai para casa, digo a mim mesma. Mas fico parada, observando um garoto loiro de bochechas vermelhas patinar, formando um pequeno círculo até sua mãe gritar que está na hora de ir embora.

17

ACORDO NUMA CAMA DE HOSPITAL COM AMÁ ME observando. Estou com uma dor de cabeça tão forte que parece que alguém acertou meu cérebro com um martelo de carne. Fico confusa por alguns segundos, sem saber por que estou aqui, mas então olho para os meus pulsos e lembro.

— *Mi hija* — sussurra Amá, antes de tocar minha testa.

Os dedos dela estão frios e úmidos, e ela parece aterrorizada. Apá está parado perto da porta, olhando para o chão. Não sei se é porque está com vergonha, triste ou as duas coisas.

Não sei o que dizer. Não sei como explicar. Começo a chorar, o que faz Amá chorar também. Nunca fui muito boa na vida, mas, minha nossa, que decisão burra.

Um homem baixo de vinte anos e uma mulher mais velha de cabelo castanho-claro e olhos verdes entram e param ao pé da minha cama. Mesmo com a prancheta e o jaleco branco, ela devia estar na capa da *Vogue* ou alguma revista assim.

— Oi, Julia. Sou a dra. Cooke e esse é o Tomás, nosso intérprete. Ele vai contar aos seus pais o que a gente está dizendo. Você se lembra de mim, da noite passada?

Assinto.

— Como você está se sentindo?

— Bem. Estou com dor de cabeça, só isso — digo, e enxugo os olhos na roupa do hospital. — Posso ir para casa? Por favor?

— Não, ainda não. Desculpe. Vamos ter que manter você por um tempo só para garantir que está bem. Talvez a gente possa te dar alta amanhã de manhã.

Fico um pouco desorientada com a tradução simultânea. Minha cabeça continua a latejar. Tem gente demais falando ao mesmo tempo. Imagino que não acreditem que vou traduzir direito o que disserem para os meus pais. Não posso culpá-los.

— Juro que estou bem. Não vou fazer isso de novo. Sei que foi uma idiotice. Nem sei por que fiz aquilo.

Na verdade, é lógico que sei por quê, mas não acho que isso vai me ajudar.

A dra. Cooke abre um sorriso, como se pedisse desculpas.

— Isso é sério, Julia. Temos que te ajudar de alguma forma.

— Não vai ser como em *Um estranho no ninho*, né? Porque, nesse caso, vou fugir daqui, igual ao Chefe. E não estou brincando. Vou arrancar um bebedouro, pia ou seja lá o que for com minhas próprias mãos, quebrar uma janela, sair correndo e ninguém vai me ver de novo. Fim. — Esfrego as têmporas com os dedos. — Por que minha cabeça está doendo tanto? Fizeram uma lobotomia em mim?

Tomás não sabe como traduzir tudo o que falei, então ele apenas olha para nós duas, perplexo.

A dra. Cooke sorri de novo.

—Você não perdeu o senso de humor. É um bom sinal.

— Olha, eu sei que o que eu fiz foi maluquice. Não vai se repetir. Prometo.

A médica se vira para os meus pais.

—Vamos fazer mais alguns exames para garantir que ela está bem, e também vamos criar um plano a partir disso, ok? Quem sabe ela pode ser liberada amanhã.

Amá assente.

— Obrigada — diz Amá.

Apá bufa e não fala nada.

— Daqui a pouco, em menos de uma hora, a enfermeira vai levar você para meu consultório — explica a dra. Cooke para mim.

Em seguida, ela e Tomás saem do quarto.

★ ★ ★

O consultório é tão cheio de plantas que sinto como se estivesse numa pequena selva. Tem um perfume leve, uma mistura de roupas limpas, pera e chuva de primavera. Fico surpresa com os quadros da dra. Cooke. Considerando toda sua elegância, achei que tivesse um gosto mais refinado para arte. Alguns parecem ter sido feitos para tranquilizar gente doida, especialmente o da girafa bebendo no lago.

— Como você está se sentindo? — pergunta ela, sorrindo.

O sorriso não demonstra pena. É real e carinhoso.

— Bem.

— Então, o que trouxe você aqui? O que está havendo?

— Fiquei meio sobrecarregada, só isso.

Encaro a foto de uma garotinha na mesa dela. Eu me pergunto se é sua filha.

— Há quanto tempo você está deprimida?

A dra. Cooke cruza as pernas. Ela está usando um vestido vermelho justo e botas pretas de salto que parecem uma bela tortura. Seu cabelo está preso num coque perfeito e os brincos são brilhantes e elegantes. Imagino que seja uma mulher rica que faça compras no centro, tome uma taça de vinho depois do trabalho e faça as unhas toda semana.

— Olha… Não sei. Um bom tempo. É difícil saber exatamente quando, mas piorou muito depois que a Olga morreu, disso tenho certeza.

— Há quanto tempo você pensa em se machucar?

— Bem, não é como se eu tivesse planejado. Meio que surtei ontem à noite.

De repente, me lembro de Apá esmurrando a porta e de me sentir envergonhada.

— Não queria morrer de verdade — acrescento.

— Tem certeza? — indaga ela, erguendo uma sobrancelha.

Suspiro.

— É, acho que sim.

Penso no meu sangue nos velhos lençóis verdes.

— De onde você acha que vem essa sensação de desespero? O que motivou isso exatamente? Aconteceu alguma coisa?

— Não sei explicar. Ontem tudo se acumulou. Não estava aguentando mais. Cheguei em casa noite passada e estava tremendo, triste e com fome. Tudo o que eu queria era a porcaria de um sanduíche de manteiga de amendoim e geleia, então abri a geladeira. Mas só tinha um pote cheio de feijão e meia caixa de leite. Falei para mim mesma: "Cara, que se dane." Sei que parece bobagem, mas aquilo me irritou muito, sabe? E depois eu não conseguia mais parar de chorar.

A dra. Cooke parece preocupada e faz algumas anotações.

— Não me parece bobagem. Por que pareceria?

— Não sei — respondo. — Por que tudo dói o tempo todo? Até as coisas mais idiotas. Isso é normal?

— Às vezes, as menores coisas podem ser símbolos ou gatilhos para problemas muito maiores. Pense por que esse momento específico causou tanta angústia.

Fico sentada ali, olhando para o chão. Não sei o que dizer. Tem uma mancha preta no canto do tapete que parece uma pata. O consultório está tão silencioso que não consigo aguentar. Ela deve estar ouvindo minha barriga roncar.

— Vá com calma — diz ela, por fim. — Não tem pressa. O importante é você refletir de uma maneira que faça sentido para você.

Assinto e olho pela janela por um bom tempo. A vista é superdeprimente: um estacionamento coberto de neve. As nuvens apagaram qualquer vestígio de sol. Uma mulher quase escorrega no chão congelado.

Respiro fundo.

— É, tipo... Como posso explicar? Primeiro minha irmã morreu, o que tem sido um inferno. E... tem tanta coisa que eu quero fazer... Só que não posso. A vida que eu quero para mim parece impossível e isso é tão... frustrante.

— O que você quer?

Suspiro.

— Um milhão de coisas.

— Me fale sobre elas — pede, ajustando a bainha do vestido.

Eu me pergunto se é exaustivo ser tão perfeita.

Faço uma pausa para organizar as ideias. A pergunta me deixa tonta, e eu não sei por quê.

— Quero ser escritora — digo. — Quero ser independente. Quero ter minha própria vida. Quero sair com meus amigos sem ser interrogada. Quero privacidade. Só quero respirar, sabe?

A dra. Cooke assente.

— Eu entendo. E como você pode conseguir isso? O que está te impedindo?

Ela pergunta de uma maneira que não é crítica nem nada, como se realmente tentasse entender. Quase ninguém fala comigo assim.

— Quero me mudar, fazer faculdade em outro estado. Não quero morar em Chicago. Sinto que não vou conseguir crescer aqui. Meus pais querem que eu seja uma pessoa que eu não quero ser. Eu amo a minha mãe, mas ela me deixa maluca. Sei que ela está triste por causa da minha irmã, todo mundo está, mas eu me sinto muito sufocada. Não sou nem um pouco parecida com a Olga e nunca vou ser. Não tem o que fazer para mudar isso.

Encaro o teto, me perguntando como a vida vai ser quando voltar para casa.

— Acha que vai voltar a se machucar?

— Não. Nunca — respondo, o que não é exatamente verdade. Como ter certeza? Só estou dizendo o que ela quer ouvir. — A gente pode voltar a falar sobre a minha mãe? Podemos voltar a esse assunto?

A médica assente.

— Pode falar.

— É como se ela nunca confiasse em mim. Por exemplo, ela está sempre abrindo a porta sem bater ou perguntar se pode, e, quando eu digo que preciso de privacidade, ela dá risada. Por que alguém riria disso? E esse é só um exemplo. Posso continuar falando para sempre.

— E o seu pai? Como ele é?

Suspiro.

— Meu pai... só fica na dele.

— Como assim? — pergunta ela, confusa.

— Tipo, ele sempre está *fisicamente* presente, mas nunca fala muita coisa. Ele mal conversa comigo. É como se eu não existisse. Ou às vezes acho que *ele* não queria existir. Mas é estranho. Nem sempre foi tão ruim assim. Ele me pegava no colo e me contava histórias de quando era criança no México. Sempre foi meio distante, mas quando fiz doze ou treze anos ele começou a me ignorar por completo.

Fico surpresa com o quão incômodo é dizer isso em voz alta.

— O que aconteceu de importante com você nessa época? — pergunta ela.

Dou de ombros.

— Não tenho ideia.

A dra. Cooke anota alguma coisa no caderno.

—Você acha que alguma coisa aconteceu para deixá-lo assim? — indaga ela.

— Não sei. Ele nunca fala sobre as coisas.

— Me conta um pouco sobre a vida dele.

— Meu pai trabalha numa fábrica de doces o dia todo, depois vai para casa, assiste à TV e depois vai dormir. Ele me parece muito triste.

— Por quê?

A dra. Cooke descruza as pernas e se inclina de novo na minha direção. Ela parece muito séria.

— Porque a vida devia ser mais do que isso — explico. — A vida está passando e ele nem percebe. Ou não liga. Não sei o que é pior.

Pisco para não chorar.

— E ele e sua mãe emigraram para cá, não foi? De que país? Quando foi isso?

— Do México. Em 1991. Minha irmã nasceu naquele ano, um pouco depois.

—Você já pensou em como deve ter sido para seu pai deixar a família e vir morar nos Estados Unidos? Imagino que tenha sido traumático para ele. Bem, para os dois.

— Acho que nunca pensei nisso. — Enxugo os olhos com as costas da mão. As lágrimas são implacáveis. — Que vergonha...

— Chorar?

Assinto.

—Você tem direito a sentir suas emoções. Não devia se envergonhar delas — diz a dra. Cooke, me entregando uma caixa de lenços de papel. — Toma, pode pôr tudo para fora.

— Me sinto burra — confesso. — E fraca.

Ela balança a cabeça.

— Mas você não é.

A dra. Cooke diz que posso ter alta amanhã se meus pais aceitarem um breve programa ambulatorial para jovens ferrados da cabeça como eu. Vou perder uma semana de aula porque preciso ficar lá das nove da manhã às quatro da tarde, mas poderei fazer parte das lições de casa durante esse tempo. E com certeza é melhor do que ficar presa num hospital. Como meu plano de saúde é pago pelo governo, o custo vai ser mínimo, explica ela. Segundo a doutora, ele foi criado para pessoas pobres como eu. Na verdade, ela não disse a palavra *pobre*. Disse *de baixa renda*, mas é a mesma coisa. Acho que só soa mais educado.

Ela também quer que eu faça terapia toda semana e me receitou remédios para equilibrar meus pensamentos. Parece que sofro de depressão e ansiedade, que devem ser tratadas imediatamente — ou posso acabar voltando para cá. Pelo jeito, tenho isso há bastante tempo, mas piorou muito depois que Olga morreu. Alguma coisa na minha cabeça não está funcionando como esperado. Não fico surpresa — sempre soube que tinha algo de errado. Só não sabia o que era, e que isso tinha um nome oficial.

Olho a rua pela janela do quarto de hospital, observo as luzes da cidade. A enfermeira cutuca meu ombro; está na hora dos remédios. Tenho que tomar tudo na frente dela e depois abrir bem a boca para que veja que realmente engoli. A dra. Cooke diz que vou precisar de várias semanas até sentir o efeito. Por enquanto, minhas emoções estão uma bagunça. Uma hora quero comer bolo, mas, no segundo seguinte, quero chorar até meus olhos secarem.

Estou prestes a dar as costas para a janela para me deitar, quando vejo Lorena e Juanga parados na esquina, do outro lado da rua. No começo, não acredito que são os dois, mas, ao olhar direito, reconheço o cabelo bagunçado e as pernas finas de Lorena. Eles começam a acenar e gritar feito loucos, mas não consigo ouvir o que estão dizendo. Não tenho ideia de como descobriram onde eu estou. Lorena está usando um casaco rosa, soprando as mãos para aquecê-las. Juanga faz uma dança ridícula em que balança a bunda e bate os braços como uma galinha.

Eu imito a dança como posso e os dois riem. Então aceno e sorrio. Isso continua por alguns minutos, até o frio levá-los embora.

O apartamento está tenso e silencioso, como se o mundo estivesse segurando a respiração. Às vezes, parece que estou ouvindo as baratas fugirem. Acho que meus pais estão apavorados comigo. Apá continua em silêncio, e Amá me olha como se não entendesse por que um dia já estive em seu útero. Eu me sinto culpada por fazer os dois se sentirem assim. Não queria magoá-los.

Falo com Lorena ao telefone por quase duas horas, destranco a porta do quarto da Olga e me arrasto até a cama dela. É uma das poucas coisas que fazem eu me sentir melhor. Nem comida me tranquiliza agora, o que é meio assustador. E mal consigo ler e escrever porque meu cérebro não absorve nada.

Sinto saudade de Connor, mas tenho receio de falar com ele. Digitei o número algumas vezes, mas desisti antes de ligar. Não é como se eu pudesse encontrá-lo agora, e esse já era o nosso maior problema. Nunca, nem em um milhão de anos, eu o convidaria para vir até meu apartamento (por *muitas* razões) e sei que não tenho como ir a Evanston sem assustar meus pais. Mas talvez eu devesse me arriscar e levar o notebook de Olga para ele. E se Connor for minha única esperança de acessá-lo? Mas quem estou enganando? Meus pais provavelmente chamariam a polícia se eu saísse de casa. E o que eu diria para ele? Se contasse o que aconteceu, ele acharia estranho. Apesar de estar tentando manter segredo, eu provavelmente acabaria deixando escapar, porque parece que não consigo esconder coisa alguma. Não quero que ele ache que sou maluca, e isso com certeza o assustaria — e eu não poderia culpá-lo.

Por um segundo, acho que ainda consigo sentir o cheiro da Olga nos lençóis, mas deve ser minha imaginação.

18

DURANTE A TERAPIA DE MOVIMENTO, ASHLEY, uma jovem psicóloga com cabelo curtinho, pede para a gente falar o que sente e usar a bola antiestresse como quiser.

— A bola é uma expressão dos seus sentimentos — explica ela.

Eu sou a primeira a falar:

— Eu estou sentindo… vontade de comer um lanchinho.

Deixo a bola cair devagar.

— Obrigada, Julia, mas isso não é um sentimento — responde Ashley, muito gentil.

— Mas para mim é. Fui dominada pela vontade de comer salgadinhos.

— Tudo bem, é um sentimento válido.

Agora é a vez da Erin. O pai abusou sexualmente dela, e Erin fala muito devagar. Tudo que ela diz parece ser uma pergunta arrastada.

— Como está se sentindo hoje, Erin? — indaga Ashley, com voz de terapeuta.

Às vezes, dá a impressão de que Ashley está falando com um bebê ou com um cachorrinho que vai morrer. Em silêncio, a garota olha ao redor e depois para a bola pelo que parece uma eternidade.

Quero gritar para que ela se apresse, mas apenas olho pela janela.

— Eu me sinto… confusa? — diz ela, por fim, jogando a bola na direção da janela.

Tasha pega a bola do chão e fala:

— Sinto que minhas veias estão cheias de areia.

Eu me encolho. Tasha sempre diz coisas assim, terríveis e lindas ao mesmo tempo. Às vezes, quero anotá-las. Ela é anoréxica e provavelmente pesa menos de quarenta quilos. Seus braços parecem frágeis, e suas longas tranças finas, pesadas demais para o corpo dela. É linda — tem os cílios bem longos e o tipo de boca que combina muito com batom vermelho.

Luis é o próximo. Ele está aqui porque o padrasto batia nele com fios e cabides quando ele era pequeno, e chegou até a pôr uma arma na boca do garoto. Luis hoje se automutila e suas cicatrizes rosadas percorrem seus braços até suas mãos. Nunca vi uma pele igual à dele. É como se Luis tivesse se coberto por um idioma que inventou. Sinto pena, mas também um pouco de medo. E fico incomodada por poder ver o contorno do seu pênis pelo moletom. Alguém devia conversar com ele sobre isso. Como a gente vai melhorar estando submetido a uma exposição tão vulgar?

Tenho medo do que Luis vai dizer porque ele está olhando para a gente com uma cara esquisita. Depois de alguns segundos, ele fala que se sente *sexy* e ri como um louco. Então bate a bola com tanta força que ela quase atinge o teto.

O próximo é Josh. Ele tentou se suicidar com alguns remédios da mãe, mas sua namorada, que tem cabelo rosa (ele já mencionou o cabelo dela três vezes), o encontrou e chamou a ambulância. O rosto de Josh é vermelho e brilhante por causa das espinhas. A pele é tão manchada que meu rosto quase dói quando olho para ele. Como a garota de cabelo rosa beija esse cara é um mistério. É como se alguém tivesse ateado fogo no rosto dele e o deixado cheio de bolhas e pus. Mas seus olhos são bonitos. Às vezes, por um segundo, especialmente à luz do sol, eles chamam mais atenção do que o resto e quase esqueço as espinhas. Talvez seja isso que a namorada tenha visto.

Josh parece ter se inspirado em Luis, porque diz que está *excitado*. Ele ri tanto que uma das espinhas de sua bochecha estoura e começa a sangrar, mas ninguém avisa. Josh e Luis ficam rindo feito idiotas até Ashley dizer que está na hora do intervalo.

Josh, Luis e eu ficamos à janela, observando uma mulher loira de vestido verde-claro e salto alto preto de bico fino correr pela rua.
    Josh diz que ela é uma prostituta que está indo trabalhar.
    — Por que uma prostituta? — pergunto.
    — Olha o jeito dela de andar. Ela *quer* transar — responde Luis.
    —Você é nojento. Por que fala de uma mulher desse jeito?
    Luis finge não me ouvir.
    Depois, observamos um homem negro de jaqueta de couro e boné entrar numa lanchonete.
    — Esse é traficante — diz Luis. — De crack, com certeza.
    Eu me viro para ver se Tasha ouviu, mas ela está sentada do outro lado da sala, com uma revista no colo, olhando para o nada. Às vezes, queria conversar com ela, mas a garota não é muito de falar.
    — Quer dizer que vocês são machistas *e* racistas? Que bonito...
    Franzo as sobrancelhas.
    Erin se aproxima, ajeitando o cabelo escuro e curto.
    — O que aconteceu? Vocês estão falando do quê?
    — Julia está acabando com a nossa alegria — replica Luis, apontando para mim.
    — Ah, cala a boca, Luis. Não seja ridículo.
    — Que isso? Não precisa ser tão certinha. Era só brincadeira, credo.
    Ele cutuca meu ombro e se afasta antes que eu tenha a chance de responder.
    Vou na direção do bebedouro, e Antwon, um garoto novo de black power, se aproxima de mim e pede para eu ser sua namorada. Ele chegou aqui há uma hora e já está tentando arranjar um relacionamento numa clínica de doidos. É quase engraçado.

— É sério isso? — pergunto, olhando em volta, fingindo falar com uma multidão de espectadores. — Isso está mesmo acontecendo?

— Deixa eu te levar ao cinema quando a gente sair daqui, linda — propõe ele, mexendo no cabelo com um pente garfo.

— Primeiro, quantos anos você tem? Treze? Segundo, eu não quero namorar. Não ficou sabendo que acabei de tentar me matar? — questiono, mostrando os pulsos.

— Mas eu vou cuidar de você — diz ele, dispensando minhas mãos. — Vou pedir o carro da minha avó emprestado e te buscar. Vou levar você ao cinema.

— Antwon, você é uma criança, não tem carteira de motorista e não pode dirigir. E eu não preciso que cuidem de mim. Sei cuidar de mim mesma.

Ele balança a cabeça. Vou para a sessão seguinte antes que ele possa falar qualquer coisa.

Todo dia é igual: terapia de movimento, lição de casa, almoço, terapia em grupo, arteterapia, terapia individual e o "círculo de encerramento". Nos intervalos, a gente pode ler, jogar alguma coisa ou ouvir música. A gente sempre briga para escolher o que vamos escutar. Outro dia, Luis e Josh queriam ouvir heavy metal, mas eu falei que preferia comer um sanduíche de carne de rato. Gosto de músicas agressivas, mas heavy metal faz eu me sentir presa numa caixa e amarrada com correntes. Nem pensar.

Às vezes, fico olhando pela janela e abstraio tudo até o intervalo acabar. Hoje Tasha vem até mim e fica parada ao meu lado.

— Oi — sussurra ela.

Nunca vi Tasha falar com alguém fora da terapia. Ela é muito quieta, só fala quando precisa, como se estivesse tentando se apagar do mundo. Na terapia em grupo, ela contou que, uma vez, passou uma semana inteira comendo apenas laranja. Se eu passasse tanto tempo sem comer comida de verdade, provavelmente terminaria cometendo homicídio. Ela me cumprimenta tão baixinho que tenho que esticar o pescoço para ouvir melhor. Eu me pergunto como é ser tão delicada, olhar para um prato de comida e sentir que é nosso inimigo.

— Oi — digo, sorrindo. — O que houve?

— Já estou cansada daqui.

— É, eu também. — Escrevo meu nome no vidro com o nó do dedo. — Quanto tempo você vai ficar?

— Não sei. Não querem me dizer. Depende do quanto eu progredir — explica, enrolando uma das tranças no dedo. — E você?

— Cinco dias, se tudo der certo. Acho que só preciso evitar outro surto. Depois tenho que fazer terapia, o que não é tão ruim, acho.

Tasha faz uma pausa e olha para os meus pulsos.

—Você queria mesmo morrer?

Não sei o que responder. Como explicar? Estou feliz por não ter morrido, mas viver... Viver é horrível.

— Naquele momento, talvez. Mas agora... Não, não quero.

Evito encará-la quando falo. Apenas miro as gotículas de chuva que começam a cair contra a janela.

Depois do jantar, Amá olha para Apá e os dois se viram para mim.

— *Mi hija* — começa ela —, nós achamos que você devia ir para o México, ficar um tempo com a Mamá Jacinta.

— O quê? Ficou maluca? E a terapia?

—Você vai depois que terminar o programa ambulatorial.

— Mas e a dra. Cooke? Quando é minha próxima consulta?

— Esta semana. E a gente marca outra para quando você voltar — explica Apá.

Isso não faz sentido. Algumas pessoas acham que mandar filhos problemáticos de volta para a terra natal da família vai resolver tudo. Já aconteceu com algumas pessoas da minha escola, especialmente os valentões e as garotas que parecem prestes a engravidar. Em geral, voltam exatamente iguais. Ou piores. Talvez os pais achem que os filhos perderam os valores, se tornaram muito americanizados. Então o México vai me ensinar abstinência sexual? A não ter ideação suicida?

— E se eu não conseguir me formar a tempo porque perdi aulas demais?

Amá suspira.

— Não vai ser por tanto tempo assim.

— Não vou — declaro. — De jeito nenhum. Preciso de mais tempo em casa para me recuperar — acrescento, tentando fazer chantagem emocional.

Amá e Apá trocam olhares. Aposto que não têm ideia do que fazer comigo. Parecem desesperados.

— Essa é a questão — diz Amá, dobrando o guardanapo duas vezes. — Vai ser bom para você. Vai se sentir melhor.

— Como?

— Vai conseguir relaxar. Sua avó vai te ensinar coisas.

Amá tenta sorrir.

— Tipo o quê? Cozinhar? E desde quando isso vai fazer eu me sentir melhor?

— Você adorava ir para o México quando era criança. Sempre parecia tão feliz… Nunca queria voltar. Não lembra?

É verdade, mas não quero admitir. Gostava de ficar acordada até tarde com meus primos. Adorava o cheiro das estradas de terra depois que chovia e o doce de tamarindo apimentado que a gente comprava na loja da esquina. Mas ir para lá adolescente? O que eu vou fazer? Preparar tortilhas o dia todo?

— Você vai respirar ar fresco, andar a cavalo. A Mamá disse que você adorava isso. Não parece uma boa ideia?

Amá não é tão amistosa há anos.

— Não ligo para cavalos.

Ouço os vizinhos gritando no andar de baixo.

Amá suspira e olha para o teto.
— *Ay, Dios, dame paciencia.*
— E a faculdade? E se eu perder aulas demais e ficar de recuperação? E se nenhuma faculdade me aceitar porque faltei tanto nesse último semestre?
—Você pode ir para uma faculdade menor, igual à sua irmã.
— Ela nem se formou. Para que estudar para ser recepcionista?
— E qual o problema de ser recepcionista? É muito melhor do que ferrar as costas limpando casas. Pelo menos tem ar-condicionado. Pelo menos dá para trabalhar sentada. O que eu não daria por um emprego assim...
Amá parece irritada.
Cruzo os braços.
— Ah, sim. Ser recepcionista é o meu sonho. Não tem nada no mundo que eu queira mais do que atender telefones.

No último dia do programa ambulatorial, vou até Tasha, que está jogando cartas num canto.
— Posso me sentar aqui? — pergunto, puxando uma cadeira.
Ela dá de ombros.
— Aham.
— E aí? Está se sentindo melhor?
— Às vezes — responde ela, sua voz quase mais alta do que um sussurro. — É cansativo ter que responder as mesmas perguntas tantas vezes. Fico cansada de falar do meu primo, da comida, da minha mãe.
— É, sei bem. Quantas vezes vão me pedir para explicar por que me machuquei? Fico dizendo que não vou fazer isso de novo, mas não acreditam em mim.
Tasha assente.
— Sabe, não sei como toda essa terapia vai ajudar — confesso.
— Ouvir os problemas de outras pessoas não me faz muito bem.

—Às vezes é bom saber que não estamos sozinhos — retruca Tasha, pousando a dama de ouros na mesa. — Que não somos os únicos a nos sentirmos mal pra caramba o tempo todo.

—Você acha que essa sensação um dia vai passar? Que a gente vai se tornar uma pessoa normal, que é feliz de verdade?

Tasha faz uma longa pausa.

— Não sei se um dia eu vou ser uma pessoa normal — responde ela, por fim. — Não sei direito o que é isso. Às vezes, me sinto feliz por um segundo, mas de repente tudo muda.

— Acho que a mesma coisa vale para mim. Não consigo me convencer a me sentir bem. É como se meu corpo não permitisse, sei lá. Em vez disso, ele me mostra o dedo do meio.

— A gente provavelmente não tem serotonina — sugere Tasha, arrancando uma casquinha em seu braço. — Nosso cérebro esquece de produzir, então temos que ensiná-lo a fazer isso de novo. Li essa explicação numa matéria. Ou algo assim.

— Meus pais vão me mandar para o México quando eu terminar o programa ambulatorial.

Suspiro.

— México? Nossa, que sorte. Nunca saí do estado.

— Não quero ir. Não sei como isso vai ajudar. Acho que eles só têm medo de mim.

— Acho que você só vai saber na hora certa. Eu estaria animada para sair daqui.

Espero meus pais virem me buscar, Erin me abraça e diz que vai sentir minha falta. Tasha balbucia uma despedida e acena de longe. Josh me cumprimenta e diz que vou ser uma escritora famosa um dia. Luis grita boa sorte, depois sai correndo e rindo. Antwon não quer me encarar. Mesmo quando chamo o nome dele, o garoto apenas olha para o chão.

Está frio e ensolarado quando saio. É bom sentir o vento no rosto. Depois de ficar presa naquele lugar abafado o dia todo, tudo parece lindo, até o estacionamento enlameado e cinzento. A neve começa a derreter e acho que quase sinto o cheiro da primavera.

Depois de cinco dias falando sobre meus sentimentos, produzindo artesanatos horrorosos sobre meus sentimentos e movendo meu corpo ao ritmo dos meus sentimentos, é hora de voltar para a escola. As pessoas não param de me encarar. Alguém me pergunta onde estive, digo que fui à Europa, apesar de a fofoca se espalhar rápido e todo mundo ver que estou cobrindo os pulsos com mangas e pulseiras. Mas alguns idiotas acreditam em mim e continuo mentindo, criando a história até não saber mais o que dizer: fiz um mochilão passando pela França, pela Alemanha e pela Espanha com uma tia rica de Barcelona. Então a gente pegou uma balsa até a Escandinávia e fez um passeio nos fiordes. Aí alguém nos roubou e levou nossos passaportes. Fomos forçadas a participar de um golpe internacional. Quase morri fugindo da polícia. Por sorte, sobrevivi para contar a história!

Juanga me dá um abraço quando me vê no corredor.

— Sinto muito. Você está bem?

Ele está com um leve hematoma no olho e cheira a maconha, perfume e roupa suja. Quero saber o que houve, mas tenho medo de perguntar.

— Aham. Os remédios devem fazer efeito logo.

— Você curtiu a minha dancinha naquele dia? — pergunta Juanga, sorrindo.

— Foi ótima. Até chorei.

Levo as mãos ao peito e faço uma careta.

— Por favor, nunca mais faz isso — pede ele. — Você sabe que sempre pode conversar comigo e com a Lorena, não sabe?

— É, eu sei. Valeu.

— Para de tentar morrer, beleza?

Ele me dá um empurrão de brincadeira, depois põe as mãos nos quadris. A cena toda é tão hilária que dou uma risada.

— Não tenho jeito para esse negócio de suicídio — digo, ainda rindo. — Sou a melhor em ser péssima em me matar. Então, na verdade, eu ganhei! Sou uma campeã, uma heroína americana. Eba!

Juanga acha graça.

— Garota, você é doida! — exclama ele, rindo.

Rimos tanto que as pessoas param para olhar, mas a gente ignora. Juanga se apoia no armário e dá um tapa nele, muito dramático.

Sempre que tentamos parar, olhamos um para o outro e voltamos a rir, até o sinal tocar.

Quando vejo Lorena, na hora do almoço, os olhos dela se enchem de lágrimas. Conversei com ela ao telefone, mas parece que não a vejo há séculos.

— Para! Não, não. Estou bem — sussurro. — Nós já falamos sobre isso.

Lorena respira fundo e enxuga os olhos com a gola do suéter roxo velho.

— Por que você não me contou? Como pôde fazer uma coisa dessas?

Fecho os olhos e balanço a cabeça porque, se eu abrir a boca, sei o que vai acontecer, e estou cansada de ter plateia.

A dra. Cooke está com um vestido de mangas compridas vermelho-vivo, um colar grosso laranja e botas de caubói marrons. Aposto que a roupa dela custou mais do que o carro dos meus pais, mas não acho que ela seja do tipo que ostenta nem faz as outras pessoas se sentirem mal por serem pobres. Também não fico com inveja. O que sinto se parece mais com admiração.

Quero reclamar por ter que ir ao México, mas a dra. Cooke quer voltar a falar sobre namoro e sexo.

— Não tenho muita coisa para falar. Na verdade, eu nunca tive um namorado. Achei que Connor fosse ser o primeiro, mas não rolou.

— Por que não?

— Ele disse que não aguentava ficar sem me ver, que queria namorar comigo, mas a gente tinha que se ver. E como isso ia acontecer, se eu praticamente vivo numa prisão?

Já falamos sobre isso — sobre a ligação do Connor —, mas acho que ela está procurando outra coisa.

—Você acha que isso é razoável? — pergunta ela. — O fato de ele sentir que queria mais de você?

Dou de ombros.

—Acho que sim.

— Por que não o deixou falar tudo o que ele queria? Supôs que ele estava terminando com você sem lhe dar uma chance de expressar como ele se sentia. Acha que é possível que esteja projetando muitas das suas frustrações nele?

— Mas eu sabia que ia acontecer. Por que ele ia querer ficar comigo? Sou difícil demais. Sempre fui assim.

A dra. Cooke deixa o assunto de lado, mas já sei o que está fazendo. Ela vai voltar ao assunto depois.

— Está bem, vamos voltar ao dia em que você se machucou, o que levou a isso.

— Depois que minha mãe achou as camisinhas e as lingeries, senti que minha vida toda tinha desmoronado. Parando para pensar, eu com certeza já estava deprimida, mas quando ela ficou brava daquele jeito… foi horrível. Ela mal falou comigo e me deixou de castigo no apartamento por semanas. E ela já me culpava pela Olga. Quando tudo aconteceu, passou a *realmente* me odiar. Não consigo ser a filha que ela quer. E eu estava triste por causa do Connor, porque ficar com ele fazia eu me sentir bem. Connor me fazia rir e, pela primeira vez na vida, senti que alguém me entendia de verdade, sabe?

A dra. Cooke assente e tira o cabelo do rosto.

— Parece muito doloroso. Mas por que você não explicou que as lingeries não eram suas, que eram da sua irmã?

— Porque ela não teria acreditado e, se acreditasse, isso ia destruí-la de algum jeito. A questão é que para a minha mãe a Olga era perfeita. Como eu ia dar a notícia de que ela *não* era?

—Você e sua mãe já conversaram sobre sexo?

— Não. Bem, não diretamente. Ela faz uns comentários às vezes. Faz parecer que seria a pior coisa que uma pessoa poderia fazer, se não for casada.

— E o que você pensa sobre isso?

— Não sei qual é o grande problema, mas me sinto culpada. Tenho emoções conflitantes, sabe? Tipo, *sei* que não tem problema, mas mesmo assim sinto que cometi um crime ou fiz algo errado, como se todo mundo fosse ficar sabendo e me apedrejar.

— Relações sexuais são uma parte normal da experiência humana, mas infelizmente muitas pessoas pensam nisso como um constrangimento enorme.

A dra. Cooke cruza as pernas. Talvez eu devesse comprar um par de botas de caubói também. Provavelmente conseguiria machucar alguém com essas belezuras.

— É, minha mãe acha que é coisa do demônio, sabe? Mas é que… Acho injusto, acho que minha vida inteira é injusta, como se eu tivesse nascido no lugar errado e na família errada. Nunca me encaixo em lugar nenhum. Meus pais não entendem nada sobre mim. E minha irmã morreu. Às vezes, eu assisto à TV e vejo mães e filhas falando sobre seus sentimentos e pais levando os filhos para jogar beisebol, tomar sorvete ou algo assim, e eu queria que fosse eu. É ridículo, eu sei, querer que a nossa vida seja tipo uma série de TV.

Volto a chorar.

— Não me parece ridículo. Você merece tudo isso.

★ ★ ★

Depois que meus pais vão dormir, vasculho o quarto de Olga para ver se encontro mais alguma pista. Mesmo se eu ligasse para Connor agora, seria impossível que ele desbloqueasse o notebook porque vou viajar para o México amanhã. Ando me perguntando se ela anotou a senha em algum lugar. Sempre esqueço a senha do meu e-mail, então anotei num caderno. Fico pensando que talvez Olga também tivesse a memória ruim. Procuro em todos os caderninhos e pedaços de papel da gaveta dela — não acho nada muito interessante. E se eu estiver errada sobre a minha irmã? E se ela era a Olga meiga e sem graça que sempre achei que fosse? E se eu só quiser acreditar que tinha algo escondido? E se, por algum motivo bizarro, eu só quiser que ela não tenha sido perfeita para não me sentir uma fracassada? Folheio a velha agenda dela pela segunda vez e encontro uma nota fiscal dobrada com alguns números e letras circulados. Não sei por quê, mas alguma coisa faz meu cérebro comichar. Digito os caracteres destacados no notebook. Não funciona. Digito de novo. Nada. Digito mais uma vez e... desbloqueado. Inacreditável.

 Olga não tinha muita coisa no notebook, só algumas fotos bobas dela e da Angie e trabalhos antigos de Introdução aos Negócios. Por sorte, consigo me conectar ao wi-fi do vizinho e a senha do e-mail de Olga é a mesma que a do notebook. Tem spam de diversas empresas. Imagino que eles não ficam sabendo quando alguém morre. Mas me parece desrespeitoso fazer propaganda para os mortos. *50% DE DESCONTO EM TODA A LOJA! COMPRE UM E LEVE OUTRO! PROMOÇÃO DE SAPATOS! VITAMINAS PARA CONQUISTAR O CORPO PERFEITO.* Desço a barra de rolagem por muito tempo, procurando alguma coisa que não seja propaganda.

 Finalmente eu encontro. O que estive procurando esse tempo todo:

chicago65870@bmail.com
7h32 (6 de setembro de 2013)

Por que você fica agindo assim? Eu te dou tudo o que posso. Você não percebe? Você sabe que eu te amo, então por que sempre faz eu me sentir tão culpado?

Minha nossa, o que minha irmã estava fazendo? Obviamente ela tinha um namorado, mas quem era ele? Vou para as mensagens mais antigas para tentar ler tudo na ordem, o que leva uma eternidade, porque há centenas delas. Sinto meu coração disparar.

chicago65870@bmail.com
1h03 (21 de setembro de 2009)

Não consigo parar de pensar em você.

———

losojos@bmail.com
1h45 (21 de setembro de 2009)

Também não. Quando a gente vai se encontrar de novo? Sabe como é difícil te ver todos os dias no trabalho? Não sei fingir, meu coração dispara sempre que você está por perto.

———

chicago65870@bmail.com
22h (14 de novembro de 2009)

Me encontre na lanchonete amanhã na hora do almoço. Sente nos fundos para que ninguém te veja. Vá com aquela camisa vermelha que eu gosto.

———

losojos@bmail.com
20h52 (14 de janeiro de 2010)

Quando você vai contar para ela? Estou cansada de esperar, e você prometeu. Não posso continuar assim. Eu te amo, mas você está acabando comigo. Está me matando.

———

chicago65870@bmail.com
0h21 (28 de janeiro de 2010)

Em breve. Eu já te disse que vou falar em breve. Você não sabe como é complicado. Tenho que pensar nos meus filhos, não quero magoá-los. E você sabe o quanto te amo. Não dá para perceber? Por favor, pare de ser tão egoísta. Vejo você amanhã no HC. Às seis da tarde.

———

losojos@bmail.com
20h52 (28 de janeiro de 2010)

Como assim, *egoísta*? Tudo que faço é te esperar. Não sei se consigo continuar com isso, está me destruindo. Eu não como, não durmo, só fico pensando no dia em que finalmente vamos poder ficar juntos. Isso não importa para você?

O vizinho desliga a internet. Parece que cheguei ao fim de um livro, só para descobrir que a última página foi rasgada ao meio.

A certinha da Olga estava ficando com um cara casado. Isso explica quase tudo — o olhar perdido, a chave de hotel, as lingeries, nunca ter se formado na faculdade. Ela ia se encontrar com ele quando devia estar na aula. Esse cara passou anos enrolando a minha irmã. Como ela pode ter sido tão ingênua para acreditar que ele ia mesmo deixar a esposa para ficar com ela? Já li livros e assisti a filmes suficientes para saber que isso não acontece. Quem era esse cara? Quantos anos tinha? Como posso saber mais sobre ele? Os e-mails são muito discretos, como se os dois morressem de medo de serem pegos. Pelo que entendi, ele trabalhava no escritório dela, era casado e tinha filhos, mas eu provavelmente ainda tenho dezenas e dezenas de e-mails para ler.

Como fui tão burra, a ponto de não notar nada? Ao mesmo tempo, como alguém teria ficado sabendo? Olga conseguiu manter isso guardado a sete chaves. Durante toda a vida eu sempre fui considerada a filha ruim, enquanto minha irmã tinha uma vida secreta, o tipo de vida que deixaria Amá em pedacinhos. Não quero me irritar com Olga, porque ela está morta, mas já estou no meu limite.

— Mas que droga, Olga — murmuro.

A casa de Mamá Jacinta não tem internet, então nem adianta tentar levar o notebook para Los Ojos. O mais seguro é deixá-lo no quarto da Olga, já que tenho quase certeza de que Amá nunca entra aqui. E mesmo que o encontre, ela não saberia o que fazer com ele. Lembro que minha prima Pilar disse que abriram algumas lan houses na cidade e falou que os computadores são muito velhos, mas ainda assim talvez eu possa ler o resto dos e-mails quando chegar lá. Coloco a nota fiscal com a senha dentro do meu diário.

19

ESTOU FEDENDO QUANDO O AVIÃO POUSA NO México. Por causa de várias tempestades, passei o voo todo agarrada ao banco, com medo de a aeronave cair e eu morrer. Primeiro, quero morrer, depois não quero. A vida é estranha assim. Olho para minhas axilas e elas estão encharcadas. Não é exatamente um "recomeço" para mim. Procuro minha garrafinha d'água na mochila e descubro que ela molhou todas as minhas coisas — provavelmente não fechei a tampa direito. Não sei por quê, mas *sempre* faço isso. Sou muito descuidada. Enquanto checo minhas coisas para identificar danos, me lembro do recibo de Olga. Abro o diário e lá está ele, úmido e manchado, claro. Só consigo ver alguns dos números e letras, e o que mais me assusta é não lembrar se desloguei da conta dela no notebook. Isso é a minha cara: tornar as coisas mais difíceis para mim mesma. Como Amá diria: *Como me gusta la mala vida*. Droga. E agora?

Tio Chucho vai me buscar no aeroporto com a velha caminhonete enferrujada que tem desde jovem. Seu cabelo é grisalho e bagunçado, mas o bigode ainda é todo preto e bem aparado. Meu tio tem dentes com coroas prateada — dentes de pobre — e parece muito mais velho do que a última vez que o vi. Quando me abraça, sinto cheiro de suor e terra nas roupas dele. Amá diz que o tio não é o mesmo desde que a esposa dele morreu. Eu era pequena, então não lembro quando aconteceu, mas dá para perceber um desânimo perpétuo. Imagino que seja por isso que ele nunca voltou a se casar. Meu tio e a esposa só tiveram um filho — meu primo Andrés —, que deve ter uns vinte anos agora.

Los Ojos fica a quase quatro horas de distância do aeroporto. É uma cidade encravada nas montanhas, no meio do nada. Quando pegamos a estrada, tio Chucho me pergunta sobre a escola, porque ficou sabendo que estou tendo algumas dificuldades. Queria descobrir o quanto ele sabe sobre o que aconteceu. Parece achar que Amá me mandou para cá porque eu estava tirando notas ruins. Não vou corrigi-lo.

— Tudo bem. Só quero ir logo para a faculdade.

— Que bom! É o que quero ouvir, *mi hija*. Não trabalhe como um burro, como o resto da sua família — diz ele, me mostrando as mãos calejadas, depois analisando as minhas. — Olha só! Tem mãos de gente rica.

Por que todo mundo na família está sempre falando de burros? Olho para as minhas mãos e percebo que ele está certo. São suaves e macias, bem diferentes das dos meus pais, que estão sempre descascando, maltratadas. Minhas mãos parecem nunca ter pegado no trabalho pesado, e eu gostaria de mantê-las assim.

— Quero ser escritora — conto.

— Escritora? Pra quê? Sabe que não dá dinheiro, né? Quer ser pobre o resto da vida?

Reviro os olhos.

— Não vou ser pobre.

— Arruma um trabalho num escritório legal. Pensa nisso. Não vá trabalhar como...

— Um burro — completo.

Tio Chucho ri.

— Isso! Você já sabe.

Assinto. Todo mundo sempre me diz para trabalhar num escritório, o que mostra que não me conhecem nem um pouco. É por isso que nunca falo sobre o que quero fazer da vida.

— Sinto muito pela Olga — diz ele, por fim. — Que pecado... Ela era uma garota tão boa... A gente a amava tanto... *Ay, mi pobre hermana, la inocente.*

Eu me encolho. Ele não conhecia a Olga direito. Ninguém conhecia.

O dia está claro, com algumas nuvens fofas espalhadas pelo céu. As montanhas de Sierra Madre são tão austeras e absurdamente altas que me enchem de um medo inexplicável. Depois de encará-las por alguns segundos, desvio o olhar.

— Sinto falta dela. Mas as coisas estão melhores agora — falo.
— O tempo cura, essas coisas.

Isso não é verdade, e ele sabe melhor do que ninguém, mas é o que a gente fala para fazer as pessoas se sentirem melhor.

Ele suspira.

— Não pudemos ir ao enterro porque não conseguimos o visto nem dinheiro. Que lástima. Todos ficamos muito tristes. A gente queria apoiar a família.
— Eu sei.

Não quero mais falar sobre Olga, então finjo dormir até adormecer de verdade.

Acordo com baba escorrendo pelo queixo. Devo ter dormido por quase quatro horas, porque a gente já está entrando na casa de Mamá Jacinta. A terra está seca e empoeirada e minha boca, amarga de tanta sede.

Mamá Jacinta corre até a caminhonete com os braços abertos e lágrimas nos olhos. Ela me abraça e me enche de beijos. É calorosa e gentil como me lembro, mas seu cabelo curto agora está totalmente branco.

— *Mi hija, mi hija*, você está tão linda — repete ela sem parar.

Começo a chorar também.

Tem várias pessoas atrás dela: tias, tios, primos e pessoas que não conheço ou de que não me lembro. Minha prima Valeria, que é só alguns anos mais velha do que eu, já tem três filhos e todos parecem pequenas águias. Tia Fermina e tia Estela parecem quase iguais à última vez que estive aqui. As mulheres da família Montenegro não envelhecem muito, pelo jeito. Os maridos delas, tio Raul e tio Leonel, estão parados ao lado delas, ambos de chapéu de caubói.

Tia Fermina e tia Estela me abraçam por muito tempo e me chamam de *mi hija*, *niña hermosa* e *chiquita*. Elas me fazem sentir como uma criança, mas eu gosto.

De acordo com Mamá Jacinta, todo mundo é meu parente. Assinto, sorrio e dou um beijo na bochecha de todo mundo, como devo fazer.

A casa está com um tom mais claro de rosa do que da última vez que estive aqui e o reboco está rachado. Os puxadinhos de concreto parecem grosseiros ao lado das cores mais suaves da casa original, mas é assim que a maioria das casas de Los Ojos é: uma mistura desajeitada do novo e do antigo.

As ruas de paralelepípedo foram asfaltadas, o que é decepcionante porque sempre adorei o cheiro de lama quando chovia. A padaria do outro lado da rua pegou fogo, então não vou poder acordar com o cheirinho de pão fresco toda manhã. Muita coisa mudou nos últimos anos.

Depois de cumprimentar todo mundo, sou levada até a cozinha para jantar. As mexicanas estão sempre tentando encher as pessoas de comida, quer a gente goste, quer não. Por mais que esteja cansada de comer comida mexicana todos os dias, se o céu existisse, eu sei que teria cheiro de tortilhas. Mamá Jacinta me dá um prato gigante de feijão, arroz e tostadas com carne desfiada, cobertas com creme azedo, alface e tomate picado.

— Você está muito magrinha — comenta ela. — Quando voltar, sua mãe nem vai te reconhecer. Vai ver.

Ninguém nunca me chamou de magra. Perdi alguns quilos porque os remédios afetaram meu apetite nos últimos tempos — um dia, quero comer o mundo inteiro e, no seguinte, tudo me dá enjoo —, mas não estou nem perto de estar magra.

Termino o prato todo e peço para repetir, o que deixa Mamá Jacinta feliz. Também tomo uma garrafa inteira de Coca-Cola, de que não gosto muito, mas que tem um sabor muito melhor aqui. Tia Fermina e tia Estela se sentam na minha frente e dizem o quanto sentiram minha falta. O resto da família se amontoa à minha volta e faz várias perguntas: *Como está a sua mãe? Como está o seu pai? É muito frio em Chicago? Por que você não nos visitou em tanto tempo? Quando você vai voltar? Qual é a sua cor favorita? Pode me ensinar inglês?* Eu me sinto uma celebridade. Em casa, minha família nunca me trata assim, porque sou a pária. Aqui, eles até riem das minhas piadas idiotas, de todas elas. Talvez, desta vez, Amá esteja certa. Talvez eu esteja precisando disso.

Mamá Jacinta me ensina a fazer o *menudo* — uma sopa — que eles vendem perto da praça da cidade. Muito diferente da *porquería* que fazem em outros lugares, a versão dela leva carne, ossos das patas do boi e milho. E só isso. Nada de *chile rojo* para esconder tripas sujas. Primeiro, Mamá encontra um açougueiro que tenha acabado de abater um boi, depois ela e tio Chucho pegam baldes de tripas sujas e levam para uma senhora que eles contratam para lavá-las. Mamá Jacinta diz que a coitada é ainda mais *jodida* do que ela, e eu acredito. Não sei o que eu faria se meu trabalho fosse literalmente lavar bosta. Mamá Jacinta diz que limpava a carne no rio, mas ele ficou tão poluído que ela teve que começar a lavar no tanque. Ainda bem, porque ontem vi um monte de cachorros de rua brincando no rio — bom, no que sobrou dele.

Depois que a carne passa pelo processo de retirar a bosta, ela é higienizada com óxido de cálcio e reservada. Quando o produto amolece a pele interna, mais delicada, ela é retirada devagar e com bastante cuidado. Depois, é lavada várias vezes, até brilhar como neve fresca.

O pedaço da tripa que sai da bunda do boi tem um desenho lindo de colmeia, chamado de *las casitas*. A tripa mais fina, com ranhuras horizontais, tem bordas espessas chamadas *callo*. Todos os pedaços são cortados em fatias, e as fatias picadas em quadrados. Os nervos são duros e escorregadios e resistem à faca. A carne crua tem um cheiro forte e, à medida que fatiamos e fatiamos, pedacinhos acabam entrando embaixo das unhas e o odor fica nas nossas mãos por horas.

Os ossos das pernas, a tripa e o milho branco são cozidos numa panela enorme durante toda a noite, em fogo baixo. A textura da carne pode ser estranha para o paladar de um estadunidense comum, mas eu gosto. Os pedaços são macios e suculentos, e a superfície da sopa brilha com glóbulos amarelos de gordura. Para finalizar cada prato, colocamos suco de limão e salpicamos cebola e orégano.

Quando a gente termina de picar a cebola, Mamá Jacinta me dá uma tigela do *menudo* de ontem e uma xícara de chá de *manzanilla*. Ela diz que é bom para os nervos.

— A senhora acha que estou nervosa?

— E não está?

— É um pouco mais complicado que isso — explico.

— Por que não me conta?

— Obrigada, mas acho que não estou muito a fim.

Olho para a tigela vazia. Uma mosca pousa num pedacinho de carne. Eu a afasto com a mão.

— É medo de eu contar para a sua mãe?

— Bem... sim.

— O que você disser vai ficar aqui comigo. Sei que você e sua mãe não se dão muito bem, mas vocês são mais parecidas do que imaginam — diz ela, colocando mel no chá.

— Duvido muito — comento.

— Sabe, ela sempre foi a filha rebelde. Foi a primeira da família a se mudar para os Estados Unidos. Mas você sabia disso, não? Falei para não ir, mas ela disse que queria morar em Chicago, onde poderia trabalhar e ter a casa dela.

— A filha rebelde? A Amá?

Não consigo processar essa informação. Amá é a pessoa mais certinha que conheço.

— Ela nunca me ouvia, sempre fazia o que queria. Você não devia ser tão rígida com ela, *mi hija*. Sua mãe já passou por muita coisa.

— Tipo o quê?

Sei que minha irmã morreu e que isso tem sido um pesadelo para todo mundo, mas tem outra coisa além disso? Algum bicho começa a uivar do lado de fora.

— Ai, minha nossa, o que é isso?

— Ah, são os gatos! Eles são muito... namoradeiros. Até durante o dia — diz Mamá Jacinta, sorrindo.

— Que nojo.

— E são dois machos. Dá para acreditar?

— Então são gatos gays?

Começo a rir e dou um tapa na mesa. Nunca ouvi uma coisa dessas. Mamá Jacinta também ri.

— Bem, continua a história, Mamá. O que aconteceu? Tem mais coisa?

Ela balança a cabeça, o rosto pálido se contraindo de repente. O *menudo* borbulha em meu estômago. O sabor do animal se arrasta de volta pela minha garganta.

— Eles foram roubados quando atravessaram a fronteira — conta ela, enxugando as mãos no avental e olhando para a porta. — Perderam todo o dinheiro. Sua mãe nunca contou?

— É, ela disse que foram os piores dias da vida dela, mas isso foi antes de a Olga morrer.

Mamá Jacinta esfrega as têmporas, como se a conversa estivesse lhe dando dor de cabeça.

— *Ay, mi pobre hija*. Teve tanto azar na vida. Espero que Deus tenha piedade dela a partir de agora. Ela já sofreu demais.

Não sei o que dizer, então bebo o resto do chá morno e observo um dos gatos andando lá fora.

20

QUANDO OLHO PARA OS ESPELHOS DESGASTA-dos da casa de Mamá Jacinta, às vezes acho que quase pareço minha irmã, o que quer dizer que pareço com minha mãe, ainda mais quando tiro os óculos. Perdi um pouco de peso, então dá para ver a leve sugestão das maçãs do meu rosto. Acho que o nariz é parecido também — arredondado e levemente arrebitado na ponta. Pensava que Olga e eu não parecíamos irmãs, mas estava errada.

Há fotos em preto e branco dos meus bisavós em vários cômodos da casa. Eles parecem sérios em todas elas, como se estivessem prontos para esfaquear o fotógrafo. Talvez as pessoas não sorrissem nos retratos da época. Sei que pensavam que as fotografias podiam roubar suas almas, o que até faz sentido.

Nunca prestei atenção ao antigo quarto de Amá. Ela e tia Estela dividiam um cômodo entulhado e empoeirado nos fundos da casa. As duas tinham até que dormir na mesma cama gasta, que nunca foi substituída. Não consigo imaginar ter que dormir ao lado da minha irmã a vida toda. A gente sempre foi pobre e eu nunca recebi muita privacidade, mas pelo menos sempre tive meu quarto. Quando meu avô ainda estava vivo, ele ficava construindo mais cômodos conforme nasciam os filhos, mas nunca conseguia dar conta. A casa agora tem oito quartos.

Odeio quando Amá mexe nas minhas coisas, mas aqui estou eu, fazendo isso com ela. Só que não acho muita coisa, só um baú de madeira com vestidos floridos velhos e pulseiras oxidadas. No canto do quarto, vejo um desenho emoldurado em que nunca reparei. Está no alto, muito acima do nível dos olhos. Eu o pego e analiso de perto. É uma ilustração da Amá com um vestido longo, parada na frente da fonte da praça da cidade. Ela é exatamente igual a Olga. Ou Olga era exatamente igual a ela. Queria saber quem desenhou isto.

Encontro Mamá Jacinta limpando a mesa da cozinha.
— Mamá Jacinta, quem fez este desenho da Amá?
— Seu pai.
— Como assim, meu pai? Meu pai não desenha.
— Quem disse que não?
— Nunca soube disso.

Não sei por quê, mas essa revelação quase me deixa irritada. Como eu não sabia algo tão relevante sobre meu próprio pai?

— Você não sabia que Rafael desenhava? Ele era o artista da cidade. Desenhou todo mundo, até o prefeito. Você nunca viu aquele desenho da sua tia Fermina que fica pendurado na sala? Seu pai que desenhou.

Nunca vi meu pai desenhar. Quando penso em Apá, eu o imagino com os pés em uma bacia, na frente da TV.

— Mas por que ele parou? — pergunto. — Quer dizer, se era o que gostava de fazer, por que parou?

— Deve ter ficado ocupado demais com todas as responsabilidades que vêm quando se torna marido e pai. Você sabe como é. Ele é muito trabalhador.

Mamá Jacinta tira o avental e o pendura em um gancho enferrujado próximo à geladeira.

— Mas ele podia ter arranjado tempo — digo. — Quando não escrevo, parece que vou morrer. Como ele pode ter parado do nada?

— Não sei, mas é uma pena, porque ele era famoso por aqui.

Eu me pergunto quando Amá vai pedir para que me mandem de volta para os Estados Unidos. Às vezes, fico acordada pensando no que vou fazer quando chegar em casa. Como vou encontrar o namorado da Olga? Na verdade, a palavra mais adequada seria "amante", mas soa ridículo. Posso ir até o trabalho dela, mas não tenho ideia de quem ele é. Só sei que duas coisas são evidentes: ele queria garantir que ninguém descobrisse o caso deles e é o tipo de pessoa que conseguia pagar por um quarto de hotel caro quase toda semana. Deve ser médico.

As noites são silenciosas, a não ser pelos miados dos gatos ou pelo galo do vizinho, que parece nunca saber que horas são. Gosto da chuva porque o barulho na telha de zinco me tranquiliza, mas esse sentimento nunca dura mais que alguns minutos.

Reviro na cama, sob os cobertores ásperos, pensando em Olga e no que vai acontecer comigo se faltar demais à escola. Escrevo bilhetes para mim mesma para lembrar o que devo fazer quando for embora: 1) ler todos os e-mails da Olga, 2) falar com o sr. Ingman sobre minhas faltas, 3) achar um emprego temporário para poder pagar a ida para a faculdade. Quando tenho sorte, adormeço antes de o sol nascer.

Minha prima Belén, a filha mais nova da tia Fermina, é a garota mais bonita da cidade. Ela tem a pele marrom-escura, olhos azuis e é uns três centímetros mais alta do que eu. Tem a cintura superfina e gosta de exibi-la em roupas e vestidos justos. Aonde quer que a gente vá, todo mundo a olha de cima a baixo. Juro por Deus. Vi até um cachorro de rua ficar encarando. Ela recebe pedidos de casamento quando andamos pela rua e tudo que faz é rir e jogar o cabelo. Eu me sinto meio feia ao lado dela.

Belén decidiu que vai me mostrar a cidade e me apresentar para todo mundo. Ela veio até a casa de Mamá Jacinta depois da escola para me arrastar para a rua, mesmo eu querendo apenas ler no jardim. Minha prima não entende que sou meio tímida e não curto conversar com estranhos. Cumprimentamos dois gêmeos, Gorduras e Mantecas — literalmente "manteiga" — na frente do supermercado. Os apelidos mexicanos são cruéis e engraçados.

A gente compra sorvete ou *aguas frescas* na praça da cidade e depois damos uma voltinha em Los Ojos. Conforme subimos e descemos as colinas, analiso as casas coloridas e tento olhar dentro delas, já que todo mundo deixa as portas abertas durante o dia. Em geral, não vejo coisas interessantes, mas ontem tinha uma mulher de toalha dançando ao som de Juan Gabriel na sala. Gosto de caminhar na hora do jantar por causa do cheiro de comida que sai das casas: chiles torrados, carne ensopada e feijão.

Belén me conta fofocas da cidade, mesmo que eu não faça ideia de quem as pessoas são. O boato mais recente é que a mulher da barraquinha de hambúrguer mais popular da cidade está ficando com o primo de segundo grau. Ela também me conta a história do Santos, um cara que saiu de Los Ojos muitos anos atrás porque sonhava em se tornar bailarino em Los Angeles. Ele tentou atravessar a fronteira várias vezes, mas desistiu e ficou em Tijuana, cidade que faz fronteira com a Califórnia. Dizem que começou a se vestir de mulher e virou prostituto. Quando voltou para Los Ojos, anos depois, era praticamente um esqueleto. No fim da vida, as feridas que cobriam seu rosto e sua boca atraíam moscas, então a mãe dele ficava sentada ao seu lado afastando-as com um pano. Alguns vizinhos dizem que foi culpa dele, por ser gay, por ficar de quatro para toda Tijuana. Fico tentando interromper e explicar para Belén que a Aids não é uma "doença de gays", que qualquer pessoa pode pegar, mas ela não dá ouvidos. Belén nunca escuta o que eu digo.

Sinto um aperto no peito quando passamos pela casa em que Apá cresceu, que agora está abandonada. Mamá Jacinta aponta para o imóvel sempre que venho para cá. Ninguém mora ali há muito tempo e ela está quase caindo aos pedaços. Todos os irmãos do meu pai estão espalhados pelos Estados Unidos: no Texas, em Los Angeles, na Carolina do Norte e em Chicago. Os pais dele morreram logo depois que ele e Amá saíram de Los Ojos. Meu avô teve um tumor que destruiu seus pulmões, e minha avó o acompanhou alguns meses depois. Dizem que ela morreu de tristeza. Será que é possível sentir falta de pessoas que nunca conheci? Porque acho que sinto.

Belén tenta me fazer conversar com garotos da escola dela, mas não me interesso por eles. Talvez seja por causa dos remédios, mas não estou ligando muito para pegação em geral.

— Foi aqui que os *narcos* deceparam a cabeça do prefeito — explica Belén, de maneira casual, depois que passamos por um grupo de amigos dela.

Com a cabeça, minha prima aponta para um parque deprimente, feito de metal e concreto.

— O quê?

Não sei se ouvi direito.

— Você não sabia? Eles se matavam nas ruas e explodiam casas. Mas faz tempo que isso não acontece. Está vendo ali? — pergunta ela, apontando uma casa queimada ao longe. — Foi um coquetel Molotov.

Estremeço ao pensar na cabeça do prefeito caindo e rolando rua abaixo. Por que Amá me mandou para cá?

— Mas estamos seguras aqui? Não vão querer matar a gente?

Sinto frio e calor ao mesmo tempo. Levo um susto quando ouço uma ave berrar.

Belén ri.

— Não, bobinha. Por que eles se importariam com você? A não ser que você venda drogas e não tenha me avisado.

Dou de ombros, me sentindo idiota.

— Ah, mas nunca fique fora de casa à noite — avisa ela —, ainda mais sozinha. Ninguém fica.

21

MINHA PRIMA PAULINA ESTÁ FAZENDO TRÊS ANOS, então acho que matar e fritar um animal não é muito divertido para ela, mas as festas sempre são assim. Todos os marcos e conquistas levam ao álcool e a quantidades obscenas de carne frita.

Antes da festa, Belén, Mamá Jacinta e eu vamos até o salão que a família passou a manhã preparando. Atravessamos a praça da cidade, e algumas mulheres indígenas com longas tranças pretas tentam nos vender *nopales*. O cabelo grosso delas me lembra Amá. Estranhos na rua já ofereceram dinheiro em troca de suas tranças sedosas.

As mulheres estão sentadas no chão, com grandes cestas de vime cheias de *nopales* — cactos descascados e picados em pequenos saquinhos plásticos. Essas pessoas têm que ser muito pobres para vender uma coisa que é de graça. Posso literalmente ir até qualquer *nopal* da cidade e cortar uma folha. Vejo Mamá Jacinta fazer isso o tempo todo. A pior parte nem é ter que descascar. É se livrar de toda a gosma.

Sempre quis saber por que a parte de baixo dos troncos das árvores daqui são pintadas de branco, mas nunca perguntei. Encaro a fonte triste e enferrujada e me pergunto se um dia vão voltar a ligar a água.

Uma garota, com um bebê preso às costas por uma faixa de pano laranja bordada, se levanta e estende a mão diante de mim.

— Por favor, *señorita* — implora ela. — *Una limosna*.

Parece ter treze anos e é tão pequena e magra que não imagino como um bebê poderia sair de seu corpo. Rezo para que não seja dela.

— Não escute essas aí — diz Belén. — Elas vêm aqui pedir esmola todos os dias. Deviam trabalhar, como todo mundo. É típico dessa gente.

Belén praticamente cospe as palavras. Não entendo por que ela se acha tão melhor do que essas mulheres. A cor de pele da minha prima é parecida com a delas, e ela ainda usa o mesmo vestido vermelho esgarçado dia sim, dia não.

—Você já se olhou no espelho? — murmuro.

— O quê?

— Nada.

Eu me viro de novo para o bebê, que agora chora, o rosto coberto de terra e meleca. Dou à garota todos os trocados que tenho no bolso. Belén cruza os braços e balança a cabeça.

O salão de festas é da família Garzas, a mais rica de Los Ojos. De acordo com Belén, a fortuna deles vem do tráfico de drogas. Quando pergunto de que tipo, ela apenas diz "das piores".

Ouço um arquejo quando nos aproximamos. Sinto o estômago embrulhar e olho para Mamá Jacinta.

— Estão matando o bicho agora? — pergunto. — Achei que já estaria morto.

— Desculpe, *mi hija*. Podemos dar uma voltinha e voltar depois, se você quiser — oferece Mamá.

— Não seja chata — intervém Belén. — Você come carne, não come?

— Como, mas nunca vi meus tacos serem mortos.

— *Ay, Dios mío*, vocês dos Estados Unidos são frescos demais — afirma minha prima.

—Vem, vamos dar uma volta — chama Mamá Jacinta.

— Não, está tudo bem. Vamos.

Tio Chucho e meu primo Andrés arrastam o porco desesperado com uma corda vermelha comprida. Os gritos brutais e aflitos me dão arrepios. Depois que põem o coitado numa laje de concreto, Andrés enfia a faca no coração dele.

— Bom trabalho, *mi hijo* — diz o tio.

O porco se debate pelo chão e seus berros se tornam mais graves e angustiantes. Sangue espirra do peito dele. Fico tonta.

— Está animada para comer *chicharrones*, prima? — grita Andrés para mim.

— Aham! Delicioso. Mal posso esperar — berro de volta.

Quando o bicho finalmente morre, Andrés e tio Chucho o penduram pelas patas traseiras e deixam todo o sangue escorrer para um balde. Depois disso, começam a cortá-lo em pedaços. Tento não olhar, mas é impossível — meus olhos são atraídos pelo líquido vermelho.

Depois de um tempo, ouço o som da carne fritando. Estou morrendo de nojo, mas ainda com água na boca. O corpo humano é muito estranho às vezes. Quando a carne está pronta, tia Estela traz um prato de arroz, feijão e *chicharrones*.

— *Ándale, mi hija* — diz ela, apertando meu ombro. — Você precisa recuperar um pouco de peso.

É engraçado como sou gorda demais nos Estados Unidos e magra demais no México. Sei que minha tia está preocupada comigo. As mulheres da família Montenegro são ótimas em se preocupar, afinal.

Sorrio e agradeço, porque a coisa mais grosseira que podemos fazer com uma mulher mexicana é recusar a comida dela. Seria melhor cuspir numa imagem da Virgem de Guadalupe ou desligar a TV enquanto elas assistem a *Sábado Gigante*.

Pego alguns *chicharrones*, ponho numa tortilha e cubro tudo com *salsa* vermelho-escura. Como tudo sem muita dificuldade, mas, quando faço outro taco, percebo alguns pelos saindo da carne. Não quero que todo mundo ache que sou uma princesa americana mimada, então fecho os olhos e como o mais rápido possível. Imagino que meu rosto vai ganhar um lindo tom de verde podre quando termino, mas estou orgulhosa de ter conseguido.

A pista de dança começa a se encher quando todo mundo está empanturrado de carne de porco. A música está baixinha e cheia de interferência — em parte por causa do sistema de som barato —, mas é agradável. Os acordeões soam ridiculamente alegres, mesmo quando as músicas são sobre morte. Tia Fermina e tio Raul dançam de rosto colado. Belén dança com o vizinho elegante de Mamá Jacinta. Observo o saltitar de todos, e o sol traz aquela preguicinha pós-almoço. Estou quase adormecendo na cadeira quando Andrés me cutuca e diz que vamos andar a cavalo.

—Vamos, prima — diz ele, me puxando.
— Estou cansada. Não estou a fim.
Tento me sentar outra vez.
—Vai ser bom para você.
— Por quê?
— Confia em mim.

Desisto de resistir e acompanho Andrés até o campo ao lado do salão, onde dois cavalos pretos estão amarrados a uma cerca.
— Esta é a Isabela — explica ele, apontando para o cavalo menor. — E este é o Sebastián. — Andrés esfrega a lateral do corpo do cavalo e sorri.
— Prazer.
Finjo apertar as patas dos animais.
— Eles são casados, sabia?
Imagino Isabela de vestido de noiva e começo a rir tanto que faço barulho pelo nariz.
— Casados! Do que você está falando? Eles deram uma festa de casamento? Dançaram valsa? Ela jogou o buquê?
— Óbvio que não teve festa, boba, mas são um casal de verdade.

Andrés parece incomodado por eu achar isso engraçado, por não acreditar no amor romântico entre dois animais.
— Sério?

— Quando estão separados, juro por Deus que o Sebastián chora. Caem lágrimas grossas!

Andrés parece sério, então paro de rir. Ele até faz o sinal da cruz para reforçar.

Meu primo pega as selas do barracão, e faço carinho nas costas de Isabela, passando os dedos por sua crina preta grossa. Seu pelo é tão escuro que parece azulado. Seus músculos são rígidos e brilham à luz do sol. Acho que nunca vi um animal tão bonito em toda a minha vida. É quase desnorteante.

Fico surpresa ao montar Isabela e percebo o quanto estou gostando de voltar a andar a cavalo, de sentir a imensa força sob mim. Andrés e eu seguimos para o rio. O local está quieto, a não ser pelo bater dos cascos e o zumbido dos insetos sobre a grama amarelada. Um bando de aves cinzentas passa por nós e pousa em uma árvore gigante.

— Pombas — diz Andrés.

O rio quase desapareceu por causa da seca. A água que sobrou está marrom-esverdeada e cheia de lixo: sacos plásticos, garrafas, embalagens e até um sapato. Estremeço ao me lembrar do sonho em que Olga era uma sereia. Ainda me lembro do rosto iluminado dela.

A estação de trem abandonada ao lado do rio agora está interditada e a tinta vermelha cai das paredes em faixas enormes. Os trilhos estão enferrujados e a madeira, gasta. Andrés explica que o trem não passa ali há anos. A estação ficava lotada de gente, mas a empresa era corrupta e não conseguiu se manter. Eu me lembro de quando éramos pequenas e Mamá Jacinta trouxe Olga e eu aqui. Ela tinha comprado caixinhas de uma *cajeta* tão doce e grudenta que fazia meus dentes ficarem doendo por horas. Também sei que Papá Feliciano pegava o trem para vender panelas em outras cidades, mas ele morreu antes de a linha ser suspensa. Acho que, de certa forma, é bom que nunca tenha visto que o serviço foi interrompido. Ele adorava andar de trem.

Mosquitos grandes começam a picar o focinho e o pescoço de Isabela quando nos aproximamos de uma clareira. Ela balança a cabeça para afastá-los, mas não adianta. Mesmo eu abanando os braços, eles voltam. Minha mão fica manchada de sangue ao esfregar o ponto em que os mosquitos pousaram. Aproveito que Andrés não está olhando e beijo a nuca de Isabela.

A gente cavalgou pelo rio até o sol se pôr atrás das árvores e os grilos começarem a cantar. Vejo um campo de milho seco ao longe e me pergunto o que aconteceria se alguém jogasse um fósforo aceso nele. Eu poderia cavalgar Isabela para sempre, mas Andrés diz que a gente tem que voltar para a festa, para não deixar Mamá Jacinta preocupada. Quando me despeço de Isabela, pressiono o rosto contra a lateral de seu corpo e passo a mão em suas costas. Acho até que consigo ouvir as batidas do coração dela. De repente, me lembro de quando Olga e eu andamos nos cavalos do meu tio-avô, na segunda vez que viemos para Los Ojos. De início, fiquei com muito medo, mas minha irmã me disse que os cavalos não me machucariam porque eram criaturas mágicas. E eu acreditei.

Andrés ri.

— O que está fazendo? — pergunta ele.

Sorrio.

— Nada. Só estava dando um abraço nela.

Tio Chucho vem na minha direção, segurando uma cerveja.

— *Ándale, mi hija*. Vamos dançar.

Ele está meio cambaleante.

— Não, obrigada, tio. Não sei dançar direito.

— Mas que bobagem! — exclama ele, me levando para a pista de dança. — Os Montenegro são os melhores dançarinos de Los Ojos!

A música fala de três garotas a caminho de um parque de diversões que morrem quando a caminhonete delas capota em um penhasco. Não sei por que alguém ia querer dançar ao som disso. Tio Chucho parece estar suando cerveja. Sua camisa está úmida e sua pele, grudenta, mas continuo dançando porque não quero deixá-lo triste. Ele está se divertindo tanto, me fazendo girar e cantando a plenos pulmões.

Depois da terceira música, um grupo de homens de máscara preta se aproxima da entrada do salão com rifles na mão. Meu tio solta minha mão e sua expressão murcha.

— *Chingue su madre* — murmura.

— O quê, tio? *Qué pasa?*

— Nada, *mi hija*. Vou cuidar disso — responde ele, indo até os homens.

Todos parecem tensos e preocupados, mas permanecem em silêncio. De repente, a festa já não tem o mesmo clima. Andrés pisca sem parar — parece que vai desmaiar.

São soldados? São *narcos*? Não tenho ideia.

Um dos homens mascarados me encara o tempo todo, como se estivesse abrindo buracos em meu corpo com os olhos.

Tio Chucho tira um envelope do bolso e entrega para um dos homens, que assente para Andrés com a cabeça. Meu tio volta para a festa parecendo pálido e assustado. Quando o cara para de me encarar, vejo uma tatuagem da Santa Muerte em seu antebraço.

— Mas o que foi isso? — sussurro para Belén.

—Você tem que parar de fazer tantas perguntas — diz ela, me dando as costas.

22

BELÉN ME FORÇA A IR AO JOGO DE FUTEBOL, MES-
mo eu tendo dito que odeio esportes. Ela diz que não importa, que não vamos a esse tipo de evento por causa do esporte. Jogos de futebol são o lugar onde os jovens se encontram e se beijam. Não tem muita coisa para fazer em Los Ojos. Que tal olhar para as montanhas? Correr atrás de galinhas? Atirar em garrafas?

A gente se senta no topo da arquibancada com as amigas de Belén, um grupo de garotas com uma beleza mediana que usam maquiagem demais. Apesar de não dizerem nada provocativo nem sarcástico, dá para ver que têm inveja da minha prima. Não sei por que sempre noto esse tipo de coisa. Tem algo no jeito em que analisam os contornos do corpo dela e encaram seu rosto, um anseio. Não é que elas queiram *ficar* com Belén — elas querem *ser* Belén.

Depois que Los Tigres faz o primeiro gol, um garoto de pele marrom-escura com um chapéu de caubói vem até a gente com garrafas de Coca-Cola e sacos plásticos com torresmos cobertos de *salsa* vermelha. Ele distribui as bebidas e os salgadinhos para todos do grupo e se senta entre mim e Belén. Todas as garotas riem como se fosse a coisa mais engraçada do mundo. Sinto gotas de suor se formarem no meu buço.

— Como você está hoje, *señorita* Reyes?

De início, me pergunto como ele sabe meu sobrenome e quem eu sou, mas depois lembro que todo mundo sabe tudo sobre todo mundo em Los Ojos. Tio Chucho diz que ninguém pode soltar um pum sem que a cidade fique sabendo.

— Mais ou menos — respondo, olhando para o campo e tentando, pela primeira vez na vida, entender um esporte.

Ele ri.

— Por que você não olha para mim?

Dou de ombros. De repente, fico quieta.

— Não liga para o Esteban — diz Belén, abrindo um sorriso irônico. — Ele é meio *cargante* às vezes.

Eu não diria que ele é *cargante*, mas com certeza é confiante. Não consigo deixar de olhar para seus antebraços cheios de veias. Imagino como seria passar a ponta dos dedos por eles.

Cruzo as pernas para não esbarrar nas dele.

Depois do jogo, Belén e as amigas sorridentes desaparecem antes que eu possa pedir que esperem por mim.

— Acho que é melhor eu levar você para casa — oferece Esteban, sorrindo. Seus dentes são claros e perfeitos.

Lembro o que Belén disse sobre andar sozinha à noite.

— É, acho que sim — respondo.

O céu começa a ganhar um tom arroxeado. Vejo o sol e a lua ao mesmo tempo.

Esteban faz eu me sentir como se meu peito estivesse sendo preenchido com um líquido morno, como se todos os meus ossos estivessem sendo lentamente removidos de meu corpo. Por um segundo, me pergunto o que Connor está fazendo, se ele ainda pensa em mim, mas lembro que a gente terminou. Não sei por quê, mas, mesmo tendo acabado de conhecer Esteban e não saber quase nada dele, ele está me deixando derretida.

Uma caminhonete tocando um *narcocorrido* bem alto me faz voltar à realidade.

Quando chegamos à esquina da casa de Mamá Jacinta, Esteban pega minha mão.

— Olha… Eu gosto de você desde que chegou aqui — revela ele.

— Bem, eu nunca vi você, então isso é meio estranho.

Estou nervosa demais para olhar para ele. Por que tenho que ser tão babaca, mesmo quando não quero?

—Você não lembra? — pergunta. — Me viu naquela vez que foi com a Belén no hortifrúti. É lá que eu trabalho.

Eu tinha sentido alguém olhar para mim naquele dia, mas não me dei ao trabalho de ver quem era. É engraçado como o corpo sabe das coisas antes da gente.

Balanço a cabeça.

— Não, eu não vi você.

A pele de Esteban brilha sob a luz do poste. Quero muito tocar o rosto dele, mas me contenho.

Estamos todos sentados no quintal da tia Fermina, comendo figos que colhemos da árvore. Tio Raul e tio Leonel estão dentro de casa, assistindo ao jornal. O céu está cheio de estrelas e eu as observo maravilhada por tanto tempo que todo mundo repara e ri de mim. Como eu esqueci que as noites são assim?

— Coitadinha, mora em cidade grande — diz tio Chucho, sorrindo. — Provavelmente nunca vê estrelas em Chicago.

— Não muitas. Talvez umas três ou quatro ao mesmo tempo, quando tenho sorte — respondo, tirando uma folhinha da blusa.

Olho de volta para cima e penso que algumas estrelas nem existem mais, que olhar para elas é como ver o passado. É difícil entender isso. Que confusão…

O chão está agradável sob meus pés descalços. Tia Estela está sentada ao meu lado numa cadeira, fazendo uma trança em meu cabelo, seus dedos frios contra minha nuca. Suas mãos me acalmam. Ela é cuidadosa, não puxa meu cabelo como Amá fazia quando eu era pequena.

— *Dios mío, mi hija!* — exclama tia Estela quando ergue a trança para todos verem. — Você tem muito cabelo. Como anda por aí assim? Não pesa?

— Às vezes, quando está molhado — respondo.

Eu me pergunto como seria cortar todo o meu cabelo. Como eu ficaria? Tive cabelo comprido a vida inteira. Já nasci com muito cabelo, Amá até disse que os médicos e as enfermeiras nunca tinham visto um bebê assim lá em Chicago.

Sinto Belén me encarar da outra ponta do jardim. Acho que ela está acostumada a ser a mais bonita da família e não gosta da atenção que estou recebendo. É desconfortável e satisfatório ao mesmo tempo.

— Cabelos bonitos são de família — lembra Mamá Jacinta. — Mas não dá para saber só de olhar para o meu agora.

Minha avó passa as mãos pelos cabelos brancos curtos e sorri.

Tio Chucho ri e balança o cabelo como se estivesse em um comercial de xampu.

— É verdade — concorda ele. — Pareço uma estrela do cinema.

Já comi tantos figos que minha barriga dói, mas não consigo parar. Adoro o sabor adocicado, a crocância das pequenas sementes entre meus dentes.

As noites são sempre perfeitas aqui — nunca são frias demais e o ar cheira a terra e folhas. Quase consigo sentir o cheiro do rio, mas lembro que ele está quase seco. É um aroma imaginário, eu acho. Não consigo pensar em nada mais tranquilizador do que o som dos grilos e do vento batendo na figueira. Se minha tia tivesse uma rede, eu pediria para dormir aqui toda noite.

Apesar da seca, as rosas brancas e amarelas, plantadas em baldes velhos, prosperam porque tia Fermina cuida delas como se fossem suas filhas. A persistência delas me deixa esperançosa.

Andrés se levanta da cadeira e se aproxima de um cacto no canto do jardim. Fico curiosa para saber o que ele está fazendo, mas não pergunto. Ele pressiona o dedo na flor e sussurra alguma coisa.

Depois de alguns segundos, se vira para todos.

— Esta aqui não brotou e a temporada já está quase acabando — diz ele, franzindo o cenho.

— Que tipo de flor é essa? — pergunto.

— É uma flor de cacto noturna. Esqueci o nome, mas acho que vai morrer.

— Nunca ouvi falar disso. É... É incrível. — É tudo o que consigo dizer.

Uma flor que só abre à noite parece algo que saiu de um conto de fadas.

Tia Fermina traz da cozinha uma jarra de chá gelado de hibisco e serve um copo para cada um.

— É bom para a digestão e o colesterol alto. Depois de comer aquelas *carnitas* hoje, todos nós precisamos.

Tia Fermina é a mais velha e está sempre tomando conta de todo mundo. É quase difícil acreditar que ela é mãe de Belén, porque a garota é meio egoísta e só se preocupa em ser bonita. No dia em que cheguei aqui, tia Fermina me deu um pequeno saquinho de tecido com *muñecas quitapenas*. Ela disse que, antes de ir dormir à noite, eu devia contar todos os meus medos para elas e colocá-las embaixo do travesseiro. Pela manhã, eles já teriam desaparecido. Nunca contei que isso não funciona.

O chá de hibisco é ácido, doce e refrescante. Eu me sirvo de outro copo. Se a noite fosse transformada em uma bebida, teria esse sabor.

Tia Fermina me leva até o Delicias, a três cidades de distância, para comprar queijo. Ela diz que é o melhor queijo do estado, e acho que concordo porque é cremoso e derrete de forma perfeita. Fica incrível com *enchiladas*. É um queijo que merece uma peregrinação.

Minha tia reclama a viagem toda sobre a seca.

— Está destruindo todas as plantações — diz ela. — As vacas estão magras. As pessoas não sabem mais o que fazer.

A terra com certeza está mais seca do que me lembro. As árvores estão amareladas e frágeis.

Tudo no deserto se curva para o chão. Os *huizaches* que pontilham as montanhas são pequenos e têm galhos armados com espinhos. Tudo se protege com espinhos aqui. De tempos em tempos, uma nuvem carregada paira e provoca a terra com alguns pingos de chuva.

Tia Fermina é alguns anos mais velha do que Amá e, mesmo sendo muito parecidas — têm o mesmo cabelo preto, pele clara e lábios bem vermelhos —, ela não é tão bonita. Isso não quer dizer que não seja atraente, obviamente. Minha tia tem um rosto cativante, assim como todas as mulheres da família Montenegro. É muito difícil encontrar alguém tão bonita quanto Amá. Eu me pergunto como foi a infância delas. Será que minha tia sempre se comparou a ela? Sentiu inveja? Será que quis ter atravessado a fronteira dos Estados Unidos como a irmã?

A gente estacionou a caminhonete ao pé de uma colina porque o veículo não passa pelas ruas estreitas. De repente, tenho um déjà-vu. Já vim a esta cidade com Mamá Jacinta uma vez, muito tempo atrás, mas não lembro exatamente por quê. Tinha alguma coisa a ver com uma cabra? Ou será que estou inventando isso? Às vezes, minha memória parece uma fotografia embaçada.

Subimos uma ladeira, ofegantes.

— E sua mãe, como está? — pergunta tia Fermina. — Falou com ela?

— Ela me ligou ontem. Parece bem.

— Como ela ficou? Quer dizer, quando perdeu a Olga.

— Não conseguia sair da cama. Quando eu achava que estava melhorando, voltava a dormir por dias e dias. Mal comia e bebia. Fiquei assustada. Mas ela não faz isso há algum tempo.

Um homem atravessa a rua com um touro vendado.

— *Buenos días* — diz ele, dando um toque no chapéu.

As coisas são assim no México: é preciso cumprimentar pessoas que nem conhecemos.

— Coitada da minha irmã. E a gente aqui, sem poder ajudar. *Ay, Diosito.* — Tia Fermina suspira. — Sempre que eu ligava, ela dizia que estava bem, mas eu sabia que não era verdade. Óbvio que ela ficou mal. Como poderia estar bem sem a filha? É a pior coisa que pode acontecer com uma pessoa. Não consigo imaginar. Que Deus nos proteja.

Tia Fermina faz o sinal da cruz.

— Ela não estava bem, nem eu.

— *Ay, mi hija*, nem consigo imaginar como foi perder a sua irmã. — Minha tia se vira para mim e toca meu rosto. — Pobrezinha. E você e sua mãe? Eu sei que vocês duas já brigaram muito. Ela sempre dizia que você era muito *terca*.

É assim que fui descrita a vida toda — *terca, necia, cabezona*. Todos sinônimos para "teimosa" e "difícil". Uma rajada de vento traz o cheiro de lixo pegando fogo.

— É, a gente não se entende muito.

— Você tem que se esforçar mais, especialmente agora que sua irmã se foi. Você é tudo que ela tem, Julia, e ela ama tanto você. Talvez você não veja isso, não sei. Só não torne a vida dela mais difícil, por favor. Peço isso como sua tia, como irmã da sua mãe: por favor, seja legal com ela.

Tia Fermina está sem fôlego. Ela para e limpa o suor do rosto com o antebraço. Acho que Amá não contou que tentei me matar.

— Você não entende, tia. Eu tento. De verdade. É que a gente é muito diferente. Ela acha que eu sou rebelde e sem-noção, mas o que eu quero faz sentido para mim. Quero ser independente. Quero ter minha própria vida. Fazer as minhas escolhas e errar. Mas ela quer saber tudo que estou fazendo a cada segundo do dia. Sinto como se estivesse me afogando.

— *Ay, mi hija.* Tem tanta coisa que você não entende…

— Por que todo mundo me diz isso? Sou jovem, mas não sou burra.

— Não foi isso que eu quis dizer. É que sua mãe teve uma vida muito difícil. Você não tem ideia.

— Eu sei. Ela me lembra disso o tempo todo. Está sempre dizendo como trabalha tanto e que sou ingrata.

Tia Fermina fica em silêncio por um tempo.

— Tia? Tudo bem?

— O que eu vou te contar agora é só para você entender, para ter um pouco mais de compaixão com ela — diz, olhando para o céu. — Deus, me perdoe por isso.

Sinto meus músculos tensionarem. De repente, a ansiedade me domina.

— Como assim? O que foi? Me conta. Me conta logo.

Por fim, minha tia olha para mim.

— Você sabe como seus pais atravessaram a fronteira?

Já ouvi a história várias vezes. Amá foi embora com Apá contra a vontade da Mamá Jacinta. Eles encontraram um coiote. Quando chegaram ao Texas, um homem roubou todo o dinheiro que tinham. Eles ficaram em El Paso com um primo distante do Apá e trabalharam num restaurante até conseguirem juntar dinheiro suficiente para pegar um ônibus para Chicago. Isso aconteceu no meio do inverno e eles não tinham casacos. Amá conta que nunca sentiu tanto frio na vida. Achou que seus olhos iam congelar.

É tudo que eu sei.

— Sua mãe, *el coyote*... — Tia Fermina hesita, parecendo estar tentando descobrir como dizer. Ela começa a chorar. — Ele a levou...

— Para onde? — pergunto, alto. Não quis gritar, mas simplesmente saiu assim. — Para onde ele a levou? O que ele fez?

Aperto a mão dela com tanta força que acho que vou quebrar seus dedos.

Minha tia não consegue falar. Sinto a cabeça latejar. Um gato cinza malcuidado passa correndo pela gente.

— Não posso dizer. Não devia ter contado isso para você. Meu Deus, me perdoe.

Tia Fermina cobre a boca com a mão. Mas ela não precisa terminar de explicar.

— E o Apá? Onde ele estava? O que ele fez? — indago, ainda gritando.

— Eles o mantiveram parado com uma arma. Não pôde fazer nada.

Tia Fermina balança a cabeça.

— Não. Não. Não pode ser verdade. Não. Não pode...

Eu me sento no chão, perto de um formigueiro, mas não ligo. Sinto um peso em meu peito, meu corpo parece pesar mil quilos. Imagino o rosto de minha mãe manchado de lágrimas e terra, a cabeça de meu pai baixa, derrotada.

— E a Olga? E a Olga? Então ela era... Ela era...

Não consigo pôr as palavras para fora.

Tia Fermina une as mãos na altura do peito e assente.

— Olhe, *mi hija*, era por isso que eu queria que você soubesse. Para quando você e sua mãe brigarem, você saber o motivo, entender o que aconteceu. Ela não quer magoar você.

Naquela noite, só consigo pegar no sono de manhã. Fico deitada, pensando nos meus pais e em como mal conheço os dois. Acordo ao meio-dia com o corpo dolorido.

Como não tenho para onde ir, nenhuma obrigação, os dias se misturam. Não consigo diferenciá-los na maior parte do tempo. Acordo, tomo café da manhã, ajudo Mamá Jacinta a cozinhar e a limpar, então fico lendo e escrevendo. Depois que Belén volta da escola, ela e eu andamos sem rumo pela cidade, petiscando comidinhas gostosas até ficarmos cheias. Bem, pelo menos quando meu apetite não some. Às vezes, a gente encontra Esteban depois que ele sai do trabalho. Aí nos sentamos num banco ou damos voltas na praça até a hora de voltar para casa. Belén sempre nos deixa sozinhos por um tempo. Ela finge que precisa fazer alguma coisa, mas sei exatamente o que está fazendo.

Esteban nunca tentou me beijar, mas isso é tudo em que eu penso. Imagino seus lábios nos meus, as mãos passando pelo meu cabelo e descendo por minhas costas, o corpo contra o meu. Mas nunca faço nada. Eu me sinto tão assustada e vulnerável quanto um pássaro depenado. Ele disse que gostava de mim, mas e se não estivesse falando sério? E se Esteban achar que sou estranha? E se eu não for bonita o suficiente? Além disso, como eu poderia ficar com ele, com toda a cidade assistindo? Fico ali sentada como uma idiota, batendo papo e fazendo comentários bobos sobre animais, torcendo para não passar vergonha com meu vocabulário limitado em espanhol.

Hoje Esteban está de calça jeans, uma camiseta velha dos Beatles e um chapéu de caubói de palha. Gosto da combinação.

— De onde você tirou essa camiseta? — pergunto.

Ele sorri.

— Meu primo esqueceu lá em casa e eu fiquei com ela.

— Você gosta dos Beatles?

— Não muito.

— Você é estranho.

Um cachorro de rua cheio de sarna vem em nossa direção e começa a me cheirar. Esteban acha graça do meu comentário.

— Estranho, é? — indaga ele.

— É, todo mundo gosta dos Beatles.

— Parece que esse cachorro aí gosta de *você* — diz Esteban, apontando com o queixo.

— Ele não faz meu tipo.

Esteban ri.

— Você é uma bobinha, sabia? Então qual é o seu tipo?

— Prefiro quando são mais bem-cuidados, sem tantas pulgas.

Esteban sorri e dá uns tapinhas na minha mão. Quase suspiro e sinto meus olhos se arregalarem, surpresa. Estou tão nervosa que nem consigo me mexer. Ficamos sentados assim por alguns segundos, até Belén sair do mercado com a peça de carne que temos que levar para Mamá Jacinta fazer o jantar. Eu me levanto num pulo e vou embora sem olhar para Esteban, com o coração na boca.

Quando o sol se põe, Belén, minhas tias, Mamá Jacinta e eu assistimos a novelas. É só isso que as mulheres de Los Ojos fazem nessa hora. Todas ficam com os olhos grudados na TV. Eu poderia sair correndo, com meus cabelos em chamas, e nem notariam. Durante a abertura de *La Casa de Traición*, um programa horrível sobre uma família rica com um passado vergonhoso, a gente ouve gritos do lado de fora.

— *Hijo de tu pinche madre* — grita um homem. — Você me paga!

Belén põe a TV no silencioso e todas nos encaramos, confusas.

Não consigo entender os gritos. As únicas palavras que consigo identificar são *puto* e *piedras*. Alguém buzina. Pneus cantam. Um cachorro late.

A comoção para por alguns segundos e, quando achamos que acabou, os tiros começam. Todo mundo se joga no chão, até a coitada da Mamá Jacinta.

— De novo? Achei que isso tinha parado — diz ela. — Por quê, Deus, por quê?

Tia Fermina esfrega as costas dela e tenta acalmá-la, mas Mamá Jacinta chora e suspira. Está tão abalada que não pode ser consolada. Tia Estela faz o sinal da cruz várias vezes.

Todo mundo se arrasta para os fundos da casa. Sou a última a fazer isso. Olho pela fresta da porta antes de ir.

Dois corpos estão jogados no meio da rua.

Tia Fermina diz que precisa me dar uma *limpia* para me livrar do susto. Segundo ela, a família não pode me mandar para casa assim, depois do que aconteceu. O que minha mãe vai dizer? O pessoal aqui diz que "um susto" desses pode matar alguém. Chamo isso de "infarto", mas tudo bem. Vou topar essa história, se fizer todo mundo se sentir melhor.

Minha tia me leva para a despensa em que Mamá Jacinta guarda a comida extra. Tem sacos de farinha, feijão e milho espalhado pelo chão. Eu me deito em uma cama de armar pequena e, depois que me ajeito, tia Fermina faz vários sinais da cruz por todo o meu corpo com um ovo — começando pela cabeça e seguindo até meus pés. A casca fria contra a minha pele me tranquiliza. Quando pequena, eu não entendia muito bem o que era uma limpeza espiritual. Só sabia que envolvia um ovo, então imaginava que usavam um ovo provavelmente frito, o que deixava o recipiente engordurado e manchado de gema. Nossa, como eu era burra... Mas entendi quando vi minha família fazer isso com minha prima Vanessa, depois que ela quase foi atropelada por um carro. Pelo jeito, o ovo cru suga todas as porcarias que estão entupindo a nossa alma.

Tia Fermina sussurra as orações tão baixo que não consigo entender. Depois de fazer dezenas de sinais da cruz por todo o meu corpo, ela diz que está na hora de olhar o ovo para entender o que está cozinhando dentro de mim. Minha tia o quebra em um copo d'água e o leva à luz. A água se torna espessa e turva e, quando olhamos de perto, tem uma gota de sangue escuro no meio da gema.

— *Dios mío, mi hija* — diz minha tia, assustada. — O que está acontecendo com você?

Tenho que voltar para os Estados Unidos porque Mamá Jacinta está com medo de que os *narcos* continuem se matando. Depois de um ano e meio de certa paz, a violência voltou para a cidade. Ela me explica que preciso pegar o ônibus até o aeroporto, porque é muito menos provável que os *narcos* o parem. Seria perigoso para tio Chucho me levar até lá, já que o cartel está atrás do Andrés há anos.

— Por que o tio Chucho deu um envelope para aquele cara? Na festa da Paulina... — pergunto a Mamá Jacinta, antes de me deitar.

Ela suspira.

— É um suborno para deixarem Andrés em paz. Querem que o garoto trabalhe para eles, então aparecem de vez em quando. Dá para imaginar ter que trabalhar para aqueles animais? *Ni Dios lo mande*. Eles não têm alma e forçam um homem sem um tostão a lhes pagar assim. Seu tio é um caminhoneiro que se esforça para sustentar a família, ou o que sobrou dela. *Ay, Dios mío*, minha pequena cidade virou uma bagunça. — Mamá Jacinta pressiona a palma das mãos contra os olhos. — Por favor, não se preocupe com o que aconteceu, tente descansar. Logo você vai estar em casa. Não sabia que esse tipo de coisa ia acontecer, *mi hija*. Sinto muito. Achei que isso tinha acabado. Fazia muito tempo que não acontecia.

Ela faz o sinal da cruz e me dá um beijo de boa-noite.

— Tudo bem. Não é culpa sua — falo.

Parte de mim quer contar que sei o que aconteceu com Amá. A história pulsa em mim como outro coração, mas não sei se um dia vou poder dizer isso em voz alta.

Esteban diz que vai sentir minha falta, mas respondo que não vai, não. Até parece, ele mal me conhece. Mas ele apenas ri. Dá risada de quase tudo que eu digo, mesmo quando não estou tentando ser engraçada.

— Quem sabe eu encontro você do lado de lá — comenta ele, andando pela praça. — Talvez eu vá para lá em breve. Não posso trabalhar num hortifrúti para sempre. Não tem nada para mim aqui. Estou cansado desse lugar.

Ele olha em volta, enojado, e chuta uma pedra na direção da fonte vazia.

— Mas toma cuidado, por favor — peço. — A fronteira... A porcaria da fronteira. — Sinto uma onda de rebeldia se espalhar por mim. — É só uma grande ferida, um grande rasgo entre dois países. Por que tem que ser tão cruel? Não entendo. É só uma linha aleatória idiota. Como alguém pode dizer às pessoas se elas podem ou não ir e vir de um lugar?

— Também não entendo — diz Esteban, tirando o chapéu de caubói e olhando para as montanhas. — Mas sei que já cansei dessa vida.

— É besteira, um monte de besteira.

Cerro os punhos e fecho os olhos.

Esteban segura meu rosto com as mãos e me puxa para perto. A cidade inteira provavelmente vai ficar sabendo daqui a uma hora, mas eu não dou a mínima.

Choro baixinho no ônibus depois de me despedir da minha família. Não olho para fora porque, se vir Mamá Jacinta parada, me encarando — e tenho certeza de que ela vai estar lá —, vou chorar ainda mais. Depois de me dar a bênção, ela me entregou o desenho do Apá e disse que tem certeza de que eu vou cuidar bem da minha mãe.

"Você é uma moça linda, minha querida", elogiou ela. "Tenho certeza de que vai fazer coisas incríveis. Por favor, só se lembre de cuidar da minha filha."

Nunca imaginei que teria que proteger e cuidar de minha mãe. Não sabia que era meu trabalho.

"Pode deixar", respondi.

Afinal, como poderia não cuidar da minha mãe?

Tento dormir quando o ônibus dá partida, mas o homem à minha frente está roncando tão alto que acorda até a si mesmo de tempos em tempos. Seus roncos são tão profundos que parece que ele está sendo sufocado. Encaro a janela e analiso a paisagem amarelada e sem vida. Dizem que é a pior seca em dez anos. Em determinados pontos da estrada, vejo uma flor do deserto colorida ou cruzes brancas com rosas de plástico na beira da estrada. Por que será que tantas pessoas morrem aqui?

O sol começa a se pôr quando a gente se aproxima do aeroporto. As cores são tão lindas que os olhos quase doem. Sinto uma pontada no peito e me lembro do verso de um poema que li há muito tempo, sobre o medo ser o início da beleza. Ou alguma coisa assim. Não lembro muito bem.

Tem um burro morto num campo atrás de uma cerca de arame farpado. Suas pernas estão dobradas e rígidas, e sua boca, aberta, como se ele estivesse sorrindo quando morreu. Dois urubus voam em círculos acima dele.

23

AMÁ ME LEVA A UM RESTAURANTE EM CHINATOWN depois que me busca no aeroporto. Mal posso acreditar, porque nem lembro a última vez que comemos fora juntas. As mesas estão grudentas e o lugar fede a carpete velho, mas fico feliz por estar aqui com ela. Amá disse que uma colega de trabalho garantiu que o restaurante era bom, então talvez eu não deva julgar um livro pela capa.

A gente se senta à janela porque digo a Amá que quero olhar para a rua. A temperatura em Chicago finalmente está começando a subir — a maior parte da neve já derreteu, a não ser por algumas áreas sujas — e tudo parece mais brilhante, mais vivo. Um peixe vermelho com cara de mau está nadando em um aquário próximo ao caixa. Amá ri quando digo que acho que ele está fazendo cara feia para a gente.

— Sua avó me disse que você ajudou muito todo mundo lá — comenta Amá, sorrindo.

— Foi legal. Não tinha percebido o quanto sentia falta dela.

— Viu? Falei que você ia se sentir melhor.

— É, acho que sim. Mas o tiroteio foi assustador.

Respiro fundo.

— Sinto muito que você tenha passado por isso, *mi hija*. Tinham me dito que tudo estava calmo por lá. Fazia mais de um ano que nada parecido acontecia. Sabe que não teria deixado você ir se soubesse.

— Mas tudo bem, estou bem. Não é culpa sua.

— Seu professor me ligou na semana passada — conta Amá, tomando um gole de chá.

— Qual deles?

— O Ingman.

— Mas ele nem é mais meu professor. Por que ele ligaria para você? O que ele disse?

— Ele ficou sabendo que você ia faltar à escola por um tempo e ficou preocupado. Contei que você estava no México por causa de um problema de família e ele falou que era importante que você voltasse logo para se formar e ir para a faculdade. Não parava de dizer que você é a melhor aluna que ele já teve, que é uma escritora incrível. Eu não tinha ideia. Por que não me contou?

Sempre achei difícil explicar essas coisas para Amá.

— Eu tentei — falo. — De verdade.

— Sabe, eu mal estudei. Tive que sair da escola para ajudar a cuidar da minha família quando tinha treze anos. Eu não entendo muita coisa, *mi hija*. Você não percebe? Tem tanto que eu não sei... Queria que as coisas fossem diferentes. Sei que você me odeia, mas eu amo você com todo o coração. Sempre amei, desde que soube que estava grávida de você. Só queria que nada de ruim acontecesse. Eu me preocupo com você o tempo todo. Isso me consome de um jeito que você nem imagina. A única coisa que penso é em proteger você.

Amá começa a chorar. Ela seca os olhos com a ponta do guardanapo.

— Não odeio você, Amá. Óbvio que não. Por favor, não diga isso.

A garçonete traz nossa comida. Adoro frango agridoce — é uma comida que me faz salivar como um cachorro —, mas não estou mais com fome. Amá, obviamente, pediu um prato de legumes cozidos no vapor. Olho para o teto, tentando não chorar, mas não adianta. Todo mundo pode assistir, se quiser.

— Sei que não sou a melhor mãe — diz ela. — É que você é muito diferente, Julia. Nunca sei como lidar com você e, depois que sua irmã morreu, não tinha ideia do que estava fazendo. Quando descobri que você já está tendo relações, fiquei com muito medo de acabar como a Vanessa, sozinha e com um filho. Não quero que você tenha essa vida. Quero que tenha um bom emprego e se case. — Amá respira fundo. — Andei falando com o padre. Ele tem me ajudado a entender tudo isso melhor. — Ela segura minha mão. — Me desculpa. De verdade. E... e... eu sei que o que aconteceu com a sua irmã não foi culpa sua. Nunca devia ter dito aquilo. Estou tentando me reerguer, mas é muito difícil, *mi hija*.

Não consigo olhar para Amá sem pensar na fronteira. Fico a imaginando no chão, gritando, e Apá com uma arma apontada para a cabeça. Não acho que um dia eu vá conseguir contar a ela que sei. Mas como viver com esses segredos entre nós? Como amarrar cadarços, escovar o cabelo, tomar café, lavar a louça e dormir fingindo que está tudo bem? Como podemos rir e nos alegrar apesar das coisas enterradas, que continuam crescendo dentro de nós? Como fazer isso todos os dias?

— Me desculpa também — digo, por fim. — Desculpa por te magoar. Desculpa por querer morrer.

Amá me devolve o celular quando volto para casa, então decido ligar para Connor. Sinto falta dele e do Esteban. O *amor*, ou seja lá o que for — não sei o que estou sentindo —, é confuso. Será que é normal amar duas pessoas?

Quando ligo o celular, vejo que tem quinze mensagens e onze recados, todos de Connor. A maior parte deles é igual: "Espero que você esteja bem. Estou com saudade. Por favor, me liga."

Respirando com dificuldade, ligo para ele. Connor atende, e eu quase desligo.

— Minha nossa, é você — diz ele.

Estou tão nervosa que minha voz falha.

— Como você está? — pergunta. — Liguei um milhão de vezes. Por que você não atendeu? Achei que já estivesse com seu celular.

— Eu estava no México.

— O quê? No México? O que você estava fazendo lá?

— É uma longa história. Posso explicar quando a gente se encontrar. É complicada demais para contar pelo telefone.

— Achei que você me odiasse.

— Não odeio, nem um pouco.

— Ainda quero ajudar com o notebook da sua irmã, sabe?

— Obrigada. Eu agradeço. Mas, bem... É outra coisa que prefiro explicar quando a gente se encontrar.

— Olha, eu senti saudade. Desculpa por aquele dia.

— Tudo bem. A culpa foi minha, eu devia ter deixado você terminar de falar. Não devia ter desligado. E também senti saudade. Tenho tantas histórias para contar... Uma delas é sobre um casal de cavalos, que são casados.

Connor ri.

— Parece uma história meio doida.

— Você não tem ideia. Pode me encontrar na livraria amanhã, às cinco e meia? A gente pode cheirar livros juntos.

Não sei se Amá vai me deixar ir, mas tenho que dar um jeito de ver Connor de novo. Quando desligamos, me aproximo de Amá à mesa da cozinha. Ela está olhando para uma pilha de contas.

— Amá — chamo, baixinho. — Tudo bem se eu sair com a Lorena amanhã?

Não posso contar a ela sobre Connor, então não tenho outra escolha a não ser mentir. Prendo a respiração, esperando que ela diga não.

Amá esfrega as têmporas.

— Aonde vocês vão?

— Não sei, ao centro, acho. Ao parque. A qualquer lugar que não seja aqui. Não a vejo há muito tempo.

Amá fica quieta por um tempo. Parece estar pensando muito, levando os dedos à testa.

— *Ay, Dios* — diz ela, por fim.

— Por favor.

— Tudo bem, mas você tem que voltar antes que escureça — pede Amá, aparentando sentir dor ao falar.

Já que Amá está se esforçando para ser uma mãe melhor, decidi tentar ser uma filha melhor, então aceito ir a um grupo de oração da igreja. É no mesmo porão da minha *quinceañera* e, quando desço a escada, me lembro daquele dia terrível. Espero que Amá não esteja pensando nisso, mas tenho quase certeza de que está. Como poderia não pensar?

As coisas mais legais no grupo são o café e os biscoitos gratuitos, que eu corro para pegar. Tem poucas coisas melhores na vida do que wafer de baunilha mergulhado no café com leite.

A líder do grupo é uma mulher de meia-idade chamada Adelita. Ela está com um colete de fleece brega e seu cabelo é curtinho, o corte que muitas mulheres usam quando ficam mais velhas (não entendo por que isso é uma exigência quando chegamos à meia-idade). Adelita começa com um Pai Nosso e acrescenta uma oração própria no fim.

— Espero que todos aqui encontrem o amor e a compreensão que estão procurando. Deus vive em cada um de vocês — diz ela.

Adelita conta sobre o filho de dez anos, que morreu depois de uma longa e dolorosa batalha com a leucemia. Apesar de fazer quinze anos, a morte dele ainda a assombra todos os dias, explica ela. Quando começa a descrever a amputação da perna dele, uma lágrima escorre pelo meu rosto, contra a minha vontade.

— Você está bem, *mi hija*? — sussurra Amá, colocando a mão em meu joelho.

Assinto.

O próximo é um homem chamado Gonzalo, que usa calça de uniforme azul e uma camiseta do Pernalonga que provavelmente tem desde os anos 1990, o que me deixa mais deprimida ainda. Mas ele conta ao grupo que o filho é gay e que não sabe como perdoá-lo.

— Perdoá-lo pelo quê? — pergunto, quando ele termina.

— Julia, fica quieta — pede Amá.

Já estou envergonhando minha mãe, como sempre.

— Tudo bem se quiser fazer perguntas — lembra Adelita.

— É que eu não entendi — continuo. — Ser gay não é uma escolha. Você não sabe disso?

— Como você não entendeu? — pergunta Gonzalo, muito irritado, com os punhos cerrados e o rosto vermelho. — É pecado!

Qualquer compaixão que tenha sentido por ele e a camiseta do Pernalonga se evapora.

— Tenho certeza de que, se pudesse, seu filho faria qualquer coisa para não ter que lidar com você. Jesus não dizia que temos que amar a todos? Isso não é a base do cristianismo? Ou será que entendi errado?

Se continuar falando, acho que Gonzalo vai me dar um soco na cara, então paro. Sinto Amá tremer de raiva ao meu lado, mas ela fica em silêncio. Quando chega a vez dela, já ouvimos falar sobre traições, mortes, filhos LGBTQIA+ violentados, falência e deportações. Minha alma é uma poça aos meus pés.

— Como vocês sabem, eu perdi a Olga há quase dois anos — começa minha mãe. — Sempre penso nela. Não deixo de sentir a ausência dela nem por um segundo. Olga era minha companheira, minha amiga. Não sei quando vou voltar a me sentir eu mesma. Parece que fui cortada ao meio. E a Julia aqui, minha linda filha, que eu amo muito, é tão, tão diferente de mim. Sei que ela é uma pessoa especial. Sei que é inteligente e forte, mas a gente nem sempre se entende. A Olga, por exemplo, sempre queria ficar em casa com a família, adorava ficar perto da gente, mas a

Julia nunca consegue sossegar. — Amá assoa o nariz. — Onde eu cresci, as mulheres tinham que ficar em casa e cuidar da família. O modo como as mulheres vivem neste país, tendo relações com *cualquier uno* e morando sozinhas... Não entendo. Talvez meus valores sejam diferentes demais. Não sei.

Amá olha para o lencinho amassado em sua mão. Ela não tem ideia de quem era Olga, mas como vou contar isso a ela? Será que tenho esse direito?

— Não é assim que eu quero viver, Amá. — Não sei se eu deveria falar, mas não consigo evitar. — Desculpa, mas não sou a Olga e nunca vou ser. Eu amo você, mas quero uma vida diferente. Não quero ficar em casa. Não sei se quero me casar e ter filhos. Quero ir para a faculdade, quero ver o mundo. Quero tantas coisas que às vezes nem sei se aguento. Parece que vou explodir.

Amá não diz nada. Ficamos sentados em silêncio por alguns instantes até Adelita pedir que todos deem as mãos para a oração de encerramento.

Quando meus pais estão dormindo, vou até o quarto da Olga tentar terminar de ler os e-mails dela. Descubro que realmente deixei o notebook desbloqueado, o que é um grande alívio. A internet do vizinho é lenta, mas pelo menos funciona. Desta vez, leio os e-mails mais recentes. Não tenho paciência para seguir a ordem. A maioria das mensagens é igual: os dois planejavam quando iam se encontrar, Olga reclamava da mulher dele e perguntava quando ele ia se separar, e o cara prometia que ia largar a esposa. Às vezes, implorava pelo perdão dela, às vezes não. Os e-mails se repetem, com pouca variação. Os dois nunca usavam seus nomes nem mencionavam locais específicos. Imagino que o HC a que se referem seja o Hotel Continental. Pelo que entendi, parece que os filhos dele estão no ensino médio, o que significa que têm quase a idade da Olga. Tenho certeza de que ele é casado há vinte anos, já que dizia isso a Olga o tempo todo, como se justificasse alguma coisa.

Como ela aguentou essa situação por tanto tempo? O que achou que fosse acontecer? Esse é um lado da Olga que nunca vi: desesperada, grudenta e iludida. E eu achando que ela fosse uma santa, passiva e complacente, que deixasse o mundo passar por cima dela, quando, na verdade, Olga estava deixando o mundo passar por ela enquanto transava com um cara mais velho e casado, torcendo para que um dia ele largasse a esposa. Desperdiçou quatro anos com ele — dos dezoito, quando começou a trabalhar no consultório, até o dia em que morreu. No que ela estava pensando? Não à toa estava tão feliz aqui. Não à toa nunca se esforçou para ir embora e fazer faculdade. Ela estava esperando e teria esperado para sempre. De repente, me dá um clique. Decido conferir a caixa de e-mails enviados. Talvez Olga tenha mandado algum e-mail que ele não respondeu.

losojos@bmail.com
17h05 (5 de setembro de 2013)

O ultrassom foi ontem. Por que você não apareceu? Deixei a imagem na sua mesa, se quiser ver.

Minha irmã morta ia ter um filho.

24

LIGO PARA O HOTEL EM QUE ANGIE TRABALHA E desligo ao ouvir a voz dela. Dois trens depois, chego ao hotel. É bastante luxuoso e cheio de homens de terno e mulheres superarrumadas, de salto alto. Tudo brilha tanto que chega a incomodar: quase consigo ver meu reflexo no chão de mármore. Uma senhora de meia-idade, nariz pontudo e casaco caro faz uma careta quando entro no saguão, como se eu não pertencesse ao lugar, como se minha existência a ofendesse ou algo assim. Sorrio e aceno para ela, torcendo para que a mulher perceba minha ironia.

Queria saber quanto custa uma diária aqui. Provavelmente centenas, talvez milhares de dólares.

Angie está na recepção, como eu imaginava, usando um terninho azul-marinho que faz ela parecer dez anos mais velha. Seu cabelo bagunçado está preso num rabo de cavalo apertado, sua maquiagem é suave.

Talvez as regras exijam que as mulheres se vistam da maneira mais apagada possível.

Angie fica surpresa ao me ver.

— Minha nossa! O que você está fazendo aqui? — pergunta ela, colocando o telefone no gancho.

— É muito bom ver você também, Angie. Já faz tempo, né?

Angie suspira.

— Como você está?

— Ah, eu estou ótima.

— Não posso falar agora. Estou trabalhando, como pode ver.

Ela esfrega a nuca e olha em volta, nervosa.

— Então você não tem tempo para conversar comigo sobre a gravidez e o namorado casado da Olga? — pergunto, sorrindo.
— O quê?
— Você me ouviu.
— Vamos tomar um café. — Angie pega a bolsa e se vira para a colega loira que está na outra ponta do balcão. — Melissa, eu já volto. Vou só tirar um intervalo rápido.

Nos sentamos a uma mesa no canto da cafeteria do outro lado da rua. Angie vasculha a bolsa e passa outra camada de batom, usando o celular como espelho. Ela fica em silêncio. Deve estar esperando que eu comece, então apenas tomo um gole do meu café e a deixo ansiosa por um tempo.

— Por que você não me contou? Você sabia o tempo todo — digo, por fim. — Por que fez isso? Sou irmã dela, Angie.

— O que você ia ganhar com isso? Ela se foi, e nunca mais vai voltar. Que diferença faria? Por que sua família ia querer saber isso? Essa história ia deixar todo mundo arrasado. Talvez você seja jovem demais para entender, Julia, mas as pessoas nem sempre precisam saber a verdade.

— Por que todo mundo continua me dizendo isso? Não sou idiota. Tenho cérebro, e é dos bons. E uma hora meus pais teriam ficado sabendo. Como ela ia esconder um bebê? "Ah, não repara nessa criança, não. Foi o resultado de uma concepção imaculada." Só me diga quem é o cara. Sei que ele trabalhava no consultório. Você precisa me contar. Ele era um dos médicos, não era?

Angie balança a cabeça.

— Olha, passei anos tentando fazer com que Olga largasse esse homem, mas ela não queria. Ninguém teria conseguido impedi-la. Ela estava *muito* envolvida. Você não tem ideia. Era óbvio que ele só a usava porque era infeliz no casamento, mas Olga não conseguia ver isso, mesmo que eu tentasse explicar.

— Até comecei a achar que vocês duas eram um casal — revelo. — Não sabia no que acreditar.

— Uau. Sério? Eu e a sua irmã?

— Podia ser. Eu sabia que você estava escondendo alguma coisa de mim. Além disso, vocês estavam sempre juntas.

Angie faz careta.

— Quando você descobriu sobre o bebê? — pergunto.

— Espera... Como você ficou sabendo disso tudo? — Ela põe as mãos na mesa.

— Li os e-mails dela.

— Bem, isso é meio bizarro.

— Mais bizarro do que guardar esse segredo? Do que me deixar pensar que estava ficando maluca por sentir que tinha alguma coisa errada?

— Mas por que você quer saber quem é? — indaga Angie. — O que vai fazer quando descobrir?

— Porque eu mereço saber. Porque, pelo jeito, eu não tinha a menor ideia de quem a Olga era. Acho que ninguém tinha, a não ser você e o velho que ela pegava. Por que ela vivia desse jeito? Por que não podia simplesmente ter um namorado comum e ir estudar longe daqui? Não entendo.

—Você sabe que a Olga não queria se afastar dos seus pais. Ela teria feito qualquer coisa por eles. Sempre quis ser uma boa filha.

Eu me pergunto o que mais a Angie sabe. Tento ler a expressão dela, mas não sei o que pensar.

— Eles têm que saber disso — declaro. — Não é justo comigo nem com eles. Como vou carregar esse segredo pelo resto da vida?

— Eu sinto muito, Julia. Entendo que dói, juro, mas isso não é sobre você. O importante é proteger as pessoas que ainda estão vivas. Por que você ia querer causar mais dor à sua família?

— Porque a gente não devia viver uma mentira — replico. — Porque eles merecem saber. Porque sinto que vou explodir se não contar. Não consigo pensar em outra coisa. Estou cansada de fingir e deixar as coisas apodrecerem dentro de mim. Guardar as coisas para mim quase me matou, literalmente. Não quero mais viver assim.

— Do que você está falando?

— Deixa para lá.

Parte de mim se pergunta se Angie está certa. Quem sou eu para fazer isso com a minha família? Mas eu odeio a sensação de que o peso disso vai fazer meu coração afundar.

Angie enxuga as lágrimas com a palma das mãos.

— Algumas coisas não devem ser ditas, Julia. Você não entende isso?

Pego outro trem até Wicker Park para encontrar Connor na livraria. Assim que me vê, ele me entrega um livro antigo de fotografia e me pergunta que cheiro tem. Eu o pressiono contra o rosto.

— Hum... De um senhor triste que olha pela janela conforme a chuva cai... Ele lamenta um momento na estação de trem. É, é isso.

Connor ri.

— Uau, isso foi bem específico — comenta ele. — Está de chapéu?

— Aham. Um chapéu *pork pie*.

— É bom te ver — diz ele, me abraçando.

— É ótimo ver você também. Cortou o cabelo...

O cabelo castanho e bagunçado de Connor agora está curto e arrumado. Faz ele parecer mais velho.

Connor dá de ombros.

— É, um belo dia me cansei.

— Eu gostei — falo. — Você está muito elegante.

Nós andamos pela livraria e contamos o que aconteceu nas últimas semanas. Estamos rindo e conversando tão rápido que as pessoas nos encaram como se a gente fosse louco. Falo sobre Isabela e Sebastián, sobre os gatos gays, o tiroteio, os desenhos de Apá, o cara que Olga ficava... Quase fico sem fôlego, tentando incluir tudo. Mas não conto sobre o hospital. Ainda não estou pronta para falar sobre isso.

Depois da livraria, vamos andando até o 606. Uma das melhores decisões que a cidade já tomou foi converter uma antiga linha de trem num parque elevado. O lugar se estende por quatro quilômetros — do parque Wicker ao Humboldt — e tem uma vista incrível da cidade. Mesmo com o frio de hoje, várias pessoas estão caminhando e correndo, algumas com carrinhos de bebê e cachorros. As árvores e arbustos estão basicamente sem folhas, mas vejo alguns pontos verdes surgindo. Connor e eu caminhamos por muito tempo em silêncio. Observo o grafite numa fábrica abandonada e de repente ele pega minha mão e a aperta.

— E o que mais você tem feito? — pergunto. — Alguma garota nova na sua vida?

Não sei por que pergunto isso. Às vezes solto umas coisas idiotas quando estou nervosa.

Connor balança a cabeça e ri, mas não responde. Uma onda de ciúme me domina, apesar de eu estar tentando me acalmar. Afinal, eu fiquei a fim do Esteban e estaria mentindo se dissesse que não sinto saudade dele.

— Você já recebeu alguma resposta das faculdades? — pergunta ele.

— Não, ainda não. E você?

— Fui aceito na Universidade Cornell — revela Connor, sorrindo.

— Minha nossa! Parabéns!

A gente dá um toca-aqui.

— É, era a minha primeira opção. Estou muito animado.

— Eu me inscrevi em algumas universidades de Nova York, então talvez a gente fique no mesmo estado.

— Posso te visitar. Podemos ir a museus, ao Central Park, comer em todos os restaurantes de Manhattan... Ah, e a gente pode visitar todos os marcos de O *apanhador no campo de centeio*. Seria tão legal.

— Primeiro vamos ver se vou ser aceita.

— É lógico que vai. Você sabe que sim — declara Connor.

Um homem de rabo de cavalo passa pela gente correndo.

— Obrigada.

O sol começa a se pôr. A luz alaranjada marca os contornos de uma nuvem gigantesca. Adoro ver o pôr do sol. Sempre fico impressionada com o fato de algo tão lindo acontecer todo dia.

Ficamos em silêncio por bastante tempo.

— E agora? — pergunto, por fim.

— Como assim?

— Não sei.

Solto uma risada nervosa.

— Só sei que senti sua falta — diz Connor, sorrindo e me abraçando. — E eu estou feliz em ver você.

—Também senti sua falta. Mas o que vai acontecer agora?

— Nós dois vamos fazer faculdade fora da cidade, não é? Então vamos aproveitar sem pensar muito. É o que faz sentido para mim.

Pombos voam acima de nós. Connor segura minhas mãos.

—Você tem razão — digo, apesar de não ser a resposta que eu queria ouvir.

25

A MENSTRUAÇÃO DA LORENA NÃO DESCEU ESTE mês e ela está morrendo de medo de estar grávida. Fez um teste de farmácia, mas o resultado foi confuso, então ela marcou um médico para ter certeza.

Fiquei só duas semanas no México, mas muita coisa aconteceu. Lorena acha que pode estar grávida, Juanga está com um novo namorado gato e o sr. Ingman ficou noivo da srta. López. Não sei por que fico surpresa que o mundo não tenha parado só porque eu não estava aqui.

No caminho até a clínica, o trem está tão lotado que a bunda de um homem fica bem do lado do meu rosto. Lorena não para de balançar as pernas. Ela está fingindo tranquilidade, mas eu *sei* que está nervosa.

— Tem certeza de que você não vai contar ao Carlos se der positivo? — pergunto.

— Por que eu faria isso? Eu conheço bem o Carlos, ele vai querer que eu tenha o bebê. Vai ficar todo emocionado e chorar ou alguma coisa assim. Só que eu não vou ter esse bebê de jeito nenhum. Tipo, eu quero dar o fora de casa e fazer alguma coisa da minha vida, sabe? E eu nem gosto de crianças. São nojentas.

— É, eu também não teria um bebê agora — concordo. — Vejo minha prima com a filha dela e parece terrível. Acho que ela nem vai conseguir terminar o ensino médio. Que tipo de emprego vai conseguir sem um diploma?

— Um bem ruim.

Lorena balança a cabeça.

— Beleza, então digamos que você esteja *mesmo* grávida — falo. — Onde vai conseguir o dinheiro para o procedimento? Quer dizer... Eu sei que é caro.

— O José Luis tem dinheiro guardado numa das botas dele no guarda-roupa. Acha que eu não sei. Idiota.

— Mas ele vai descobrir. E o que você vai fazer?

— Sinceramente? Não estou nem aí.

Lorena olha para suas unhas vermelhas descascadas.

Um homem sentado à nossa frente tira um garfo de seu saco de lixo e o usa como microfone. A senhora ao lado dele se levanta e vai para outro assento quando, de repente, o cara começa a cantar "Thriller", do Michael Jackson. Todo mundo no vagão fica irritado. Lorena e eu olhamos uma para a outra e rimos. Trens são nojentos, mas pelo menos são divertidos.

As pessoas reunidas do lado de fora da clínica gritam quando nos aproximamos. Todos seguram cartazes que dizem coisas como ABORTO É ASSASSINATO e MAMÃE, POR QUE VOCÊ QUER ME MATAR?, uma idiotice. Tem até algumas crianças segurando fotos de fetos cheios de sangue. Qual é o problema dessas pessoas?

— A gente pode cuidar do seu bebê! — berra uma mulher magra de cabelo curto e dentes tortos. — Não faça isso! Você vai queimar no inferno!

— Sai da nossa frente — digo. — Juro por Deus, moça. Não vem mexer com a gente.

— Jesus ama seu bebê! — grita outra pessoa.

— Você nem sabe por que a gente veio aqui, então por que não cala essa boca? — berro de volta.

Sinto meu coração disparar e minhas mãos ficarem fracas. Quem são essas pessoas para julgar alguém?

— Calma, Julia — diz Lorena. — Esquece essa gente.

★ ★ ★

Vinte minutos depois, Lorena sai do consultório com um sorriso gigante no rosto. Eu me levanto e deixo o livro cair do meu colo.

— O que foi? Deu negativo? — sussurro.

Lorena assente, dando um sorriso.

— Ai, ainda bem — digo, soltando um suspiro de alívio.

Saímos da clínica, e Lorena começa a pular e me dá um toca-aqui. Acho que ela estava tentando se conter na frente das outras pessoas que talvez não tenham a mesma sorte. O pessoal com os cartazes olha para Lorena como se ela fosse um monstro. Faço um "valeu" com a mão e sorrio para eles.

— Minha nossa, isso foi assustador! — exclama Lorena. — Acho que a gente devia comemorar.

Ela anda de um lado para o outro na calçada, esfregando as mãos.

— Como? A gente não tem dinheiro. O que dá para fazer? Dividir um cachorro-quente?

— Bem...

Lorena faz uma expressão culpada.

— O quê?

— Peguei o dinheiro do José Luis, só por garantia.

— Você o quê? É sério?

— Não queria correr riscos. E se eu precisasse e ele tivesse gastado? Onde eu ia conseguir quinhentos dólares? Olha, eu quero fazer uma coisa divertida pelo menos uma vez na vida. E não estou nem aí para o José Luis. Ele que se dane. O que você sempre quis comer?

— Ai, minha nossa, Lorena. Você é doida. Tem certeza?

— Confia em mim, por favor. Quero fazer isso. — Lorena me balança pelos ombros. — Vai ser divertido. Quando vamos ter outra oportunidade assim?

— Droga. Não sei. Que tal frutos do mar? É bem caro, né?

— Um brinde a não estar grávida — digo, erguendo meu copo d'água. — Mas, por favor, usa camisinha. Promete?

— Está bem, está bem. Eu sei. Prometo. Aprendi a lição. Nunca mais.

Ficamos observando os barcos velejarem pelo rio Chicago. O dia está perfeito para ficar perto da água e gastar um monte de dinheiro em pratos chiques.

A garçonete traz uma cestinha de pão, e eu e Lorena nos encaramos, confusas, até vermos o casal ao lado mergulhar o pão no azeite.

— É assim mesmo que a gente tem que comer? As pessoas comem azeite assim? — sussurro, apontando para a mesa deles com a cabeça.

Lorena parece perplexa e dá de ombros.

Despejo azeite no meu prato.

— Então você e o Connor voltaram? Ou o quê? — pergunta ela.

— Bem, não exatamente. Não sei o que somos. Gosto muito dele, mas parece que Connor não quer compromisso, o que me chateia um pouco. Por outro lado, eu também gostava do Esteban. Ainda gosto. Mas nunca vai dar certo porque a gente nem mora no mesmo país. Que saco, namorar é complicado.

— Nem me fale — concorda Lorena, tomando um gole de Coca-Cola e olhando para o rio por alguns segundos. — Quero conhecer esse garoto. Manda uma mensagem para ele.

— Tem certeza?

— Por que não? Eu devia poder conhecer seu namorado.

— Acabei de dizer que ele não é meu namorado, mas vou perguntar mesmo assim — respondo.

Mando uma mensagem para Connor.

Ficamos em silêncio por um tempo.

— A Olga estava grávida quando morreu — solto.

Queria esperar outro momento, mas o segredo passou o dia todo crescendo dentro de mim como um balão.

— Como assim? — pergunta Lorena, se inclinando na minha direção.

— Dei uma olhada no notebook dela. Achei a senha, depois li vários e-mails dela para um homem mais velho, casado. Não tenho ideia de quem ele seja. A comunicação era cheia de códigos. Era como se os dois morressem de medo de que alguém fosse descobrir. Nem usavam o nome um do outro nem nada.

Os olhos de Lorena se arregalam.

— Não, a Olga não faria isso. É impossível. Você está brincando!

— Pois é, eu *sei*!

É tão ridículo que quase me faz dar risada. Minha irmã santinha tinha um caso com um cara casado.

— E os seus pais não sabem? — questiona ela.

Balanço a cabeça.

— Imagina só?! — indago.

— Ai, minha nossa. — Lorena cobre a boca. — Você vai contar? O que vai fazer?

Um barquinho azul chamado *Srta. Comportada* passa por nós.

— Ainda não decidi. Não sei o que fazer. Quer dizer, por um lado... Pra quê, né? Isso só vai magoar os dois. Olga morreu e nada vai mudar isso. Por outro lado, será que eles não merecem saber quem ela era? *Você* não ia querer saber? Tem segredos demais na minha família. Não parece certo. Por que as pessoas sempre mentem para si mesmas e umas para as outras? Nossa, eu não sei. Fico mudando de opinião. Acabei de descobrir isso e esse assunto está me consumindo. Sinto que vão descobrir uma hora, não importa o quanto eu tente esconder.

— E ela queria o bebê?

— Espera. A garçonete não para de olhar para a gente — comento, apontando para o lugar em que a mulher está parada. — Acho que ela está com medo de a gente não pagar a conta.

Lorena tira o maço de dinheiro da bolsa e acena para a garçonete.

— Problema resolvido — diz ela. — Agora, continue.

Solto uma risada. Isso é a cara da Lorena.

— Ela fez um ultrassom, então acho que sim. Além disso, a Olga era muito católica. Com certeza teria tido o bebê. Não tenho dúvida.

A garçonete de repente chega com nosso prato gigantesco de frutos do mar. Eles têm o cheiro do oceano. Não sei o que grande parte da comida é, mas vou experimentar tudo até ficar enjoada.

— Acho que você devia contar — diz Lorena, ainda em choque. — Era a filha deles, né?

Lorena cutuca um caranguejo com um garfo.

— Como a gente tira a carne desse troço? — pergunta, derramando um pouco de manteiga na toalha branca.

— Mas você não ia contar para o Carlos nem para sua mãe se estivesse grávida — falo. — Por que nesse caso é diferente? Acha que alguma coisa boa pode sair disso? Você sempre me disse para seguir a vida e parar de pensar na minha irmã.

Lorena fica sem resposta.

Depois do almoço, Connor nos encontra na esquina da LaSalle Street com a Wacker Street. Já imaginava que Lorena não ia gostar dele porque Connor mora num bairro chique, mas fico surpresa com a careta que ela faz.

— Para — sussurro quando Connor não está olhando. — Por que me pediu para chamar ele, então?

— O que foi? O que estou fazendo? — pergunta ela, fingindo estar ofendida. — Queria conhecer o garoto.

— Fala sério, você sabe muito bem o que está fazendo.

Nós três caminhamos ao longo do rio em silêncio até acharmos uma cafeteria. Lorena pede a bebida mais doce e complicada do cardápio, e eu e Connor pedimos café com leite.

— Então, bem… — diz Connor, quando nos sentamos numa mesa do lado de fora. — A Julia me disse que você é muito boa em ciências.

— Aham.

Lorena parece estar morrendo de tédio. Ela mistura a bebida com o canudo e observa o rio.

— Ela sempre me ajuda com as tarefas de física — comento, sorrindo, tentando aliviar a tensão. — Nunca sei o que estou fazendo nas lições. E eu ajudo a Lorena com inglês.

— E que faculdade você vai fazer? — pergunta ele, tomando um gole de café.

— Ainda não decidi — diz ela. — Alguma que seja barata e tenha curso de enfermagem. É tudo muito caro e alguns de nós não podem depender dos pais.

Lanço um olhar mortal para Lorena.

Connor assente e se levanta.

— Já volto — fala ele. —Vou ao banheiro.

— Por que você está sendo tão grossa? — questiono depois que Connor entra na cafeteria.

— Não sei do que você está falando.

Lorena dá de ombros.

— Parece que você odeia o garoto. Não entendo. Qual é o problema?

— Como posso odiar uma pessoa que nem conheço? Não seja ridícula. Só sei que ele mora em Evanston, que os pais dele são ricos e que você teve sua primeira vez com ele. É isso.

— E eu gosto muito dele, sabia?

—Tudo bem, eu entendo. Mas você acha mesmo que ele não menospreza a gente? Não acha que olha para a gente sem achar que somos da periferia? Só não quero que você acabe magoada. Dá para ver que ele tem dinheiro. Olha, você tinha razão, talvez a gente não devesse ter se encontrado.

— Mas o Connor não é assim — digo, olhando para meu café. — Ele não é nem um pouco assim.

— Ah, por favor, não seja idiota — responde Lorena, tomando o resto da bebida. —Você sabe que todos são assim.

26

DEPOIS DA ESCOLA, PEGO OS MESMOS ÔNIBUS que Olga pegou para ir trabalhar no dia em que morreu. Não sei muito bem o que vou fazer quando chegar ao consultório, não tenho um plano. Só espero aparecer e, sei lá como, descobrir quem é o cara que engravidou minha irmã.

Fico sentada na sala de espera lendo a lista de médicos sem parar. Não vou conseguir descobrir quem ele é desse jeito. Depois de ficar vinte minutos me observando fingir esperar, a recepcionista pergunta se pode me ajudar. Queria saber se foi ela que entrou na vaga que era da minha irmã. A mulher me lembra um gambá — talvez sejam os dentes —, mas é bonita de certa forma.

— Hum, eu gostaria de marcar uma consulta com... a dra. Fernández.

— Você já se consultou com ela?

— Não.

— Vou precisar da carteirinha do plano, por favor.

— Não trouxe.

— Qual é o seu plano de saúde?

— Não sei direito.

É uma resposta idiota, óbvio.

— Não acho que possa ajudar você, desculpe. Talvez devesse voltar com seus pais — sugere ela, sorrindo.

Tento descobrir o que vou fazer, e de repente vejo um homem de terno entrar no consultório. É ele. É o cara que estava no velório da Olga, que ficou chorando no fundo. O homem de terno cinza e relógio caro. Acho que ele não era meu tio, então.

— Olá, dr. Castillo — cumprimenta a recepcionista. — Seu filho deixou um recado há uns cinco minutos.

— Obrigado, Brenda.

Eu me agacho e finjo procurar alguma coisa na mochila até ele sair da sala.

— Acho que me enganei — falo, e saio correndo de lá.

O consultório fecha às cinco e meia, então fico esperando do lado de fora até o homem sair. Às 17h45, quando começo a pensar em ir para casa, vejo o dr. Castillo. Parece um homem poderoso, de terno preto e segurando uma pasta de couro. Com certeza é velho, mas dá para entender por que Olga se sentiu atraída por ele: a expressão corporal é vigorosa, magnética.

O que vou dizer? Por que estou fazendo tudo isso?

Respiro fundo algumas vezes e corro atrás dele antes que entre em uma BMW preta.

— Ei! Ei! — grito, antes que ele feche a porta.

— Posso ajudar, mocinha? — pergunta, com um leve sotaque que não consigo identificar.

Ele deve saber quem eu sou. Dá para ver pelo incômodo estampado em seu rosto, pelo modo que desvia o olhar, como se procurasse uma saída.

— Sou irmã da Olga.

— Meu Deus! — exclama ele. — Sim, sim. Meus pêsames. A Olga era uma funcionária maravilhosa. Todos nós sentimos muito a falta dela.

— É, tenho certeza que sim. Já que você engravidou minha irmã e fez a coitada pensar que ia se casar com ela, né? E aí... e aí ela morreu.

Dr. Castillo suspira e olha para o chão.

— Por que você fez isso? — pergunto, espantada com minha própria raiva.

— Por favor, me deixe explicar. Eu dou uma carona para você.

Ele me guia até o lado do passageiro com a mão em meu ombro, um gesto tranquilizador, apesar de eu achar que o odeio. Ele tem cheiro de perfume e loção pós-barba, como um homem, como o sr. Ingman.

A lanchonete está quase vazia. Nós dois ficamos em silêncio por um bom tempo. Não sei por onde começar.

— Olha… — diz ele, por fim. — Sei que você está chateada, mas quero que saiba que eu amava a sua irmã.

— Mas você é casado e a Olga só tinha vinte e dois anos. Isso é nojento… Quantos anos você tem, cinquenta?

— Quando for mais velha, vai entender que tudo é muito mais complicado do que imagina. A gente planeja a vida inteira e as coisas nunca saem do jeito que a gente quer.

O dr. Castillo parece estar falando consigo mesmo.

— Me diga quantos anos você tem.

— Não importa.

Ele coça o pescoço e olha para trás.

— Para mim, importa — rebato.

— Quarenta e seis.

— Você é mais velho do que meu pai. Isso é *muito* bizarro. Nossa.

Mal consigo olhar para ele.

— A vida é muito complicada. Um dia, você vai ver.

— O que tem de tão complicado no fato de você ter mentido e se aproveitado da minha irmã? Você nunca ia se divorciar, ia?

— Eu queria me casar com a Olga. Juro que sim. Ainda mais depois…

Ele esfrega o rosto.

— Que ela engravidou — completo.

O dr. Castillo parece magoado, como se eu tivesse dado um chute no saco dele.

— É, isso.

A garçonete vem até a mesa para anotar nosso pedido.

— Um café mim, por favor — pede o dr. Castillo.

— Quero um queijo quente e um suco de maçã, por favor. Que essa história me renda pelo menos um lanche decente.

O dr. Castillo tira a carteira do bolso da calça. Ele pega um pedaço de papel dobrado e o abre sobre a mesa.

É o ultrassom. Ali está, a imagem: uma sugestão, uma possibilidade, uma bolha, um conjunto de células. Mal consigo identificar o formato, mas quase posso sentir o coração batendo em minhas mãos.

— Quantas semanas?

— Doze.

— O que faço com isto? — pergunto para mim mesma em voz alta. — Como vou enterrar isto também?

— Como assim?

— Como... Como vou manter isso em segredo? Por que sou eu que tenho que viver sabendo desse pesadelo?

— Por favor, não conte aos seus pais. A Olga nunca quis magoá-los.

— Por que eu não contaria? E por que eu deveria ouvir você?

— Às vezes, é melhor não contar a verdade.

— Óbvio que você pensa assim. Você mentiu para a minha irmã e para a sua esposa. Usou as duas como se fossem pano de chão.

— Nunca menti para a Olga.

Ele balança a cabeça.

— O que você disse na última mensagem que mandou para ela? Antes do acidente. Sei que era com você que ela estava falando.

Dou uma mordida no sanduíche.

— Ela me disse que, se fosse menino, ia dar o nome de Rafael, em homenagem ao seu pai.

Não sei o que responder. Essa história me dói como se tudo dentro de mim estivesse sendo arrancado à força.

— Então você nunca ia largar a sua esposa?
— Ia, sim.

Ele assente.

— Sei, sei. Olha só, eu li todos os e-mails. Todos. Não sou burra nem inocente, não importa o quanto as pessoas achem isso.

O dr. Castillo suspira, sem dizer nada.

—Você enrolou minha irmã e ela ficou esperando por você, sem viver a própria vida.

— Quando ela me contou sobre o bebê, tudo mudou. — O homem olha pela janela. Os olhos dele estão úmidos. Acho que nunca vi um cara adulto chorar, nem mesmo Apá. — Eu amava a sua irmã, acredite nisso. A morte dela acabou comigo. Me destruiu de um jeito que você não pode imaginar.

Ele segura a cabeça com as mãos.

— Na verdade, posso imaginar, *sim*. Me destruiu também.
— Estou divorciado agora. Não consegui mais aguentar.

O dr. Castillo enxuga os olhos com um lenço de seda.

— É, bem, mas é tarde demais para a minha irmã, né?

Amasso um guardanapo e tomo um gole do suco. A garçonete recolhe meu prato e limpa a mesa. O pano está com um cheiro péssimo. Não há mais nada a dizer, então me levanto e coloco a mochila nas costas. Posso senti-lo me observar conforme ando até a porta.

27

AINDA NÃO SEI COMO FALAR COM APÁ. NÃO QUE-ro que ele saiba que sei o que aconteceu. Tem muita coisa que eu quero dizer, mas não consigo. Às vezes, os segredos parecem trepadeiras me sufocando. Será que é considerado mentira apenas manter algo trancado dentro da gente? E se a informação só causar dor às pessoas? Quem se beneficia de saber sobre o caso da Olga com o médico e sobre a gravidez? É bondade ou egoísmo meu guardar tudo isso para mim? Seria absurdo contar só para não ter que conviver sozinha com isso? É desgastante. Em alguns momentos, tudo quase escapa da minha boca, como se eu tivesse um bando de aves na garganta. Mas que tipo de pessoa eu seria se contasse tudo aos meus pais? Eles já não sofreram o bastante? Não foi por isso que Amá nunca nos contou o que aconteceu com ela quando veio para os Estados Unidos? Sei que ela preferiria morrer com essa história ainda dentro dela, em parte por causa da vergonha, mas sobretudo para nos proteger. E por que Olga precisaria saber, afinal? Apá era o verdadeiro pai dela, não importa o que tenha acontecido.

Enquanto Amá toma banho, Apá está tomando café da manhã na cozinha.

Eu me sirvo de uma xícara de café e me sento na frente dele. A luz do sol entra pelas persianas.

— *Buenos días* — diz ele, sem olhar para mim.
— *Buenos días.*
Eu me ajeito na cadeira, pensando em como puxar assunto.
— Apá — chamo, por fim.

Ele olha para mim, mas não responde.

— Por que você nunca me contou que desenhava, que era um artista? — pergunto.

Queria saber por que estou tão nervosa. Só estou conversando com meu pai. Apá coça a pele abaixo do bigode.

— Quem te contou isso?

— A Mamá Jacinta. Ela me mostrou um desenho que você fez da Amá. É muito bom. Por que você parou?

Torço o guardanapo que está na minha mão.

— Porque não tinha por que continuar. O que eu ia fazer, vender meus desenhos? Era perda de tempo.

Apá encara as faixas de sol sobre a mesa.

— Não, nada disso. Como pode dizer uma coisa dessas? É arte. É lindo, é importante — digo, e minha voz se torna mais alta, mesmo que eu não queira.

— Julia, às vezes na vida a gente não consegue fazer o que quer. Às vezes, a gente tem que aceitar o que nos é dado, ficar quieto e continuar trabalhando. Só isso.

Apá se levanta e põe a xícara na pia.

Sempre fico animada para ver a dra. Cooke, apesar de muitas vezes sair do consultório dela com a sensação de que alguém rasgou meu peito.

Nunca achei que fosse fazer exercícios, mas a dra. Cooke insistiu que isso ajudaria a me sentir melhor — alguma coisa sobre endorfina e redução do estresse. Então faço natação quase todos os dias. Odiava essas aulas, mas agora me tranquilizam. A vida é engraçada assim mesmo. Parei de ter medo de todas as bactérias e secreções na água e aprendi a aproveitar. Por algum motivo, nadar faz eu me sentir livre. Não perdi peso, o que não me incomoda, porque meu corpo está mais saudável e gosto dele. Também estou com mais energia. Mesmo nos dias em que sinto preguiça, me obrigo a ir porque nunca me arrependo.

Hoje, a dra. Cooke quer falar sobre minha relação com minha mãe. Deve ser nosso tópico mais frequente.

— Como foi a convivência com a sua mãe esta semana?

Ela toma um gole de água. Está usando calça de linho vermelha, sandálias pretas e uma blusa de amarrar branca. O cabelo está preso num rabo de cavalo justo. Gosto da dra. Cooke porque ela nunca parece me julgar. Posso ser eu mesma sem ter medo. Até quando admito algo que me dá vergonha, ela não me dá bronca nem me olha como se eu fosse asquerosa. Queria que todo mundo fosse assim. Não entendo por que as pessoas não deixam as outras serem quem são.

— Muito bem. A gente foi fazer compras e não brigou, coisa que nunca aconteceu. Sei que está com medo e não quer que eu me mude, mas ela nunca mais voltou a dizer isso diretamente. Sei que está se esforçando muito para me apoiar, mas também me deixa maluca por não dizer exatamente o que sente. Parece que sei o que ela está pensando. Amá está morrendo de medo de eu ir para a faculdade. Eu a conheço, posso sentir que é isso.

— E por que você acha que agora ela está se controlando?

— Porque não quer mais que eu me afaste dela. Acho que está com medo, sabe? Acho que está finalmente começando a entender que essa sou eu, que não vou mudar, e está aprendendo a aceitar isso de algum jeito. Estou até meio feliz por ela estar se esforçando tanto. Também estou tentando.

— Às vezes, as pessoas têm dificuldade de se ajustar a novas ideias, ainda mais se elas vêm de uma cultura diferente. Imagino que talvez a sua mãe não queira ser tão repressiva. Para ela, é uma maneira de proteger você.

— Acho que sim. É bem provável.

— Ainda mais depois do trauma ao atravessar a fronteira. Você já pensou em falar sobre o que aconteceu com ela?

A dra. Cooke anota alguma coisa no bloquinho.

— Não, não posso. Prometi à minha tia que nunca contaria. Além disso, o que eu poderia dizer para tornar a situação melhor? Não sei do que isso adiantaria.

— Talvez seja um jeito de se aproximar dela, de fazê-la saber que você entende uma parte muito importante de quem ela é, de demonstrar empatia.

— Não sei. O que aconteceu obviamente não é culpa dela, mas acho que Amá sente vergonha. Por isso é segredo. E quem sou eu para trazer isso à tona, voltar a magoar ela?

Quando penso nisso, fico tão irritada que não sei como agir. Como as pessoas podem fazer coisas tão horríveis assim? O que leva alguém a pensar que violar o corpo de outra pessoa é aceitável?

— Talvez deva pensar nisso. Talvez não agora, mas no futuro. A mesma coisa vale para Olga e a gravidez dela. Talvez um dia você consiga falar sobre isso. Quando estiver pronta, é óbvio. Talvez ajude o processo de cura de vocês.

— Não acho que é uma boa ideia deixar coisas escondidas e enterradas — digo —, porque às vezes elas parecem um veneno sendo bombeado pelo meu corpo. Ao mesmo tempo, me pergunto se um dia vou estar pronta para falar sobre isso. Não sei.

Sinto meu lábio estremecer. A dra. Cooke me entrega a caixa de lenços de papel.

— Você tem que pensar e decidir o que é melhor para você. Só estou aqui para oferecer opções, dar as ferramentas para que faça as escolhas certas para *você*. Julia, você é uma garota esperta, acho que sabe que pode superar tudo isso. Apesar de ainda ter certas dificuldades, vi você mudar em pouquíssimo tempo. — A dra. Cooke sorri. — Devia se orgulhar disso.

Ainda não sei o que significa ter orgulho de mim mesma, mas estou tentando aprender.

* * *

Os dias parecem intermináveis enquanto espero as cartas de aceite (ou de rejeição) das universidades. Só consigo pensar na faculdade nos últimos tempos, mas nenhuma carta chega pelo correio.

Então, quando começo a achar que sou uma candidata tão ruim que nem uma faculdade se deu ao trabalho de responder, um envelope da Universidade de Boston chega em casa. Está esperando por mim na mesa da cozinha.

Cara srta. Julia Reyes,
Sentimos muito em informar...

E as cartas não param de chegar.
Da Barnard College:

Cara srta. Julia Reyes,
Informamos com muito pesar...

Da Universidade Columbia:

Cara srta. Julia Reyes,
É com grande pesar que informamos...

Da Boston College:

Cara srta. Reyes,
Sentimos muito...

Lorena e Juanga me levam ao zoológico do Lincoln Park para me animar numa tarde quente e ensolarada de domingo, apesar de eu ter dito que preferia ficar em casa, triste. Não acredito que achei que ia conseguir entrar naquelas universidades. Por que quis algo tão impossível? O que me fez achar que eu era especial?

— Não fique triste, Julia. Todo mundo sabe que você é tão feroz quanto aquelas belezuras ali — declara Juanga, olhando para os leões.

O maior me encara como se estivesse em transe.

— Você sabe que pode vir morar com a gente, né? — diz Lorena, ajustando o vestido rosa curto. — Se as coisas não saírem como o planejado.

— Eu sei, eu sei. É que eu quero muito ir para Nova York. Preciso ir embora. Um novo começo, blá-blá-blá.

— É, eu entendo — responde Lorena, quase irritada.

— Chega de tristeza. Vamos ver os ursos — sugere Juanga, nos empurrando para a frente.

Uma das ursas-polares acabou de ter gêmeos, então uma multidão de pessoas está torcendo para conseguir vê-los. Vamos nos infiltrando até a frente e vemos um dos filhotes mamando.

— Ai, que fofo... — diz Juanga, pondo os braços em nossa cintura. — Olhem essa carinha!

Apoio a cabeça no ombro dele.

— Como está seu novo namorado?

Juanga está namorando há cerca de um mês um cara bonito que mora no Hyde Park. Eles se conheceram no trem e estão apaixonados desde então. Ele está feliz, apesar de seus pais ainda serem uns babacas. Parece que o expulsam de casa semana sim, semana não. Não conseguem aceitar o fato de Juanga ser gay, enquanto o garoto se recusa a fingir que não é. Mesmo se tentasse, é impossível mudar. Ele é assim e pronto.

Às vezes, Juanga fica na casa do primo, outras, na casa de Lorena. Eu também ofereceria nosso sofá, mas Amá nunca aceitaria. Tudo a escandaliza.

— Incrível! Minha nossa, como ele é lindo — comenta Juanga, se abanando, como se ainda não conseguisse acreditar. — Só preciso sair de casa para a gente finalmente poder ser um casal de verdade. Imagina se eu apresentum cara gay e negro para o meu pai? *Ni Dios lo mande.* Ele provavelmente queimaria a gente na fogueira.

Juanga faz o sinal da cruz e ri. Está brincando, mas não totalmente.

No dia seguinte, quando começo a considerar a carreira de musicista de rua ou catadora de latinha, dois envelopes grossos chegam pelo correio: um da Universidade de Nova York e outro da Universidade DePaul.

Começo a gritar quando os abro. Amá e Apá vêm correndo da cozinha até a sala.

— O que aconteceu? — pergunta Amá, assustada. — Está tudo bem?

— Eu entrei! Eu entrei! Eu entrei! Vou para Nova York. Vou fazer faculdade! E também fui aceita na DePaul! Meu Deus!

Não consigo parar de gritar e pular. As duas instituições me ofereceram bolsa integral. A Universidade de Nova York me aceitou com bolsa, contanto que participe de um estudo especial e um programa para alunos da primeira geração de universitários de suas famílias.

— *Que bueno, mi hija* — diz Amá, apesar de parecer magoada. — Estou muito feliz por você.

Apá me dá um abraço e um beijo no alto da cabeça.

— Então você vai estudar em Nova York? E aquela de Chicago, *mi hija*? É boa também, *qué no?* — pergunta ele.

— É, mas quero estudar em Nova York. É o que eu quero há muito tempo. Não tem lugar melhor para ser escritora. Desculpe, Apá — falo, apertando a mão dele.

Apá assente, mas fica em silêncio. Ele engole em seco e desvia o olhar. Por um segundo, me pergunto se vai chorar, mas Apá não chora.

Amá suspira e põe o braço sobre meus ombros.

— *Ay, como nos haces sufrir. No sé si maldecirte o por ti rezar.*

— Sabe que eu não queria fazer isso, né? Não estou fazendo isso para chatear vocês. Quero que saibam disso.

— É, eu sei — responde Amá. — Mas um dia você vai ver como isso magoa uma mãe.

— Não quero ter filhos, então não, não vou — replico, tentando não soar irritada.

Amá acha engraçado eu dizer que não quero ter filhos. Nunca acredita em mim. É como se achasse que uma mulher sem filhos não cumpriu seu propósito.

— Isso é o que você diz. Espere só para ver — diz ela, enquanto anda até a cozinha, ajeitando as tranças.

À medida que o fim do ensino médio se aproxima, fico cada vez mais inquieta. É difícil prestar atenção nas aulas, já que estou com o pé na porta. Tudo o que quero é ficar ao ar livre, tomando sorvete, olhando para o céu e ouvindo os sons do verão que se aproxima.

Encontro Connor na maioria dos fins de semana. Hoje fomos a um festival de rua na Old Town. Não gosto muito do bairro — é hipster e branco demais para me deixar tranquila —, mas o evento é de graça e ao ar livre.

Assim que o clima melhora, é como se a cidade enlouquecesse. Todo mundo volta a ficar animado e quer ficar na rua. Infelizmente, o verão também faz com que as pessoas atirem mais umas nas outras. Bem, depende de em que bairro se está.

Connor e eu andamos pelo festival, passando pelas barraquinhas de artesanato — mas a maioria é horrível. Não sei por que alguém ia querer comprar uma aquarela do horizonte, por exemplo, ou uma escultura da logomarca do Cubs, mas imagino que existam pessoas interessadas.

O dia está ensolarado, quase quente demais para maio. Meu novo vestido azul está um pouco justo nas axilas, mas gosto do meu visual. Nunca usei nada com estampa de flores. Fiquei surpresa por não ter odiado quando experimentei. Amá insistiu em dizer que caía bem e, pela primeira vez, concordei. Fico feliz por ter feito isso, porque Connor fingiu desmaiar quando me viu sair da estação.

A gente divide um grande prato de batatas fritas numa mesa de piquenique perto do palco. Não sei como uma pessoa pode resistir a qualquer tipo de fritura, porque eu fico louca só de sentir o cheiro. Então, uma banda cover do Depeche Mode começa a tocar "Enjoy the Silence", uma das minhas músicas favoritas.

— Caramba! — exclamo, apertando o braço dele. — Essa música. Não dá, é boa demais!

Ele sorri.

— É legal pra caramba.

O momento é perfeito: o pôr do sol, as batatas fritas, a música. Olho para Connor e uma onda de tristeza me invade. Sinto saudade dele, apesar de ele estar sentado bem na minha frente. É difícil explicar, mas me lembro de um haikai que li uma vez: "Mesmo em Quioto/ Grita o cuco/ Saudade de Quioto." Me sinto assim. Fico nostálgica antes de o momento chegar.

Sei que Connor disse que não devíamos pensar demais sobre a nossa relação e entendo isso perfeitamente — afinal, estamos indo para a faculdade. Isso só faria com que doesse mais, no fim. Além disso, tento racionalizar: eu devia estar animada para explorar Nova York sozinha. Essa é minha oportunidade de ser independente pela primeira vez na vida.

Connor se levanta do banco e volta a se sentar do meu lado.

— Vou sentir sua falta — digo quando ele põe o braço no meu ombro.

— Também vou sentir sua falta, mas a gente vai se ver. E ainda temos as férias inteiras. Estou bem aqui.

Connor sorri.

— Eu sei, mas e *depois* das férias? — pergunto.

Dou as costas para ele. O céu começa a escurecer.

— Já disse que vou visitar você em Nova York.

Connor vira meu rosto para ele.

Odeio essa sensação de não saber o que vai acontecer. Esses intervalos são assustadores, mas, por outro lado, sei que nada é certo.

Começo a chorar. Não só por causa dele, mas por causa de tudo. Minha vida está mudando muito rápido e, apesar de saber o que quero, estou morrendo de medo.

—Você é linda, sabia? — diz ele, me dando um beijo demorado na bochecha.

Fico surpresa ao perceber que acredito nele.

Depois das férias de verão

28

A DEPRESSÃO E A ANSIEDADE DIMINUÍRAM COM os remédios. Meu humor ainda fica instável de tempos em tempos, mas às vezes me sinto feliz, no lugar de apenas tolerar a vida. O verão é minha estação favorita do ano, então isso ajuda. Outro dia, me aproximei de uma desconhecida e perguntei se podia abraçar o cachorro dela. Ela riu e disse que sim, então o Golden Retriever me encheu de beijos.

Parte disso é graças aos remédios, eu acho. A dra. Cooke também me mostrou algumas técnicas para lidar com a ansiedade. Tenho que escrever num diário o que ela chama de "distorções mentais" e depois desafiar esses pensamentos com ideias mais razoáveis. Por exemplo, outro dia comecei a ficar com medo de não me sair bem na faculdade porque sou uma mexicana pobre de um bairro pobre de Chicago. Tive certeza de que todo mundo seria mais inteligente do que eu porque frequentaram escolas melhores. Fiquei presa num ciclo terrível. Mergulhei totalmente nessa sensação até me concentrar na minha respiração e no que estava à minha volta. Então me forcei a escrever uma lista de motivos que provavam que isso era mentira: 1) A universidade não teria me aceitado se não achasse que eu me sairia bem; 2) Já li, tipo, um milhão de livros; 3) Vou me esforçar muito; 4) O sr. Ingman diz que sou a melhor aluna que ele já teve; 5) A maioria das pessoas não é tão inteligente.

Isso exige muita prática, porque sempre penso nas piores conclusões. Em alguns dias, ainda acho que o mundo é um lugar horrível e assustador. Apesar disso, quero participar dele e viver tudo que puder. Não sei se isso faz sentido.

A dra. Cooke diz que progredi muito e me lembra de que é importante tomar os remédios no mesmo horário todos os dias. Falo bastante com ela sobre o que eu escrevo, então pergunto se posso ler um poema que escrevi ontem à noite, quando não conseguia dormir.

— Eu adoraria ouvir — diz ela.

Pigarreio e rezo para não chorar, porque é o que faço em absolutamente todas as sessões.

— Beleza. Ainda não está pronto, não sei se um dia vou terminar. Passei o dia todo trabalhando nele. Só… É muito bom conseguir explicar os últimos dois anos da minha vida. O título é "Pandora".

Ela abriu o cofre,
a caixa em que mantinha a si mesma
— negativos antigos de sua vida, sua verdade.
Penas quebradas, espelhos esmagados
criando um brilho falso.
Ela analisa tudo, cada momento,
cada mentira, cada decepção.
Tudo está congelado: cenas
de serenidade, beleza, alegria.

Ela deve encontrar em suas incertezas,
em sua escuridão, apesar de tudo
perdurar na umidade de sua boca,
no aroma de seu cabelo.

Ela escava e escava aquela caixa escarlate
no dia de sua revelação,
no dia em que ela se solta.

Ela prospera em sua verdade
e viaja pelo mundo como uma nômade,

roubando a beleza de céus violeta,
pescando pérolas, belos arabescos,
cisnes de papel, pressionando-os contra o rosto
e os mantendo entre a palma das mãos.
Para sempre.

A dra. Cooke sorri.
— É lindo — diz ela. — Obrigada por ler para mim.
— Que bom que gostou.
Abraço a dra. Cooke, o que a surpreende, mas ela me abraça de volta.
Quando estou saindo, ela diz que acha que vou me dar muito bem na faculdade e eu decido acreditar.

Depois do jantar, Amá começa a fazer chá e pede que eu fique à mesa para conversar com ela. De início, fico preocupada, mas percebo que é pouco provável que algo possa ser pior do que tudo que já aconteceu.
— *Hija*, quero falar com você sobre garotos — explica ela, colocando a chaleira no fogo.
— Ai, minha nossa, Amá. Por favor, não.
Tapo os ouvidos. Não consigo acreditar que finalmente vou conversar sobre sexo com minha mãe.
— Sei que você vai para a faculdade, o que é muito bom. Apesar de seu pai e eu não entendermos por que você precisa se mudar, estamos orgulhosos por você ser tão inteligente. A gente só quer que você tome cuidado e se proteja. Os garotos só querem uma coisa, sabe? E, quando você dá o leite...
— Leite? Ai, que nojo, Amá! Por favor, para. Eu sei o que estou fazendo.
— Você acha que a vida é muito fácil, né? Acha que nada de ruim vai acontecer com você. Mas não dá para sair por aí confiando em todo mundo.

Amá balança a cabeça, pegando as xícaras.

— Eu não confio em todo mundo — rebato.

Sei por que ela está dizendo tudo isso, mas a conversa é bem frustrante. Não é como se eu não soubesse uma coisa ou outra sobre a vida. Além disso, coisas terríveis já aconteceram comigo. Ela sabe que eu já vivi um trauma. Já vi do que o mundo é capaz.

— Sabe, eu vi no jornal que tem uma droga nova que os homens põem na bebida das mulheres.

Eu me esforço para ser paciente.

— É, eu sei. É um Boa noite, Cinderela.

— Boa noite, Cinderela? ¿Qué es eso?

— Deixa pra lá, Amá. De qualquer forma, eu sei o que é. Não sou idiota, juro.

— Nunca disse que você era burra. Acabei de falar que você é inteligente, não foi? Por que sempre tem que levar as coisas para o lado ruim?

— Beleza. Vou ficar de olho nas minhas bebidas. Vou tomar cuidado com os garotos, eu prometo. E andar com spray de pimenta, se você quiser.

— Você sabe, né, que pode pegar uma doença ou engravidar. E aí, o que vai fazer? Como vai terminar a faculdade?

Amá põe as mãos nos quadris.

Isso, sim, é síndrome de pessimismo. Já sei de onde puxei isso.

— Minha nossa, Amá! Não vou pegar uma doença nem engravidar. Sei sobre proteção, já li muitos livros.

Não digo que camisinhas são só 98% eficazes, nem que nunca vou ter um filho, mesmo que engravide.

— Só estou pedindo para você tomar cuidado — diz ela.

Amá serve água quente em nossas canecas.

— Eu sei. Obrigada. Sei que você só está tentando ajudar, mas a gente pode parar de falar sobre isso? Você não prefere me ensinar a cozinhar? Queria muito saber fazer tortilhas — brinco.

Ela não consegue deixar de rir.

29

UM DIA ANTES DO MEU VOO, LIGO PARA FREDDY e Alicia para contar que vou para a Universidade de Nova York. Eles dizem que estão orgulhosos de mim, só que me pergunto exatamente por quê, já que mal conheço os dois, mas prometo ligar quando vier para casa nas férias. Quando estou desligando, Lorena entra no meu quarto e senta na minha cama. Ela já se inscreveu no curso de enfermagem e está trabalhando como garçonete num restaurante mexicano no centro. Diz que tem que usar uns vestidos ridículos, cheios de babados e bordados, mas que o salário é bom. Ela e Juanga, que agora trabalha em uma loja de maquiagem, estão planejando dividir um apartamento na Logan Square assim que tiverem economizado o suficiente para pagar a caução. Acho que nós três estamos desesperados para seguir com nossas vidas.

— Posso ajudar você a fazer as malas? — pergunta Lorena, observando meu quarto bagunçado.

Ela está usando um short preto minúsculo e uma regata cinza com um cifrão prateado. Vou sentir muita falta das roupas dela. Lorena finalmente pintou o cabelo de castanho, como eu pedia havia anos. Nunca a vi tão bonita.

— Não, está tudo bem. A maior parte já está pronta. Só tenho que arrumar o quarto — digo. — Sei que vou parecer uma velha, mas estou muito orgulhosa de você. Vai ser uma enfermeira incrível. Você sempre soube cuidar muito bem de mim.

— Ai, minha nossa, fica quieta. Pode ir parando. Você vai me fazer estragar a maquiagem.

— É sério. Eu te amo, e não sei o que vou fazer sem você. Provavelmente vou ligar, sei lá, umas dez vezes por dia.

—Você vai estar ocupada demais com a sua nova vida maravilhosa. Nem vai se lembrar de mim.

Lorena puxa a camiseta para cobrir o rosto. Eu só a vi chorar três vezes: quando caiu e abriu a cabeça no quarto ano, no dia em que me contou sobre o pai dela e logo depois que saí do hospital.

— Mentira — digo. — Tudo mentira. Você vai ver.

Começo a chorar também, mas parte de mim se pergunta se o que ela está dizendo é verdade.

— É melhor eu ir agora. Tenho que trabalhar daqui a duas horas — fala Lorena. — Se chegar um minuto atrasada, meu chefe provavelmente me demite. Ele é muito escroto.

— Eu te amo — repito, olhando para o piso sujo.

Uma barata se arrasta para baixo da minha cama, mas não me dou ao trabalho de matar.

— Eu também te amo — responde ela. — Tenta não se esquecer de mim.

Eu a abraço uma última vez à porta, depois fico observando Lorena se afastar sob o sol da tarde. Não posso deixar de rir de suas pernas finas naqueles shorts ridículos. Lorena nunca teve vergonha do corpo. Parando para pensar, vejo que ela nunca teve muita vergonha de nada, e é por isso que eu a amo.

Apá está com a mesma camisa azul gasta que vestia no dia em que me encontrou sangrando. Amá deve ter dado um jeito de tirar as manchas, porque odeia jogar coisas fora. Por meses, tentei esquecer o que havia acontecido, mas a cena volta em imagens repentinas, não importa o quanto eu tente me distrair. Apá nunca mencionou nada, mas vejo em seus olhos. Há tanta coisa que eu gostaria que nós dois pudéssemos deixar de ver.

Amá estava trabalhando naquela noite e a casa estava quieta demais, a não ser pelo meu choro e pela música que eu tinha colocado para repetir — "Todo cambia", de Mercedes Sosa. Adorei desde a primeira vez que ouvi. O que a música diz é verdade:

tudo muda, para melhor ou para pior, quer a gente goste, quer não. Às vezes é lindo e às vezes nos enche de medo. Às vezes faz as duas coisas.

Cambia el más fino brillante
De mano en mano su brillo
Cambia el nido el pajarillo
Cambia el sentir un amante
Cambia el rumbo el caminante
Aunque esto le cause daño
Y así como todo cambia
Que yo cambie no es extraño

Ouvi Apá à minha porta quando fiz o primeiro corte.
— *Mi hija* — chamou ele, baixinho. — *Mi hija, estás bien*?
Ele devia estar ajudando tio Bigotes com o carro dele, mas acho que terminou mais cedo. Deve ter sentido que havia alguma coisa errada porque, ao contrário de Amá, ele nunca me incomoda quando estou sozinha no quarto. Tentei ficar quieta, pressionando o rosto contra o travesseiro, mas não consegui. O grito surgiu contra a minha vontade. O corpo não me deixou silenciar.
— *Mi hija*, abra a porta! O que você está fazendo? Por favor, abra a porta. Abra para o seu pai, por favor.
Ele tentou arrombar a porta, mas eu havia colocado a cama contra ela. Ouvi o pânico em sua voz e me senti horrível por estar magoando meu pai, mas não consegui me forçar a levantar. Nunca o amei tanto quanto naquele momento.
A vida não passou diante dos meus olhos. Tudo que vi foi a foto de Olga junto comigo, nós duas na frente da casa de Mamá Jacinta, o braço dela em volta de meu pescoço. Pude até ouvir os passarinhos cantando.

★ ★ ★

O aeroporto de O'Hare está lotado de pessoas apressadas. Tentamos sair do caminho conforme a multidão passa por nós, mas não temos para onde ir.

— Vou ter que embarcar logo — digo aos meus pais.

A fila da revista parece enorme.

Apá põe a mão nas minhas costas e Amá começa a chorar. Como posso deixá-los assim? Como posso simplesmente viver a minha vida e deixá-los para trás? Que tipo de pessoa faz isso? Será que vou me perdoar um dia?

— A gente ama você, Julia. A gente ama você demais — diz Amá, me entregando um pouco de dinheiro. — *Para si se te antoja algo* — completa ela, é para caso eu queira comer alguma coisa quando chegar a Nova York. — Lembre-se de que pode voltar sempre que quiser.

Meus olhos se transformaram em torneiras, mas não importa. Se tem um lugar do mundo em que as pessoas devem poder chorar enquanto veem suas vidas mudarem, é no aeroporto. De certa forma, é quase um purgatório? Um lugar no meio do caminho.

— Tenho uma coisa para vocês — digo.

Eu me agacho para vasculhar a mochila. Amá e Apá parecem confusos.

— Tome. — Entrego a Apá o desenho que ele fez de Amá de vestido longo, na frente da fonte. — É lindo e você devia ficar com ele. Queria que voltasse a desenhar, Apá. Quem sabe um dia você não faz um retrato meu?

Eu dou um sorriso e enxugo o rosto com as costas da mão.

Apá fecha os olhos e assente.

Acordo diante da paisagem de Nova York. Achei que Chicago fosse grande, mas Nova York é enorme e *muito* impressionante. Eu me pergunto como vai ser minha vida aqui, quem vou me tornar. Connor diz que vamos nos ver de novo. Vou sentir falta dele, mas nenhum de nós sabe como o próximo ano vai ser.

Olhar para a cidade me faz pensar em fronteiras, que me lembram de Esteban e seus dentes perfeitos. Parte de mim se pergunta se um dia ele vai vir para os Estados Unidos. Esteban sonha em morar aqui, mas quase desejo que ele não venha. Mesmo que chegue vivo, o sonho da "terra prometida" não se realiza para todos.

Sei que percorri um longo caminho e, mesmo sendo difícil, estou tentando me dar o devido crédito. Se parar para pensar, alguns meses atrás eu estava disposta a morrer. Agora, estou aqui, num avião, sobrevoando Nova York, sozinha. Para ser sincera, não sei como vou conseguir me recuperar nem quanto tempo essa estabilidade vai durar. Espero que seja para sempre... mas como ter certeza? Nada é garantido. E se tudo acontecer de novo? Imagino que a única coisa que posso fazer seja seguir vivendo.

Ainda tenho pesadelos com Olga. Às vezes, ela é uma sereia, em outras segura seu bebê, que em geral não é um bebê. Normalmente é uma pedra, um peixe ou até um saco de panos velhos. Apesar de ter diminuído a intensidade, minha culpa ainda cresce como galhos novos. Eu me pergunto quando isso vai acabar, quando vou deixar de me sentir mal por uma coisa que não é culpa minha. Quem sabe? Talvez nunca.

De certa forma, acho que parte do que estou tentando fazer — mesmo que Amá não entenda isso direito — é viver por ela, Apá e Olga. Não que esteja vivendo por eles, exatamente, mas tenho a possibilidade de fazer escolhas que eles nunca tiveram, e sinto que posso realizar muitas coisas com a oportunidade que recebi. Que desperdício a jornada deles seria se eu simplesmente aceitasse uma vida entediante e medíocre. Talvez um dia meus pais entendam.

Quando contei sobre a responsabilidade que sinto em relação a Olga e minha família, o sr. Ingman disse que eu tinha que escrever a respeito disso. Na verdade, ele quase me forçou a escrever naquele instante. Fiquei na sala dele por quase duas horas, chorando sobre o caderno, molhando as páginas. O sr.

Ingman ficou em silêncio o tempo todo. Só tocou meu ombro e depois ficou sentado à sua mesa até eu terminar. Apesar de a maior parte da história ter jorrado de mim, foi a coisa mais difícil que já escrevi. No fim, tinha oito páginas, tão malfeitas que só eu conseguia lê-las. Foi o que se tornou minha redação para me candidatar à faculdade.

Tiro a foto do ultrassom de Olga de meu diário pouco antes de pousarmos. Às vezes, parece um ovo. De vez em quando, um olho. Outro dia, pareceu que vi a imagem pulsar. Como posso entregar isso aos meus pais? Outra coisa para amar, mas uma coisa morta? Nos últimos dois anos, eu vasculhei e analisei a vida da minha irmã para entendê-la melhor, o que significa que aprendi a achar pedaços de mim — tanto os bonitos quanto os feios —, e é incrível ter um pedaço dela bem aqui, nas minhas mãos.

AGRADECIMENTOS

Um obrigada enorme à minha agente incrível, Michelle Brower, que acreditou neste livro desde o início e apostou em mim. Não podia ter pedido uma defensora melhor.

À minha querida amiga Rachel Kahan, que foi uma mentora fantástica nos últimos anos, fez críticas muito valiosas e abriu sua casa para mim. E pensar que nos conhecemos na internet seis anos atrás! Minha nossa.

Minhas editoras foram muito incríveis. Obrigada, Michelle Frey e Marisa DiNovis, pelas incomparáveis dicas, pela generosidade e apoio. Suas orientações permitiram que eu escrevesse a melhor versão deste livro. Na verdade, toda a equipe da Knopf Books for Young Readers foi um verdadeiro sonho.

Para meu clã de mulheres fortes, sou muito grata pelo amor de vocês — Adriana Díaz, Pooja Naik, Sara Inés Calderón, Ydalmi Noriega, Safiya Sinclair, Sarah Perkins, Sara Stanciu, Elizabeth Schmuhl, L'Oréal Patrice Jackson, Christa Desir, Mikki Kendall, Jen Fitzgerald, Andrea Peterson e muitas outras.

Eduardo C. Corral e Rigoberto González, obrigada pela mentoria constante, pela camaradagem e pelas risadas.

Um abraço em Michael Harrington pela leitura de uma versão inicial e por me dar um incentivo muito necessário.

Serei sempre grata à minha família pelo apoio inabalável, mesmo quando minhas escolhas de vida deixaram todos sem entender nada. Gus, Cata, Omar, Nora, Mario, Matteo e Sofia — este livro é para vocês.

Também gostaria de agradecer a todos os imigrantes que arriscaram a vida para vir aos Estados Unidos, e aos filhos dessas pessoas. São vocês que tornam os Estados Unidos um país incrível.

SERVIÇOS DE SAÚDE MENTAL

Os **Centros de Atenção Psicossocial (CAPS)** são unidades para acolhimento às crises de saúde mental, atendimento e reinserção social de pessoas com transtornos mentais graves e persistentes ou com transtornos mentais decorrentes do uso prejudicial de álcool ou outras drogas. A assistência é realizada por equipe multiprofissional que reúne médicos, assistentes sociais, psicólogos, psiquiatras, entre outros, em articulação com as demais unidades de saúde. Os serviços são oferecidos pelo Sistema Único de Saúde e realizados por demanda espontânea ou por intermédio de uma unidade de atenção primária ou especializada, por encaminhamento de uma emergência ou após uma internação. Procure o CAPS da sua região.

O **Centro de Valorização da Vida (CVV)** é uma ONG que oferece apoio emocional e atua na prevenção do suicídio, atendendo todas as pessoas que querem e precisam conversar, sob total sigilo, 24 horas, todos os dias. A ligação para o CVV em parceria com o Sistema Único de Saúde, por meio do número 188, é gratuita a partir de qualquer linha telefônica fixa ou celular. Também é possível acessar cvv.org.br para chat, e-mail e mais informações.

Para ler mais sobre prevenção do suicídio, acesse: gov.br/saude/pt-br/assuntos/saude-de-a-a-z/s/suicidio-prevencao.

- intrinseca.com.br
- @intrinseca
- editoraintrinseca
- @intrinseca
- @editoraintrinseca
- editoraintrinseca

1ª edição	MAIO DE 2024
impressão	CROMOSETE
papel de miolo	LUX CREAM 70 G/M²
papel de capa	CARTÃO SUPREMO ALTA ALVURA 250 G/M²
tipografia	BEMBO STD